陆轶把她拉进怀里,

抬手勾住他的脖子.

抬起下巴迎上去.

嘴唇贴在他还淤青着的嘴角.

德阳居娘

地址：白塔路　　联系人：霍旭西

福寿堂

54号

地址：桐花街五十四号　　联系人：陆梨

第一章

相亲对象

陆梨从一场纷杂缭乱的梦中醒来,胸口发闷,疲惫不堪。

昨晚,她看了一部电影,没想到一入睡就梦见自己进入了这部电影中。霓虹灯五彩斑斓,她追着一个人的背影大步穿过逼仄的楼道和空旷的街巷,周遭景物不停地变幻,让人眼花缭乱,好不容易抓住那个人,期待他转过头来能看见一张颠倒众生的脸,印证心中所想。

"跟踪我啊?"他打量着她,语气带着嘲讽,"你才几岁?长大以后再来找我吧。"

陆梨想说她早就长大了,但是那人不听,搂着一位曼妙的女郎离开。陆梨感到心痛,这时她摸到裤子的口袋里有一把枪,想也没想,她开枪把他们干掉了。

醒来时,陆梨有一种又疲惫又痛快的感觉,她睁开眼睛,模糊的蓝色像从梦中泄露,染透房间。时间还很早,她起身靠在床头,开灯,点一根烟,接着拿起手机。

宋玉彬几乎把她电话打爆,微信消息也发了几十条。

这位前男友最近找她复合,缠得很紧,昨晚又想约她出去,说有话要对她讲。

陆梨懒得应付,打发他到两人第一次接吻的地方等着,然后把手机调成静音,她窝在家里看电影,看完电影就睡了。

宋玉彬：图书馆北楼的荷花池，我一直都记得。

宋玉彬：我会一直等你。

从昨晚十点半到今早五点，宋玉彬陆陆续续地给她发微信消息。

陆梨打了个哈欠，回复道：不会吧？你真去了？

几十秒后，宋玉彬发来语音，带着哭腔把她骂得狗血淋头。

"陆梨，你还是不是人？我等了你一晚上，被成千上万只蚊子咬，还被保安追着跑，一脚踩空掉进了池塘！耍我是吧？你这个浑蛋！"

她暗自发笑，想了想，说："我记得有很多鸭子在荷花池里拉屎，你走大运了。"

宋玉彬崩溃地道："变态！魔鬼！"

这人真经不起逗。

陆梨笑得双肩微微颤抖，抬起下巴吐出长长的烟雾，然后把他拉黑。

屋子安静得像口棺材。

陆梨掐灭了烟，躺在床上翻来覆去地扭动双腿，回想刚才的梦，分明是假的，却像水草一般将她缠绕，她的思绪复杂。

最近两年，她觉得心里空得厉害，浪费许多时间去赚钱，大好的年华，大好的美貌，原本应该跟英俊的男人纠缠个死去活来才对，她的绚丽青春都被浪费了。

虽然宋玉彬也还算英俊，但不可能的，他没机会了。陆梨和他是彼此的初恋，那时他殷勤、乖巧，会说甜言蜜语，两人交往了大半年，直到后来她去做职业哭灵人，宋玉彬很快和她提出分手。不知道是觉得她的职业丢人还是其他原因，总之这种男人她绝不会再要了。

正胡思乱想着，客厅方向传来大门开关的声音，她的外婆齐佑梅女士晨练完回来了。

陆梨立刻跳下床，开窗、打开电扇，吹散屋里的烟味儿。

一个多月前她动过手术，切除声带息肉，外婆不准她抽烟。

手术后休养到现在，从二十岁成为职业哭灵人以来，还没有放过这么长的假。

尤其是最初的两年，也是最缺钱的两年，七百三十天，有六百天都奔走于各个丧主家，有时甚至一天会赶好几场。

后来她渐渐在这行有了点儿名气，口碑也打了出去——好嗓门，专业过硬，而且还年轻貌美。由于太优秀，想低调都难。

随着出场费水涨船高，陆梨买了房子、车子，开了店，这两年倒不用那么拼命了，但她开的店是个花圈寿衣店。外婆一直想让她转行。

早饭时间，祖孙二人相对而坐。

"你的眼睛要瞎了吗？"老太太突然问。

陆梨推了推鼻梁上新配的眼镜："一百多度而已，不戴眼镜也看得清。"

外婆抬腿踩着椅子，胳膊搭在膝盖上，个头矮小，却很有气势："你的嗓子才动完手术，现在眼睛又近视了，再做哭灵人早晚变残疾人。还不趁早把店转出去，随便开一家小卖部什么的，说出去也好听些。"

陆梨嘀咕着道："开小卖部哪有殡葬行业赚钱，还要还房贷的。"

"你就舍不得你的寿衣店。"说起这个，外婆就生气，"要不是为了给你妈治病，当时怎么可能让你退学做这行？年纪轻轻的小姑娘天天去给不认识的死人哭丧……好运气都哭没了，你看你现在还单身嫁不出去！"

陆梨置若罔闻，剥了个鸡蛋递过去："乖，趁热吃。"

哪儿那么容易，老太太每次情绪上来一定要说到底，一吐为快。

"我怎么那么命苦，早年丧夫、中年丧女婿、晚年丧女，一家人死得就剩我们两个！这个破癌症，瞎了狗眼，找到我女儿头上，害得我们倾家荡产，卖房子，到处借债，那么贵的靶向药都没把她治好，我可怜的乖女儿……监狱里那些杀人放火的祸害倒是活得好好的，还有天理吗？"

陆梨随口附和："就是就是，没天理。"

外婆突然转向她："你都二十七岁了，还不成家，怎么让你妈、你爸、你外公在天上安心？"

"我也想谈恋爱，可是没遇到合适的人呀。"

"你开寿衣店，还做哭灵人，哪个男的敢娶你？相亲第一轮就被刷下去了。"

陆梨冷笑道："歧视殡葬业的人我还看不上呢。"

"所以说你老想那些不切实际的。"

陆梨有些不耐烦，开始玩手机。

老太太喝完稀饭，开始收拾碗筷，突然想起一件事，问道："以前我们的邻居辜老师，你还记得吧？"

她心不在焉地回答："嗯。"

"听说他的儿子辜清彦要从国外回来了。"

陆梨听见这个名字一愣，直起背，扭头问："什么时候？"

"今年吧。"外婆说，"算起来那孩子也不小了，我记得比你大三岁，是吧？"

陆梨的魂已经飘走。

"长得帅气，学历又高，这么好的条件不知道得找个多优秀的姑娘，唉！昨天我碰见他妈，他妈也在犯愁呢，想让他快点结婚。"

陆梨好像中了迷药，晕晕乎乎的，半天才回过神，按捺不住眉眼之间春潮荡漾，用甜腻的声音询问："他真的要回来呀？"

外婆在厨房洗碗，没有听到这句话。

陆梨扭着腰肢蹦蹦跳跳地回房间换衣裳，心里快活得好似年轻十岁、怀春的未成年少女，甜过水蜜桃。她多久没尝过这滋味了？

清彦哥哥、清彦哥哥。

她这个年纪，放眼身边还能喊一声哥哥的单身男性已经不多了，真的不多。

陆梨拎包出门，打车来到老城区桐花街，她的店开在五十四号，老远就看见"福寿堂"的招牌，底下还有几行小字：白事一条龙服务。

门外路边停着一辆国产七座的面包车，四万多块买的。

福寿堂的左边是修脚店，右边是小药房。小药房最近一直在打抗真菌药物广告，玻璃窗上贴着醒目的海报：专业治脚气，一喷一抹，远离真菌，止痒给力！

陆梨每次经过都会刻薄地想，药房开在寿衣店旁边，不是很讽刺吗？

福寿堂已经开门，淑兰正在打扫卫生。

"你们昨天去罗树弯几点回来的？"陆梨一进门就问道。

淑兰抬头看她，笑着回答："一点多，光是过去就开了两个小时。"

店内陈设如旧，寿衣、寿盒、寿布、挽联、香烛，各安其所。

陆梨转身走进柜台里边，打开电脑查看账目，她这边没有固定的团队，但不管哭灵、鼓乐班子，还是歌舞演出，只要生意是福寿堂介绍的，店里都要抽成。

除了淑兰。

陆梨不在的时候，基本交给淑兰打理，她虽然只比陆梨大两岁，但结婚早，孩子都上小学了。

今天陆梨一整天都不太对劲。下午有位客人来挑选寿衣，她不知想到什么，突然咯咯地笑出了声。

淑兰吓得倒吸凉气。

客人当场脸黑，拂袖而去。

"好久没吃海鲜了，我们今晚去丰海家宴吧！"她拍手提议。

晚上不好叫车，陆梨开车出门，家宴饭馆在城郊，周围有不少农家乐，他家生意最好。

停车场是一片荒地，坑坑洼洼的，铺满砾石，停车场外荒草丛生。

陆梨转了两圈才找到停车位，和淑兰挽着手走向饭店。

店内有小桥流水，装修风格是中西杂糅，里面已经没有位置了。服务员是个大姐，热情地招呼她们，在露天空地现摆桌椅。她们两个人坐在一张大圆桌前。

"待会儿找个代驾就行了。"陆梨要了几罐冰啤酒。

但淑兰坚持不沾酒："万一临时有活儿，明天起不来。"

陆梨倒喝得高兴。

"你喜欢的人要回来了？"淑兰问。

"嗯！"她像只鸟儿一般轻快地点头。

淑兰笑着道："怎么没拿下？不像你的个性。"

"小时候只是仰慕他，而且那时他和雅涵姐姐感情很好，我没动什么心思。"陆梨嘟囔着，"后来雅涵姐姐意外去世，清彦哥哥就一直单身了好多年。"

淑兰感叹着："这么长情的男人不多见了。"又说，"所以你也学他长情？"

陆梨觉得不好意思："哪有，主要是因为没遇到喜欢的人……呼，总之，我的心终于活过来了，真的，孤家寡人的日子也过够了。我要把清彦追到手，就算不能结婚，也该有一段故事发生。"

想想都觉得很美妙啊，和清彦哥哥在一起，人生还有什么不满足的呢？就算让她把心掏出来也心甘情愿。

淑兰震惊得左右张望，赶忙拉她："嘘，小声点儿。"

吃完饭，抽一根烟，结账走人。

她们步行一百米回到停车场，淑兰进去找车。

只有门口挂着一盏大大的白炽灯，四下里漆黑一片，分不清是蟋蟀还是蝉，一直叫个不停。

陆梨感觉小腹酸胀得厉害，早不来晚不来……

她东张西望，趁着四周没人，从两台车的缝隙钻进草丛，将半身裙拉高，拽下里面的内裤，然后蹲下。

畅快！

正解决到一半，惊悚的故事发生了。

面前那辆越野车突然引擎启动，两盏大灯像照妖镜似的射出刺眼的光。

"啊！"陆梨吓得夹紧大腿，惊愕地直起脖子。

老天爷，幸亏有野草遮挡，否则她就被一览无余了。

而司机显然也吓了一大跳。

试想一下，深更半夜，荒郊野外，一颗女人的脑袋从草丛里伸出来……

陆梨听见他骂了句脏话，接着灯光熄灭，两张看不清的面孔隐没于黑暗。

霍旭西以为自己撞鬼了。他只是抽完烟在车里眯了会儿，打死都想不到竟然有个年轻女人在他的车前随地大小便。

如果撞见小情侣花前月下，你侬我侬，他倒有心情慢慢观赏，这种就算了。

把车灯熄灭，他缓过神，知道她不好意思，自己在这里，她也不敢起身离开。

霍旭西当作什么也没看到，下车往大门外走。

他那群哥们儿醉醺醺地跟过来："阿旭，车停在哪儿？肥波吐得不行了。"

霍旭西拦住他们："抽根烟，等他吐完，别弄脏我的车。"

"肥波重得很，扛不住啦！"

"扔地上，歇一歇，抽完烟再走。"说着，他回头扫了一眼，只见一个窈窕的身影捂着脸逃跑，双腿的影子拉长，像乱晃的竹竿。

陆梨恨不得挖个土坑把自己活埋。她找到淑兰，坐上副驾，车子缓缓地开出去，经过大门，隔着车窗与霍旭西目光相接，她的脸颊瞬间变得滚烫，但正襟危坐，优雅地抬手拨弄刘海，遮挡住眉眼。

不是我、不是我、不是我。撒尿的人不是我！

离开停车场，陆梨缩起膝盖，用胳膊环住脑袋。

"怎么了？"淑兰问。

她带着哭腔懊恼万分地道："我好想死。"

真是丢死个人……

当晚，陆梨梦见辜清彦，她把抽过的烟放进他的嘴里，他接着抽起来，二人越靠越近，这时她听见一个嘲讽的声音说："喂，你怎么又随地尿尿？"

她猛地抬头，发现辜清彦已经变成了停车场那个和自己惊鸿一瞥的男子，而自己正脱了裤子蹲在他的面前撒尿。

陆梨被吓醒，自暴自弃地把头发薅成鸡窝。

次日，陆梨被外婆拽出门，因为没睡醒，她像条蠢狗似的跟在老太太身边，直到走进一家破旧的风水命理馆才知道发生了什么事。

外婆带她来算命。

陆梨想说，她做殡葬这么多年，认识的大师比老太太遇到的电话诈骗犯还要多，真想算命还用来这种地方花冤枉钱？但她不敢驳外婆的面子，怕回去挨打。

那位先生拿着陆梨的生辰八字推算了好一阵，算出她每七年经历一次巨大变故。

外婆掐指一算，惊愕地直拍大腿："没错没错，梨子七岁丧父，二十一岁丧母，可不是七年吗！"

接着，先生又说："四七是很重要的转折点，如果不对生活做一个大的调整，之后十年的运势都会比较糟。"

"四七二十八，就在明年了，要做什么调整？"

"比如转业啊，结婚，生子，都算。"

陆梨直翻白眼，看出来了，外婆肯定给了他钱，两人在这儿演戏呢。

回家的路上，老太太不停地念叨："听见没有？十年不顺呐，十年。你要再不改行不结婚，可能下一个变故就是我死啦！我才七十岁出头，怎么可以死？"

陆梨觉得头痛欲裂。

休养的这段时间她也考虑过，职业哭灵人这份工作她真的做累了，趁这个机会急流勇退也没什么，但是她舍不得关福寿堂，李四哥的乐队、朱姐的歌舞团，还有零零散散的乐手、歌手、风水先生，都在福寿堂挂名接生意，要是突然关了门，恐怕不好交代。

她琢磨了一宿，次日去店里，下午乐队的人和学徒谢晓妮都在，陆梨向他们宣布自己不再做哭灵人。

"以后有单子都交给淑兰，晓妮也要抓紧时间练习，不然忙不过来。"

"你真不做了？嗓子不是恢复了吗？"

"我们家老太太厉害得很，再说我也确实累了。"

李四哥沉默片刻后叹气："干这行的都不容易，早点退了也好。"

磊磊问："那福寿堂还开吗？"

陆梨缓慢地眨了眨眼，随即点点头，笑着说："开呀，怎么不开。"

他们的神色放松下来。

这时淑兰接到了电话。

"你好，福寿堂……是，哭灵和乐队都有，价格根据人数和时间分不同档次……嗯，我们老板她……"

淑兰投来为难的表情，陆梨思忖片刻，点头示意。

最后一单，就当作对哭灵生涯的告别吧。

"泉镇凤凰村，一位老大爷昨晚去世，遗体已经运回老家，灵棚也搭好了，丧主需要一支六人乐队和哭灵人，晚上的演出他们已经请好了班子。"

陆梨查看了一下时间，扬声招呼："行，打起精神，收拾东西准备过去。"说着，她点了点谢晓妮："你也一起去。"

"我？"

"嗯，来了小半个月，总不能一直纸上谈兵吧，跟去现场看看。"

小妮子不大情愿地"哦"了一声。

磊磊问："兰姐呢？"

"我负责摄像。"

"那一共九个人，车里坐不下。"

李四哥说："你坐后备厢。"

磊磊耷毛："怎么又是我！"

后备厢堆放音响设备和乐器丧服，正好还能塞下一人。

陆梨开车载团队过江，到泉镇，又往山里开了半个多小时，抵达凤凰村。白色的花圈已经摆到村口，丧主领着几个晚辈出来接亲戚和客人。

"村里的路太窄了，汽车进不去。"一个五十多岁的中年人上前打招呼，"陆老师。"

"哦，你好。"

他戴重孝，应该是逝者的儿子："这里离我们家还有一段距离，你们拿这么多东西，坐摩托车吧。"说着，指向石桥边的几个青年。

李四哥见摩托只有四辆："女同志坐，我们慢慢走。"

磊磊拖着音响跑得飞快："加上我！"

那几个青年也戴孝，大概已经载过不少客，疲惫、心烦都写在脸上，多少有点儿麻木的表情，其中一个背对着他们点烟，匆忙之间望去，从圆圆小小的后视镜里瞥到他漂亮的眉眼，陆梨走神了片刻。

"阿旭！"丧主喊。

他扭过头来扫了一眼，置若罔闻，甩了甩手里的打火机，可能快没油了，试了好几次才把烟点燃，然后他再次打量众人，不耐烦地催促："喂，快点，走不走？"

陆梨心想，怎么会有人长得那么精致的同时……透出一股欠揍的气质？还有，这人怎么好像有点眼熟？

她暗自嘀咕完，提着包往石桥的方向走。淑兰和谢晓妮已经上了另外两个人的摩托，那个叫阿旭的叼着烟发动引擎。陆梨抬腿跨上后座，将包放在两人中间，双手抓住后面的尾架，保持仪态，毕竟被人称呼为陆老师嘛。

刚坐稳，车子嗖地一下冲出去，好家伙，一个惯性让她优雅尽失。

过桥，沿着快要干涸的水塘往前走，石壁上长满青苔，拐过村口，后面全是土路，磕磕绊绊的，路又窄，摩托开得又快，颠得人好像随时会掉下去。

"大哥，"陆梨凑上前，在他的耳朵后面喊，"慢点儿行吗？注意安全！"

霍旭西没理会，从后视镜里可以看见他优越的下颌线，嘴里叼着烟，一副面无表情的样子。

"喂！"她提高音量，"这位大哥，你有没有听见我说话？我不赶时间的，你是急着回去上厕所吗？"

霍旭西心想，这个女人一副小烟嗓，乱喊乱叫，聒噪死了。

眼瞧着前边路上的碎石越来越多，陆梨变得急躁起来："我不坐你的车了，放我下去！"

霍旭西皱眉。

"喂！"她攥拳捶打他的后背，"快给我停车！"

霍旭西吓了一跳，当即刹车，难以置信地回头看她："大姐，你没事吧？"

陆梨蹦到地上，叉着腰冲他骂道："飙车很酷吗？很爽吗？你几岁了，毛都没长齐就学人家不要命，翻车出事，你负得起责吗？"

霍旭西扔了烟头，上下打量着她，冷笑着说："这是越野摩托，九十度高坡都能上，何况这条破路我不知道走过多少遍，从来没有翻过，你懂什么？"

陆梨歪着嘴冷冷地"哼"了一声，表情比他更夸张："呵呵，管你多少度，总之我不可能再坐你的车，绝对不会！"

她放下狠话，抓起包，望向右边的稻田。远处的山坡上排着花圈，只要顺着花圈走就能找到丧主家，而且沿中间的田埂还近些。

陆梨潇洒地转身，直接往田间的小路冲去，数米远的地方围着几个小孩，正在捡石头往树上丢。

"喂。"霍旭西叫了声。

陆梨走得更快。

臭小子，别费劲了，打死我都不会回头。

正暗暗腹诽，她突然一脚踩空，整条腿陷进了泥里。

"啊！"

陆梨震惊地低下头，想看看发生了什么，接着发现这里居然有个缺口被杂草盖住……还有天理吗？

"哈哈！"那群臭小孩笑得前俯后仰。

霍旭西也憋着笑，轻咳一声，走过来拉她。

陆梨感觉受到了屈辱，咬牙切齿地道："你故意的？"

"没有。"

"那你为什么不提醒我？"

"大姐，你讲不讲道理？"

两人正要争辩，远处的一个小孩发出尖叫，孩子们忽然四下乱跑。

"吵死了。"陆梨露出不耐烦的神色，"喊什么？"

霍旭西皱着眉思忖："捅了马蜂窝吧？"

陆梨转头和他对视了三秒钟，反应过来，双双大步往回跑。

"快快快！"

两人忙不迭地跳上摩托车。

"旭哥，等等我！"一个黢黑的男娃被马蜂追着朝他们跑来。

陆梨捶打司机的肩膀："别等他！快跑！"

霍旭西也没有停留的意思，嗡地一声，飞快地加速逃离。

男娃气得直跺脚，坐在田坎上号啕大哭。

天已黑透。

陆梨早换好丧服，化好了妆。仪式开始前她会找丧主详细了解逝者的生平事迹，用纸笔记下。

这位老爷子昨天上午在田里摔了一跤，送到医院，晚上就没了。

"你待会儿跟在我的后面。"她见谢晓妮无所事事，安排道，"我跪你也跪，我哭你尽量跟着哭，哭不出来就把头低下。"

妮子愣了一下，眼睛瞟向周遭众人，尤其这里有几个与她年岁相当的年轻人，总时不时地打量着她，让她心烦意乱："我……我没有经验……"

"所以才让你跟着我的呀。"陆梨看她很不情愿的样子，"不然你来干吗？看热闹吃酒席？"

对方不吭声。

陆梨对待工作非常认真，做事雷厉风行，即便谢晓妮是她师父的侄女，她也不留情面："不想干的话，要不你现在回家？"

淑兰见状，赶忙上前打圆场："哎呀，人家小姑娘才十八九岁，刚入行，肯定需要适应嘛。"

都半个月了，还适应呢。

陆梨懒得搭理，自顾自地去灵堂调试话筒和音响。

淑兰揽着谢晓妮好言相劝。

妮子问："她哭一场多少钱？"

"今天这种两千八百元。"

"你呢？"

"八百八十元。"

"怎么差这么多？"

淑兰笑着道："我刚入行的时候，丧主只肯付两百块呢。只要你肯努力，总有一天也能拿到你师父那样的出场费。"

谢晓妮咬着嘴唇："可是我觉得……好丢人。"

淑兰摇头叹气，拍了拍她的背："慢慢来吧。"

霍旭西看见人群里一个披麻戴孝的女人走了过去，非常惹眼。

她的身高大概有一米六七，这么高的个头在南方姑娘里很是出挑，而且长得也不错。年轻女孩肯做哭灵人的已算稀有，更何况还漂亮，在这行吃香也算情理之中。

布置成灵棚的院子里已经坐满乡里乡亲，有的抽烟，有的嗑瓜子、吃花生。

电灯泡下飞虫环绕。

仪式开始，陆梨拿起话筒朗诵悼词，声音洪亮，情感充沛。

朗诵悼词结束后进入哭丧环节，孝子贤孙跪满一地，霍旭西和堂兄弟在第三排。

哭灵有技巧，分哭、泣、号，一味地干号没有用，有声无泪显得虚假，哭则要声泪俱下，以情动人，而最高层次则是泣，泣不成声，悲痛欲绝，使闻者落泪，无不动容。

这是最后一次了。

陆梨想起初入行，头一回跟着师父哭丧，跪在旁边怎么也挤不出眼泪，师父抽空直接往她的腰间狠掐一把，痛得她龇牙咧嘴，放声大哭。

本来今天她也想掐谢晓妮的，但是太过投入就给忘了。

陆梨向来把自己的工作当成演出，一场服务于逝者的告别演出，是民俗不是低俗。她研究殡葬，追溯到最早有文字记载的挽歌流行于西汉，歌词尚在，但曲子早已失传。陆梨请李四哥重新谱曲，穿插在哭灵的过程中。

乐队都知道这是她最后一场，伴奏得格外用心。

"韭上朝露何易稀。露韭明朝更复活，人死一去何时归？"

一边哭一边唱着，掩面啜泣，唢呐、笙、二胡、铜钹，倾力为她演奏。

不知过了多久，霍旭西觉得双腿发麻，隔着幽暗的灯影望去，哭灵人膝下没有垫子，直接跪在水泥地面。

"蒿里谁家地？聚敛魂魄无贤愚。鬼伯一何相催促？人命不得少踟蹰。"

整整四十分钟，哭灵仪式结束，后面由另外的团队接棒，演出歌舞小品。

陆梨的膝盖失去知觉，险些站不起来。她的眼睛红肿，脱下丧服，里面的短袖早已湿透。

"快喝点水。"淑兰打开保温杯，喂到她嘴边，又用毛巾给她擦汗。

嗓子不如二十岁的时候耐用了。

"我刚才的演出怎么样？"

"很完美，都拍下来了。"

陆梨点头，转头寻找谢晓妮的身影，看她蔫蔫儿地坐在板凳上搓揉膝盖，脸色发白。

"没事吧？"

又不吭声。

"下回投入些，这个过程就没那么难熬。"

谢晓妮快要哭出来一般："什么时候走？"

正说着，丧主过来了。

"陆老师，辛苦辛苦。"他显然对陆梨的表现十分满意，"天也晚了，路上不好走，就在我们家歇一宿吧，不过这两天亲戚多，屋子不够住，可能要打地铺。"

陆梨当然婉拒："不了，我待会儿开车走，明天早上再来接乐队。"

"好吧，我也不强留。"他掏出一个信封，"我不懂手机支付，来，你点点。"

陆梨娴熟地抽出钞票，口中默数，手指动得飞快。

刚点完，忽然灵堂里有人号哭起来。

"爸啊！我的老爹，你没享过一天福，眼看我们的老房子要拆迁了，你怎么就走了……"

陆梨在心里嘀咕，谁啊？哭得这么难听。

淑兰说："好像是这家的二儿子，下午就听他骂骂咧咧的，现在喝多了吧。"

丧主忙赶过去。

人影绰绰，那位叔叔在里边鬼吼鬼叫，好像还把什么东西砸了，闹出好大的动静。

几个晚辈上前拉他："二叔，走，醒醒酒。"

他大发雷霆："滚！你们这些没心肝的东西，一个两个都是孽障！你爷爷走了，你们一滴眼泪都没流，找个陌生的小姑娘在那儿假惺惺地演戏！狼心狗肺，一群狼心狗肺的东西！"

眼看劝不住，这时霍旭西从沙发上起身，揪住他肩头的衣裳："发酒疯去外边，这里是灵堂，长明灯差点都被你踢翻了。"

他二叔脸红脖子粗地嚷道："你算什么东西？轮得到你说话？这里是霍家，你哪位啊？关你什么事！"

丧主也赶忙劝："老二，不要在灵堂闹，这么多客人在，像什么话？"

"呸！我就要让大家都听听，别以为我不知道你们父子俩的心思，老宅马上要拆迁了，我告诉你，不是我霍家的人，拆迁款一毛钱都别想要！"

霍旭西丝毫没有动怒，反倒笑眯眯的，拎着人直往院子里丢："来来来，你要喊，是吧，去跟大家说说，你怎么偷爷爷的存折，每个月按时取他的养老金，供你自己吃喝！"

众人交头接耳，议论纷纷。

丧事上亲戚们大打出手的戏码，陆梨见过很多回，并不稀奇。

这种时候看客们通常都会出言劝阻，尤其晚辈凶长辈，不论谁对谁错，那都得劝的。

"阿旭，毕竟是你二叔，有话好好说。"

瞧。

陆梨把丧服叠好塞进提包，这就准备走了。乐队还要待一晚，明早出殡后才结束工作，淑兰也要跟着。陆梨本想把谢晓妮留下，让她帮忙打杂，多学点东西，但见她的脸色极其难看，似乎一分钟都无法忍受。算了，把这个倒霉孩子一起带走吧。

"明天早上我来接你们。"陆梨向淑兰交代一句，提起包离开。

"不用接，我们自己搭车，你快回去休息。"

陆梨跨出院门时回头往人堆里扫了眼，那个醉酒的男人撒起泼来，疯狗似的，接着被他那个嚣张的侄子一脚踹倒在地上。

牛啊，倒是丝毫不顾长幼尊卑和旁人的非议。

漆黑的田野，虫鸣不绝，陆梨打着手电筒走在前边。

谢晓妮问："到村口好远呢，不能让他们开摩托送吗？"

"你是来干活的，还是来当大爷的？"

"进村的时候不都坐了摩托吗……"

陆梨忽然停下脚步转过身。

谢晓妮以为她要训自己，垂下眼。

陆梨上下打量着她，口中的话酝酿了一会儿后又咽回去，微微叹气，却问道："膝盖怎么样？"

"跪得太久了，很疼。"

"回去用毛巾热敷。"说着，陆梨的话一顿，"赚钱没那么容易的。"

两人走了许久，终于上了车。陆梨抽出两张票子递给谢晓妮："拿着，你今天第一次出场，应该收一份，我头回跟你姑妈出去也收到钱的。"

"哦。"

送完徒弟回到家，陆梨直奔浴室。

外婆整理她的提包："你又给人家哭灵去了？"

她在洗澡，没听见。

外婆推门而入："梨子，晚上是不是哭灵了？"

淋浴间的玻璃没有磨砂，那叫一个透亮。陆梨吓得赶忙背过去："我在洗澡！"

"洗你的，问你话呢。"

"最后一场，以后不干啦！"

外婆点点头："那这身丧服我给你扔了，放在家里瘆得慌。"

"不行，我要留作纪念，不许扔！"

"还纪念……"外婆准备出去，又看向淋浴间，嘀咕着道，"啧，我们乖乖哪儿都好，就是没遗传到我的大屁股，你妈妈的屁股又圆又翘，那都是我的基因。"

陆梨反驳道："遗传你就是小矮子啦。"

"女孩儿家要那么高干吗？能嫁个好男人才要紧，看我的眼光多厉害，找到你外公那么极品的丈夫，只可惜命太短，唉！"外婆一边念叨一边关上门。

陆梨洗完澡裹着干发帽回房间，打开笔记本，将今天的工作详细记录下来，正专心地写着，手机嗡嗡振动起来，是她师父的电话。

"喂，师父。"

"梨子，我刚才听晓妮说，今天是你最后一次哭灵，以后决定不接单了吗？"

陆梨慢慢放下笔，往后靠着椅背，迟疑地"嗯"了一声。

师父闻言，叹了一口气，沉默良久："不做也好，这行又苦又累，经常让人瞧不起，有办法的话谁愿意赚这种钱。"

陆梨说："当初你花那么多心思带我入行，手把手地教我本领……我算是半途而废了。"

"这有什么。"师父说，"赚到钱就行了，我们这行再哭二十年也哭不成艺术家，有什么可惜的。对了，谢晓妮最近在你那边做学徒，学得怎么样？"

"我正想跟你汇报。"陆梨斟酌着用词，"晓妮她可能不太喜欢，也不太适合干这个……"

"那她想干吗？"师父一听这话就来气，"读书读不下去，让她进工厂或者餐厅、商店打工，她又嫌拘束，不愿意朝九晚五，她的父母只能找我帮忙，我一个退休老阿姨能怎么办？如果她连哭灵都不肯学，难道回去跟她的父母一起种地吗？现在的年轻人真是没有一个肯脚踏实地，整天眼高手低，不知道脑子装着些什么。"

陆梨揉捏着眉心："她还小，这个年纪正是心高气傲的时候，勉强下来也很痛苦。"

师父说:"你入行的时候只比她大一两岁,而且还是大学生,你就不痛苦?那你怎么熬下来了?"

陆梨笑着道:"正是因为我知道那种滋味儿,所以才希望年轻人去做自己喜欢的事情呀。"

师父骂道:"喜欢算什么,谢晓妮还想当明星呢,去年跑到什么横店,不过半个月就灰溜溜地回来了,接着又想参加唱歌比赛,花了几千块钱学声乐,结果初选就被淘汰。她父母省吃俭用,好几年都不舍得买新衣服,谁不想干自己喜欢的事啊,但要考虑家庭情况,她有那个条件吗?"

陆梨倒也是第一次听说这些事情。但她和长辈的想法不同,认为不该强迫别人做什么工作。孙猴子被压在五指山下五百年照样不服气,走过千山万水经历八十一难才成佛呢。

"其实失败很正常,年轻嘛,多积累人生经验有利于成长,不用害怕试错。"

"乖乖,你说得容易哦,不挣钱下个月吃空气?你是她的师父,应该好好引导,别让她再瞎折腾了。"

话至于此,陆梨没有多言,乖乖地应下。她不喜欢说教,讨厌跟人长篇大论地讲道理,她自己也从青春期过来,最烦某些长辈拿着鸡毛当令箭,指点江山,好为人师。更何况她的脾气又差,缺乏耐心,万一说出什么不中听的话,把小姑娘吓跑可怎么办?

还得靠淑兰。

"我这个脾气跟谢晓妮只能硬碰硬,我看她也不服我管,倒是愿意听你的。"

"慢慢来吧,再给她一点时间,人家还小嘛。"

"娇里娇气的,根本不适合做这行。"

虽然陆梨这么说,但为了师父的人情,还是把谢晓妮留在店里,每个月给她开工资,有活儿就让她跟去打杂,没活儿就在店里学唱丧曲。

不过小妮子三心二意,只要没人监督,她就玩手机刷短视频。

某天,陆梨听见淑兰轻声细语地提醒她:"这首歌已经学了三天,现在连一半都没唱下来,是不是有点太慢了呢?"那口气像在哄幼儿园的小孩。

谢晓妮说："歌词这么长，从一月唱到十二月，怎么记得住。"

淑兰笑："所以要多加练习呀，你总是玩手机，什么时候才能背下来？"

每当谢晓妮不认同，听不进去，就选择沉默。

淑兰想和年轻人拉近关系，又说："平时无聊的时候我也爱看短视频，有的确实挺好笑的。"

妮子却说："我不是为了贪玩儿，我在研究人家怎么靠自媒体赚钱。"

淑兰张了张嘴，诧异地问道："你想做主播？"

"怎么，不行吗？"

"想法是可以……"淑兰咂舌，"但这能赚钱吗？"

"啧，我认识几个小主播，人家才做了半年，现在都月入上万了。"

淑兰茫然地点点头："哦，这么厉害，那你……"

"我还在研究。"

淑兰思忖着，迟疑地开口："找个自己喜欢的事情当然可以……不过，还是要先做好本职工作，养活你自己，用业余时间去探索兴趣，不能本末倒置了呀。"

谢晓妮早就觉得有些不耐烦，闷声嘀咕着："我知道了。"

陆梨在外面听了半晌，气得哭笑不得。她后来跟淑兰说："要是换个人，我早赶她出门了，拿我这里当什么？吃着碗里看着锅里。"

"哎哟，现在年轻人不定性，很正常嘛，人家来了这么久，你也没有尽心教她本领，师徒两个生疏得很。"

陆梨摇头："她的心思都没放在福寿堂，整天在这里混日子，我为什么要认真教她本领？"

淑兰笑说："你做师父的，退一步，包容一点，跟徒弟计较什么？想想当初你的师父是怎么照顾你的。"

陆梨沉默了一会儿，轻声叹气："我也想要一个乖巧的徒弟呀，如果有缘，我肯定倾囊相授，可是谢晓妮……她不喜欢这行，我更不喜欢勉强别人。"

淑兰朝她眨着眼睛："瞧，还是把晓妮当作别人。"

陆梨愣了愣，说不过，转念一想，自己也笑了。

夏至过后，时近七月，天气越发闷热。

最近老太太又催促她把寿衣店转出去。

"现在相亲市场鱼龙混杂，好不容易逮到一个条件不错的，对方的父母听说你做殡葬，都吓跑了，以为你江湖习气重，不敢娶进家门！"

陆梨无所谓地说："我是有江湖习气呀。"

外婆自顾自地道："另外，还有那种不要脸的东西，知道你开店有几个钱，狗皮膏药似的往上贴，一点儿自知之明都没有！"

陆梨觉得头痛："您能不能别替我跑相亲市场？也不想想需要相亲的男人能有什么好。"

"我不替你去，难道眼看着你变成老姑娘吗？"外婆戴上老花镜，翻手机，"谁说没有好的，这里有个年轻人就还不错，比你小三岁，职高毕业就出来做事了，现在经营一家洗车店，和你的条件比较般配，我已经帮你们约了时间见面，明天中午一起吃个饭。"

陆梨皱眉道："我没说要去，你这个老太太怎么又自作主张？"

外婆抬起胳膊作势要打她："不识好歹，等我死了就没人管你了！"

陆梨迅速躲闪着，避开外婆的拳头："职高学历，还比我小，能有什么共同语言？我不喜欢毛都没长齐的臭弟弟。"

"你都二十七岁了，难道还想找年龄大的？现在三十多岁还单身的男人都离异带小孩儿吧，你给人家当后妈去？"外婆说，"职高学历怎么了？你不也大学没读完，五十步笑百步！"

"天哪……"

"我才要喊天呢，操不完的心，命那么苦，早年丧夫，中年丧女婿……"

"行了行了。"陆梨一败涂地，赶忙打断老太太的话，"我去相亲，去跟那个毛都没长齐的洗车店老板吃饭，好吧？但就这一回，绝对没有下次，明白吗？"

南方小城的市中心步行街人来人往。

分明有那么多餐厅可以选择，为什么相亲地点会在一家肥肠店？为什么？

陆梨挑了一个靠窗的位置坐下，掏出手机，找到今早新加的好友。她的相亲对象，微信名称是"白塔汽车美容：洗车、贴膜、保养"。

靠近郊区的地方有一条路叫白塔，他该不会懒到用路名做店名吧？

陆梨点进去，想修改备注，但他叫什么来着，早上外婆提过的……许什么鸡？

唉！算了，就叫相亲男吧。

看看时间，她来得有点早，要了一杯柠檬水慢慢等。

"梨子。"

一个男人的声音。

她抬头，愣愣地望着来人，是宋玉彬，她的浮夸前男友。

"我们聊一聊。"不速之客径直落座。

陆梨心想，他怎么就坐下来了："你干吗？有事吗？"

宋玉彬满脸诚恳地道："我刚到你家楼下就看见你上了一辆出租车，所以一路跟到这儿。"

"然后呢？"

"你把我的电话和微信都拉黑了。"

"啊，还有必要联系吗？"

"我是认真想找你复合的。"他露出无辜的表情，"过了这么多年，我对你的感觉一直都没有变，初恋果然最难忘，我们那时候多单纯、多快乐呀。"

陆梨扯起嘴角，不懂他感动个什么劲儿。

宋玉彬说："而且我也成熟了，可以做你的依靠。梨子，我们的年纪都不小了，别再浪费光阴好吗？"

"呵呵，"她忍不住冷笑出声，"怎么？你不介意我做哭灵了？"

"我从来没有介意过！"他义正词严地道，"都是我妈！当初是她逼我和你分开的！我那时还小，没有勇气反抗父母，不过现在不会了，谁都不能阻拦我和你在一起。"

陆梨翻个白眼："滚滚滚，少在那儿给我装，你换过几个女朋友？都被人家甩了吧？找不到人结婚就打起我的主意……"

宋玉彬认真地辩解："那是家里给安排的，我跟她们一点共同语言都没有。梨子，你不知道我有多痛苦，每天活在回忆里，只有想到你才会开心一点，我真的忍受不下去。"

老天爷啊，这家伙的表演型人格又出现了……

陆梨匆忙地扫向四周，压低声音警告他："少发癫，赶紧给我滚。"

"我是说真的，"宋玉彬竖起三根手指，"我至今为你保留清白之身，贞洁就是我对你最大的承诺和诚意。"

周遭有人笑出声。

陆梨忍无可忍，抓起面前的柠檬水泼了过去。

谁知宋玉彬的反应很快，身子一歪便躲开了，那杯水却尽数泼中他身后趴在椅背看戏的小胖子。一个约莫六七岁的小男孩，刚才还乐呵呵地凑热闹，这会儿笑容尽失，愣住了。

"我的天。"陆梨倒吸一口凉气，正欲上前补救。

然后却听见一个慢悠悠的声音，夹杂着些许嘲讽："陆老师，带着前男友来相亲，真是让人刮目相看。"

小男孩旁边的青年抽出纸巾给他擦脸，同时回头冷冷地扫了她两眼。

这不是……她做最后一场哭灵的那家的亲戚吗？难道今天相亲的对象就是他？

"许什么鸡？"

对方的脸色阴沉着，一字一句地说："我叫霍旭西。"

"哦，不好意思……"她赶忙致歉，抓起餐巾纸递过去，向受害者请罪，"对不起啊！小朋友，刚才是误伤，姐姐不是有意的。"

小男孩乖乖地任由她帮忙擦拭，不哭也不闹。

宋玉彬看了半晌："陆梨，你用得着相亲吗？跟我走。"

她眼皮子也没抬："谁要跟你走。"

宋玉彬露出诧异的表情，指了指霍旭西："他的孩子都这么大了，难道你要给人家当后妈？"

陆梨觉得烦躁，只想立刻打发他："我就喜欢当后妈，白得这么一个大儿子，我高兴还来不及！"

宋玉彬难以置信地道："你这样赌气，以后会后悔的！"

陆梨声音冷冷地道："再不滚蛋，我让你立刻后悔。"

察觉到她真的生气了，宋玉彬点点头，后退两步："好，如你所愿。"说罢，留下一个受伤的背影，决然而去，连离开的步伐都显得那么做作。

陆梨扯起嘴角暗自骂道："我到底造了什么孽？"

她转过头来，对上霍旭西嘲讽的神情，他靠在小沙发里，单手支额，桃花眼带着笑，眉梢微扬，说："精彩，大开眼界。"

陆梨平静地落座，双腿交叠，挺胸直背："霍老板带着儿子来相亲，也是别具一格。"

大哥别说二哥，半斤八两，彼此彼此。双方都没有相亲的诚意。不过，陆梨认定对方做得更过分些。

话说回来，如果他才二十四岁，掐指一算，那么未成年的时候就搞大了人家的肚子，还敢生下来养……估计女方比他岁数大些，否则不可能的。

"不是儿子，"小男孩提醒道，"我是他的外甥。"

陆梨眨了眨眼睛："哦。"

外甥的话，那就罪减一等吧。

"你叫什么名字？"

"霍圆满。"

外甥和舅舅一个姓？

"几岁？"

"六岁半。"

陆梨实在忍不住："你有没有看过一部电影叫《乌龙院》，里面那个小胖子和你长得一模一样。"

"可是我一点儿都不胖。"

"啊？"

霍旭西轻抚着额角，不想搭理他们像智障般的对话，自顾自地抬手示意服务员。

这家餐厅主营肥肠火锅，同时也做川菜。

"舅舅，我要参加大胃王挑战！"霍圆满兴奋起来。

服务员说："小朋友，你还没满十二岁吧？如果要参加挑战活动，需要家长陪同才行。"

霍圆满眼巴巴地望向他的舅舅，霍旭西连眼皮也没抬："别看我，我不可能陪你玩这种无聊的游戏。"

"可是人家就是为了挑战才来这家店的呀……"小胖子神色黯然，接着转头去看陆梨，"姐姐。"

霍旭西却开口："什么姐姐，应该喊阿姨。"

这兔崽子竟然这么没礼貌！

陆梨抿了抿嘴，"哼"了一声道："原来相亲的地点是你们挑的。"

霍旭西抬眸打量，似真似假地道："不知道是你，否则会选个好点的餐厅。"

哼，还像句人话。

霍圆满说："姨姨，刚才你泼我水。"

"啥？"

"是不是该赔我点儿什么？"

陆梨听完愣住，随后笑起来："你这么小就会讨债，跟谁学的？以后可不得了。"

霍圆满撒娇："陪我挑战大胃王嘛。"

陆梨托着腮叹气："好吧，谁让我欠你呢。"

没过多久，脸盆那么大的肥肠面端上桌，陆梨吓得眼珠子差点掉下来。

"二十分钟，现在开始计时了。"

霍旭西万万没想到自己头一回出来相亲竟然会见到这种场景，这个女人是一点都不矜持，当着他的面大快朵颐，腮帮子鼓鼓的，嘴上全是油。

"嗝。"

还打嗝。

"救命，我吃不下了。"她捂住肚子瘫在沙发里，满头大汗，有气无力地道。

霍圆满含糊不清地说："坚持，姨姨。"

旁边的霍旭西掩饰不住嫌弃，"啧"了两声："两位人才，不行别勉强，你们撑死就算了，商家多倒霉。"

陆梨被他的话激起好胜心，挣扎着慢慢起来："我只是休息一会儿，谁说不行。"

这时服务员上前提醒："还剩最后两分钟哦。"

"快！"霍圆满愤怒地大喊。

两人犹如小猪变身饕餮一般，以风卷残云之势将剩下的面条和肥肠尽数扫光。

霍旭西咬着吸管，看都看饱了。

"没见过你这么能吃的女人。"他发出赞叹。

陆梨现在撑得一动也不想动。

"刚才那个男人是怎么回事？"霍旭西终于切入正题，"你和他吵架，所以跑出来相亲？"

"没有，那人跟我没关系。"陆梨按着胃部，懒散地打量他，"听我外婆说，你开了一家洗车店？"

霍旭西挑眉，歪了歪脑袋："嗯，怎么？"

"赚钱吗？"

"还行。"

"还行是什么意思？能不能具体一点。"

霍旭西笑着道："有车有房有存款，这样够具体吗？要不要告诉你每个月入账多少？"

陆梨摆了摆手，继续问："身体还好吧？"

"什么？"

"我是想说，你的身体是否健康，有没有疾病？"

霍旭西扯起嘴角："没有。"

陆梨点点头："那性取向呢？"

霍旭西气笑了，皱着眉重复："你说什么？"

"别动怒，我只是觉得奇怪，"陆梨打起嗝来，一下一下地抽，"你的条件不错……嗝……又这么年轻……嗝……竟然找不到女朋友，需要相亲？"

霍旭西看着她沉默了一会儿，往后靠去，漫不经心地说："家里安排的，推不掉。"

陆梨心想，他傲娇什么："谁不是呢，嗝，而且我不喜欢小男人，幼稚，肤浅。"

霍旭西眯着眼睛，莞尔一笑道："正好，我也不喜欢随地大小便的女人呢。"

陆梨皱着眉，刚想发作，对上他似笑非笑的表情，心中一个念头闪过，轰然在脑海里炸裂，凶猛的火势从双颊迅速蔓延至耳朵，连脖子也开始发红。

"你知道，深更半夜，荒郊野岭，草丛里冒出一颗女人的脑袋，有多惊悚。"霍旭西慢悠悠地说，"毕生难忘。"

陆梨屏住呼吸："不是我！"

霍旭西笑着道："我也没说是你呀，陆老师，这是怎么了？"

怎么了？怎么了？她觉得浑身都快烫熟啦！

离开餐厅，陆梨在街边看见霍旭西的车，一眼认出正是那晚对着她亮大灯的越野车……虽然不是什么豪车，车子四四方方、硬邦邦的，像头黑色的怪兽，但她瞧着心虚，不得体的记忆叫人无地自容。

其实当时……陆梨是很感激他的。

荒郊野外，不期而遇，场景荒唐且带着惊吓，他没有做出让她更难堪的举动，赶紧熄灯，远离，并阻止一群男性朋友靠近，给她足够的时间和空间收拾自己，逃离现场。

车灯下的惊鸿一瞥，印象模糊不清，有许多留白任人填补。

陆梨对他生出美好的想象，以为那是一个温润如玉、清雅良善的君子。

可现在，霍旭西完全打碎了她的幻想。

"陆老师，走吧，我送你。"

陆梨一声不吭地坐上副驾。

"回去知道怎么应付吗？"他问。

"什么？"她有点魂不守舍，愣了片刻反应过来，"放心，我会说你的好话。"

霍旭西奇怪地看了她一眼，纠正道："不是让你说好话，为了避免以后无穷无尽的相亲，回去就说这次聊得不错，继续接触。"

"那不就是让我说你好话的意思吗？"她言简意赅地解释。

霍旭西张嘴，愣住，按捺住反驳的冲动，皱眉发动车子。

"你住哪儿？"

"锦绣路，金玉良苑。"

车开出去，手机响了。霍旭西有些不耐烦地按下免提："喂，三姑。"

"阿旭呀，今天见的那个姑娘怎么样？你们吃完饭了吗？"

"嗯，还行。"他冷冷地答道。

"我就说嘛，三姑能不给你挑好的？刚才我和介绍人聊天时才想起一件事，这个陆梨小姐，就是那次给你爷爷哭灵的女孩啊，你看，你们多有缘。"

霍旭西面无表情地听着。

"虽然做哭灵听上去不太体面，但是这行赚钱的呀，她自己还有一家店，多能干的女人，找媳妇就要实际一点。年纪嘛，是比你大些，所谓女大三抱金砖，会疼人，不像你以前找的那个乖乖女，娇滴滴的啥都不会，被父母宠大，还要你伺候呢。那天我见过陆小姐，个子挺高，说明养得好，身体结实，以后你们小孩的基因也不会差……"

陆梨已经面露无奈之色。

霍旭西说自己在开车，及时挂掉了电话。他轻咳一声，手指扶着方向盘："我三姑说话不过脑子，你别当真。"

陆梨咬牙道："感谢她没说我壮实好生养。"

霍旭西说："你倒是不壮，但个子确实挺高的，有一米七吗？"

陆梨闻言，得意地道："一米六七而已，不过我的比例好，很多人都说我看起来像超过一米七。"

这时，后座的霍圆满说："我舅舅身高一米八五，比你高多了！"

陆梨转过头去："我是女孩子，和他比个头干吗？"

霍圆满说："你们以后生的娃娃肯定是巨人。"

霍旭西说："闭嘴，睡你的觉。"

陆梨打量他："看来你真不是……"

霍旭西皱着眉头："你怎么老怀疑我是那个？"

因为你长成这个样子居然找不到媳妇儿，还跑来相亲，实在很让人费解呀！

陆梨又想到一种可能："你该不会在搞地下恋吧？刚才你三姑说的那个娇滴滴的乖乖女，是不是家里不同意，所以你们只能暗度陈仓？哎，先说清楚，我不帮别人打掩护的，以后要是东窗事发，传出去的话，人家会把我当成可怜的工具人、弃妇，很难听的！我可不做你们的陪衬！"

霍旭西对她的想法感到无比惊奇："你脑子里装的都是剧本吗？自己还演上了？"

"这种狗血的事情在现实中不是没有可能，我得以防万一嘛，早些说清楚好，所以你真的单身吗？"

霍旭西不情不愿地回答："嗯。"

"我能问问你的前任……"

"不能。"他的脸色变得有些阴沉。

陆梨见状，心下明了，肯定是乖乖女和坏男生相恋，遭到父母反对，强行将他们拆散，这个女孩从此成了他心口的一道疤，提起就痛，说不定他还在等她回头呢。

唉！这种情节，陆梨在小说和影视剧里看过太多，现实点儿考虑，大多没什么好结果，比如《早熟》，比如《斗鱼》，起初都很美好，后来一个比一个惨，所以门当户对这句话是有道理的。不过这小子竟然如此纯情，还挺出乎人意料。男人什么德行就不说了，如果拥有他那张脸，指不定早在外边有私生子。

陆梨想到这里，认真地点了点头。

霍旭西暗暗腹诽，不知道她又在脑补什么智障的剧情。

车子开到金玉良苑小区外停下。

"姨姨，我们下次再一起挑战大胃王。"霍圆满发出邀请。

陆梨解开安全带，回头笑眯眯地道："没有下次了，我不想撑死在餐桌上，给你幼小的心灵留下毕生难忘的阴影，懂不？"说完，她瞥了一眼霍旭西，推门下车。

　　陆梨回到家，外婆赶紧抓住她，兴致勃勃地问："怎么样？相亲对象还好吧？"

　　陆梨觉得胃胀得难受，揉着肚子："还不错。"

　　"真的？"

　　嗯……她想了想，那个弟弟确实俊俏，如果不是她的心里惦记着辜清彦，估计就顺坡下驴、缴械投降了。不过现在不是说这个的时候。

　　"外婆，你的健胃消食片放在哪里？"

　　"怎么了？不舒服？"

　　"嗯，中午吃太多了，想吐。"

　　"我的天哪，你个憨货。"老太太忍不住数落她，"让你相亲，你跑去大吃特吃，把人家吓跑了怎么办？"说着，翻箱倒柜地给她找药。

　　陆梨拿热水壶去厨房，看见案板上的生肉，胃里一阵翻涌，哇的一声，趴在水槽前吐得天昏地暗。

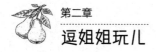

第二章
逗姐姐玩儿

霍旭西送霍圆满回家。

旧楼房破破烂烂的，周遭就是闹市，三教九流，鱼龙混杂。

小孩子吃过午饭打瞌睡，霍旭西送他上楼，顺便看看外甥最近过得怎么样。

打开防盗门，一股浑浊的气息迎面扑来。大白天的，客厅窗帘紧闭，电视里放着裹脚布般长的古装剧。霍圆满的母亲霍樱半躺在沙发里，一边拿手机打牌，一边喝啤酒。

霍旭西皱着眉头，脸色沉下来，先让外甥回屋休息，关上房门，看着杂乱的茶几。桌布上有明显的油渍，也不知道多长时间没洗过，外卖盒、啤酒罐、烟灰缸、纸巾、牙线……他难掩厌恶之色，唰的一声拉开窗帘，打开窗。

"你干吗？"披头散发的霍樱捂住眼睛。

"我还没问你。"霍旭西不想过去，靠在窗边点起一根烟，目光冷冷地问道，"现在几点？你窝在家里打游戏，不用上班吗？"

"今天星期六。"

霍旭西冷笑着道："难道你们超市还双休？"

霍樱没敢直视他的眼睛，只是撇了撇嘴："那个破工作我已经辞了，一天站八九个小时，无聊死了，腿都快要站断了才挣两千多块，浪费时间。"

"所以你躺在这儿喝酒、玩手机？"霍旭西的语气逐渐加重。

"我休息几天，另外再找份工作。"

"你都换过多少工作了？眼高手低，霍圆满跟着你饥一顿饱一顿，你怎么当妈的？"

霍樱恶狠狠地回应道："要不是带着那个拖油瓶，我早就远走高飞，还用得着憋在这个破地方受罪？"

霍旭西嗤笑着道："哎哟，你十七八岁时跟人家私奔，远走高飞，去外边闯出什么名堂了？看把你厉害的，未婚生子，带着霍圆满回来，身无分文，那个男人留套烂房子给你们住，消失得无影无踪，都沦落成这样了，你还不争气，整天混日子，混吃等死，你自己愿意当烂泥就算了，还想耽误霍圆满？他真是倒了几辈子的霉才遇到你们这种缺德父母，嫌小孩儿是累赘，当初就别随便乱生啊！又不是猪！"

霍樱被气得肩膀发抖，明知他刻薄，而自己没有还嘴的本事，只会被气哭："你为什么总是这样对我说话？非要揭我的伤疤才高兴？"

霍旭西拍掉裤子上的烟灰："霍圆满已经读小学了，如果你还没个人样，不如让他跟我过，你爱去哪儿，随便。"

霍樱微微愣住，抹了把眼泪："那怎么行？我辛辛苦苦生的孩子，他是我身上掉下来的肉，怎么能送给别人养？再说了……你又不是他的亲舅舅，我哪里好意思。"

霍旭西冷笑着道："找我要钱的时候没见你不好意思。"说着，他将香烟按熄在花盆里，准备离开。

霍樱赶忙叫住他："听说你今天相亲去了，知不知道我妈为什么那么着急给你介绍对象？而且非要找本地的。"

霍旭西没作声。

"她是想把你留在这儿，怕你去北都，回到亲生父母那边，以后不回来了。"霍樱垂下头，"你也知道，我没出息，我妈还指望你养老呢。"

霍旭西烦得要命："去什么北都，闭嘴吧。"

霍樱没敢继续聊这个话题，转而自言自语地道："不知道是不是老家的祖坟没埋好，我妈遇人不淑，我也遇人不淑，男的不负责任跑得比狗还快，我跟着我妈姓霍就算了，霍圆满还姓霍，没爹的小孩，说出去都不好听。"

"不好听就骂回去呗，这些话你翻来覆去说过多少遍，只会倒苦水，从不解决问题，太平洋都装不下你的苦水。"霍旭西虽然是她的表弟，但教训起人来倒跟她爹似的。

霍樱心虚地示弱："我一个女人带着个孩子，没学历没背景，能怎么办？你自己做生意，不愁生计，当然理解不了我的处境。"

霍旭西冷笑："让你去店里做事，你吃不了苦，还好意思怪我？"

"去你店里干吗？做洗车妹？"霍樱拨弄着头发，"我还这么年轻，长得也不错，凭什么窝在这个小地方吃苦？浪费我的青春和美貌。"

"哟，割完两条河那么宽的双眼皮就当自己是仙女啦？是不是医生动刀的时候把你脑子也割掉了，还用假冒伪劣产品做填充？"

霍樱："……"

霍旭西懒得多费口舌："别以为破罐子破摔就万事大吉，你再吃不上饭，我一毛钱都不会给。"说完，摔门而去。

霍旭西和霍樱一起长大，三姑离婚后带着女儿回娘家生活。霍樱从小知道自己长得不错，喜欢周旋在各种献殷勤的男孩之间，受不得约束，总要往外跑。

三姑让霍旭西看着表姐，不准她早恋，可霍旭西才懒得管，倒是借着监督表姐的名义自己也跑出去上网打游戏。

两个人都是不学无术、离经叛道的孩子。但霍旭西比较幸运，很早就明白赚钱的重要，而霍樱就比较天真了，还等着天上掉馅饼呢。

年轻、漂亮、爱面子，吃不得苦，瞧不上洗车、收银……那哭灵呢？有什么工作比哭灵更需要放下面子的？难道陆梨不是年轻漂亮的姑娘吗？

霍旭西想起这个人，打开手机，看见对方几分钟前发来一条微信：我刚才回家吐了，你外甥没事吧？

吐了？吃那么多，当然会吐。不过哪个女孩子会告诉相亲对象自己吃到吐？

霍旭西回复：他胃口大得很。

陆梨此时正蔫蔫儿地躺在床上，听见微信提示音，拿起手机，思索再三，又问：你什么时候认出我的？

他不解地道：认出你什么？

陆梨咬着牙：蹲在草丛里。

他回答：哦，爷爷丧事那天。

陆梨使劲儿回想那天和他打交道的过程，自己好像踩进了土坑，还被马蜂追……悲哀呀悲哀，作为美女的形象荡然无存，真是悲哀。

她不想和霍旭西说话了。

这时手机振动起来，他又发来一条消息：放心，我不会告诉别人的。

阿弥陀佛，菩萨显灵，她原以为对方是个刻薄乖张的痞子，没想到还有点良心。

陆梨回复了一个表情包。

霍旭西看着小人儿磕头的动态图，暗自一笑，没见过这么能屈能伸的姑娘，明明比他大几岁，而且从事殡葬行业，应该看尽了世间百态，可行为举止依然带着几分童稚和滑稽，这个姐姐也挺好玩儿的。

七月下旬，李四哥的千金收到双一流大学的录取通知书。寒门出贵女，十八年苦读得到回报，父母喜出望外，大摆宴席，致谢几位主课老师，同时通知亲朋好友，乐队和福寿堂收到请帖，都去给他道贺。

外婆得知后提醒陆梨："吃酒席，让小霍跟你一起去。"

"啊？不好吧？"

"你们不是正在接触吗，有什么不好，这种场合就该两个人一起参加。"老太太催促，"手机拿过来，现在给他发信息。"

"哎呀，我在吃凉拌黄瓜，待会儿再说。"

"黄瓜哪有男人重要？"老太太威胁道，"忘了算命先生说的啦，明年不结婚倒大霉！"

"封建迷信，封建迷信！你们这是对单身人士的歧视！"

"谁封建，谁封建？"外婆拿着调羹勺戳了她两下，"二十七八岁了还单身，你想当一辈子老姑娘吗？"

陆梨黑着脸，小声嘀咕："老姑娘招谁惹谁了。"

她给霍旭西发微信消息，邀请他一同吃酒席。霍旭西大概在忙，过了很久才回复：为什么找我？

陆梨说：我家老太太刚才抓着我的手发的。

过了一会儿，他回复道：哦，我考虑一下。

陆梨扯起嘴角，心想这小子摆什么谱，去不去一句话的事儿，还需要考虑？

霍旭西又问：我以什么身份陪你？

陆梨想了想：朋友吧，大家不会追根究底打听那么清楚的。

霍旭西：份子钱出多少？

陆梨：我一个人出就行了。

霍旭西说：那就好。

陆梨失笑，逗他：你怎么这么抠？

霍旭西说：让我作陪，没收你钱就不错了。

啥？这人还做色相买卖？

陆梨：你业务范围挺广的嘛。

霍旭西忽然发现和她聊天怎么跟说相声似的，稍不留意就开始耍嘴皮子。他自知自己刻薄，很多人都觉得他刻薄，二叔曾经不止一次当众痛骂他大逆不道，是养不熟的白眼狼，是毒蛇、是浑球。一些小姑娘跑来招惹他，要么被他说话恶毒气哭，要么被气跑，难得遇见一个旗鼓相当、没皮没脸的陆梨，也挺新鲜好玩儿。不过那位大姐的行为举止比男人还粗鲁……一般人可消受不起。

霍旭西想起陆梨种种豪放的行为，不自觉地敲字打了个"哥"，转念一想发现不对，反应过来立刻删除，改成：陆老师，我到时候开车来接你。

那天黄昏，热腾腾的晚风笼罩着桐花街。霍旭西一路开车到福寿堂接人。

老城区热闹得很。

打赤膊坐在三轮车上等拉货的男人无所事事；水果店修理灯牌的

师傅汗流浃背；平价汉堡店开业大酬宾，旗帜飘飘，上面写着"全场六元"。

马路上十分混乱，小轿车、公交车、摩托车，如同游龙流水。

这条街什么样的生意都有。

人们排队买凉拌菜和烧腊，年轻夫妇提着好几个塑料袋，里面有新鲜蔬菜和水果；打扮艳丽的阿姨穿着红裙子、白皮鞋，走路风风火火的。

外卖员送麻辣烫到手机维修店，音响里播放着动感土味音乐，震耳欲聋；接小孩放学的男人顺便买了卷纸，家庭优惠装，挂在摩托车的把手上。

修脚店的员工在店里边吹空调，理发店的妹子出来抽烟，似乎不幸踩到了口香糖，皱着眉往树干上蹭。

陆梨从福寿堂出来，穿着松垮垮的灰蓝色衬衫，衣摆长到大腿，乍一看还以为没穿裤子。她的个子高，即使只穿平底鞋，长腿依然晃眼，像两根大葱似的。

乐队的人上了面包车。磊磊眼尖，发现停在街道对面等候的陌生车辆，于是笑着问陆梨："姐，是不是他？"

众人一听，纷纷探头张望。

陆梨有点不好意思，挽住淑兰的胳膊："车上那么挤，你跟我一起吧。"

谁知淑兰也开她的玩笑："我可不当电灯泡，你快过去，别让人家久等。"

分明是一件大方敞亮的事，倒被他们弄得别扭起来。

陆梨在众目睽睽之下红着脸穿过马路，坐上副驾。

霍旭西看她的脸色不对，问道："怎么了？"

"没怎么。"

于是他又嘴欠地问道："你该不会在害羞吧？"

"不会。"她坚定地说。

"那脸怎么这么红？"

"太阳晒的呀，今天三十八摄氏度，热死了。"

车窗外人潮涌动，晚霞漫天。

他们驱车前往鸿兴大酒楼。

面包车上，谢晓妮问淑兰："那个人是不是我们接触过的客户？"

"谁，哪个人？"

"陆老师的同伴。"

淑兰笑："是啊，你师父最后一场哭灵就是在他们家。"

谢晓妮努了努嘴，想说什么，又低下头去沉思。

鸿兴大酒楼。

李四哥今天摆了六七桌，亲朋好友到场祝贺，老师们坐主桌，被簇拥着，稍显局促。四哥领着闺女挨桌敬酒，在场也有陆梨的熟人，开席后她端着酒杯到处打招呼，像只花蝴蝶，喝得尤为尽兴。

霍旭西谁都不认识，百无聊赖，喝茶吸烟。

"花蝴蝶"翩翩然回到他的身旁。

"有那么开心吗？"他轻笑着道，"又不是你考上大学。"

陆梨喝高了，举止也变得豪迈，胳膊搭在他的肩头："你知不知道，四哥用一支唢呐供出了一个高才生，他有多骄傲，对很多家庭来说，孩子就是希望，不管平时过得有多苦，只要把孩子抚养成才，日子过得就有盼头。"

霍旭西嫌弃她醉醺醺的模样，歪着肩膀，撇开了她的手。

陆梨"哼"了一声道："你跩什么。"她竟把心中所想直接说了出来，一巴掌重重地拍在他的背上，"你不会懂的。"

霍旭西冷眼瞥着她，心想这位大姐还真醉得不轻。

陆梨拎上包，摇摇晃晃地离席，找到李家闺女，将她拉到一旁，塞了个大红包。

"丫头，拿去买衣服、买裙子、买化妆品，打扮得漂漂亮亮的，尽情享受大学时光，享受你的青春，别留遗憾，大学很好玩的……"

李四哥看见，赶忙上前阻止："梨子，快收回去，这是做什么啊，都给过礼金了！"

陆梨非要把红包塞到李家闺女的手里："四哥，你不要管，这是我单独给小丫头的，跟你没有关系！"

三人谦让、拉扯起来。

霍旭西懒懒地仰着下巴看戏，谢晓妮坐到了他的身边。

"你……"她酝酿了整晚，鼓起勇气过来问，"你和陆老师在谈恋爱吗？"

霍旭西感到莫名其妙："没有。"

谢晓妮点点头："我说嘛，你怎么会跟她在一起。"

闻言，霍旭西默然片刻，冷笑着问道："为什么不会？"

"她的年纪比你大呀，有代沟，而且还做这种工作，说出去不太好听，对吧？"

霍旭西没吭声。

谢晓妮又问："可是你为什么陪她来吃酒席？"

霍旭西心里觉得烦躁，面上却笑起来："因为我喜欢她呗。"

"真的假的？"这妮子十分错愕，"不会吧？"

霍旭西的脸色像阴晴不定的天气，霎时又沉下来，冷冷的，带着些许不耐烦："我就是在追求她，怎么？你有意见？"

谢晓妮不理解，认真地询问："可是那天你亲眼见过她哭灵，不觉得干这行低人一等吗？"其实她并非针对陆梨，只是想知道外人对殡葬行业的看法，或者说，试图用别人的否定来佐证自己对这个行业的偏见，所以说出的话都变了味儿。

霍旭西可不管她的心里怎么想，闻言，冷冷地打量了她一眼，似笑非笑的："陆梨的条件好，身高一米六七，又不像你这种低人好几等的矮子，人家高着呢。"

谢晓妮顿时脸色煞白，眼睛瞪得又大又圆，嘴唇翕动，想反驳回去，却见他若无其事地玩着打火机，指不定后面还会说出什么更恶毒的话，争辩不过，多说无益，还是趁早离他远点儿。

浑然不觉的陆梨乐呵呵地回到座位。

霍旭西这个人天生有些反骨，见别人贬低她，自己偏要高高地把她捧起来。

"怎么醉成这样？"他贴心地服侍她，"快喝点茶。"

这桌除了谢晓妮，还有几个乐手，通通刻意挪开视线，用眼角的余光盯紧这两个人。

陆梨双颊坨红，醉眼蒙眬地道："李家丫头考上大学啦，而且还是双一流大学，真有出息，四哥得到消息那天都哭了。"

霍旭西见她沉醉的样子，不禁笑着问："跟你有什么关系呀？"

"当然有关系，大学生活多有趣，我那会儿整天吃喝玩乐谈恋爱，自由自在……"她觉得口渴，舔了舔嘴唇，"好怀念啊，真想回到那个时候。"说着，将目光转向他，"哦，你没上过大学，自然没办法理解我的心情。"

霍旭西眯起双眼，扯了扯嘴角："喝多了开始口无遮拦了，是吧？"

"你生气啦？"陆梨笑呵呵地用手戳他的脸："别啊，每次都这样，皮笑肉不笑，阴阳怪气的，真讨厌。"

霍旭西冷冷地"哼"了一声："我宁愿讨厌也不要讨喜。"说着，又看看时间，"不早了，走，我送你回去。"

"不，我还要喝。"

"再喝吐了怎么办？"他耐心地劝着，语气里还有点哄着的意思，"人家办谢师宴，你在这里喝吐了，不太好，对吧？老师还在呢。"

陆梨想了想，觉得很有道理，直点头："我最怕老师了。"

霍旭西握住她的胳膊，搀着她离开。

绕过大圆桌，她随手轻轻拍了拍磊磊的头，嘱咐道："告诉四哥和兰姐，我先走一步。"

磊磊正在吃鸡翅，不幸被糊了一嘴油。

夜幕低垂，酒楼外霓虹闪烁，灯影憧憧。

年轻男女上了车，先不忙走，霍旭西摸出打火机点烟。

谁知突然遭到陆梨的怒斥："不许抽烟！"

霍旭西吓了一跳，扬起眉毛看着她。

陆梨皱着眉嘟囔着："不然我也想抽。"

"那你抽呗，又没人拦着。"

"不行，我要戒掉。"她的话语含糊，"清彦哥哥爱干净，不喜欢别人抽烟的。"

"谁？"他听到了什么？

陆梨低头认真地系安全带，没有留意他的问话。

霍旭西也并不在乎，只说："我也有洁癖，你别吐在我的车上。"

陆梨扭头，凶巴巴地瞪着他："有你这么跟姐姐说话的吗？呕……"她忽然觉得反胃，干呕起来。

霍旭西咬着牙道："不许吐！"

"还不是你抽烟给熏的。"陆梨捂住口鼻，"臭死了！"

霍旭西心里暗暗骂着，掐灭了香烟。

陆梨开窗透气，抚摸着心口，缓过劲儿，开始喋喋不休地数落："你凶什么凶？年纪不大，臭脾气还不小，要不是有几分姿色，你早被打了。再说，长那张漂亮脸蛋有什么用？蔫得跟缅因猫似的，你装什么狮子王？"

霍旭西沉默地忍耐着，不与酒疯子计较。

陆梨得寸进尺，竖起三根手指："我比你大三岁，是姐姐，懂不？不听老人言，吃亏在眼前，知不知道你为什么找不到媳妇儿，还沦落到相亲的地步？"

霍旭西做深呼吸状，打开冷气，调低温度。

陆梨拿出教训磊磊的架势，一巴掌猛地拍在他的肩膀上："认真听姐姐说话！臭小子。"

霍旭西咬牙，攥紧拳头，闭上眼睛。

"又摆臭脸。"陆梨嗤笑起来，语重心长地道，"小姑娘都被吓跑了，男人徒有皮相，不懂温柔体贴，没前途的！女人图新鲜，两天就腻了。所以说，年轻弟弟中看不中用，根本不懂女人，没劲，没劲透了。"

话音落下，霍旭西忽然捏住她的下巴，目光冷冷地向她逼近。

陆梨被迫退到座椅角落，后脑勺抵着车窗，缩着肩膀。他还在贴近。直到两人呼吸交错，气息交融，微弱的、若有若无的潮热，使她感到脸颊发痒，嘴唇也痒。她猛然心跳加快。微妙的气氛令人心猿意马，加上酒精扰乱思绪，脑子仿佛被麻醉过，晕晕乎乎的，好似飘在云端。

陆梨的喉咙滚动着，咽下一口唾沫。

"这样有劲吗？姐姐。"霍旭西冷冷地"哼"了一声，松开她。

陆梨愣了半晌，恼羞成怒："谁准你把嘴凑过来的！"

"你以为我想靠近。"他挖苦她，"全是酒酸味，熏死个人。"说完，发动车子准备离开。

旁边的女人十分安静，居然没有反驳，倒是奇怪。

霍旭西转头一看，却见她背过身去，偷偷地遮嘴呵气，自己偷偷地闻。他一下笑出声。

陆梨嘀咕着："骗子，根本不熏人。"

看来确实醉得不轻。

霍旭西实在忍不住，伸手拍了拍她的脑袋，像哄一只小狗："乖乖待着，不要闹了。"

之后一路她都没有说话，如同淑女一般的安静。

等到了金玉良苑，霍旭西发现陆梨已经睡死过去。

"喂，到了。"霍旭西喊她，"你家住哪栋楼？"

无人应答。

保安室的灯亮着，但不见值班老头的身影。

"陆梨，陆老师，陆大姐？"

没反应。好吧，现在就算叫她仙女也没用。

九点四十二分，电台放完一首烂情歌，酣睡中的人没有半分清醒的迹象。

也许应该来一首狂野的歌把人吵醒？

霍旭西这么想着，也这么做了，打开音响放摇滚，轰隆隆，震耳欲聋，整个车子仿佛都在颤抖。

多狂野啊！他的脚打着拍子听完一首歌，转头一看，陆梨纹丝不动，居然还在睡。

不懂音乐的女人，给她听歌都是浪费。

霍旭西可没耐心再等，直接开车回家，带上她。

两年前买下的这套公寓，一百二十多平方米，自己住着稍微有些空。

舒城这个小地方的房价涨得离谱，泉镇稍微好点儿，父亲和三姑在镇上的那套大房子也是他买的。

曾经他和许多年轻人一样，憧憬着离开老家，到大城市闯荡，拼个一席之地，走上人生巅峰。少年嘛，心高气傲，总觉得全世界都在等着自己大展宏图。

不过好在他清醒得早，踏入社会以后就知道哪些是笑话了。现在他情愿待在老家做一个洗车店老板，交三五个朋友，自得其乐。搞不好哪天被磨得没脾气，成为芸芸众生中的一员，按部就班，到年纪了听三姑的，找个媳妇儿结婚生子，过那种乏味枯燥的生活。

说起来真够无聊的，诚然这几年也好不到哪儿去。

可平淡的日子也会出现意外，比如认识旁边这位醉酒的姐姐。

一个还算可爱的姐姐。

到地下车库，霍旭西费了好大的劲儿才把陆梨弄到背上。谁知道搅扰了她的美梦，她倒不安分地挣扎起来。他原本就不耐烦，这下更是觉得恼火："老实点儿！"

陆梨被吼得老实了几秒钟，接着哼哧哼哧地嘟囔着："想吐……"

"你敢！"

如果这个女人敢吐在他的身上或者尿在他的身上，霍旭西发誓，绝对会把她扔下去。

从车库进入电梯，陆梨大概适应了他的后背，温顺地趴着。

上到八楼，掏钥匙开门进去，他把人丢进沙发，黑色真皮沙发，是所有家具里最有品味的一件，很贵。

想到这里，霍旭西赶紧把陆梨的鞋子脱掉，接着去冰箱里拿冰水，咕噜咕噜地灌了几口，又回到客厅，看她快从沙发上掉下来。

"是有多动症吗？睡觉都这么不老实。"他担心这个女人半夜呕吐弄脏沙发，想了想，还是得把人搬到卧室。

客房空着，平时没人住，床架上只有一张光秃秃的床垫。

霍旭西打开衣柜找到床单铺好，把枕头、被子也扔上去，然后打开空调。

他几时这么伺候过人，心里烦得要命，骂骂咧咧地抱人回屋，刚放下她，脑袋挨着枕头，发现她睁开眼睛。

"醒了？"霍旭西登时松手，凶巴巴地说，"醒了就去洗澡，你知道你有多臭吗？"

陆梨问道："清彦哥哥什么时候回来？"

"谁啊？"这是今天晚上第二次听见这个名字了，他问，"你的心上人？"

陆梨抿着嘴，双手捂住脸颊，羞涩地点头："嗯，他早晚是我的男朋友，嘿嘿。"

霍旭西翻了个白眼："行，赶紧睡，梦里花痴去吧，梦里什么都有，白马王子也在呢。"他说完，留了盏台灯，离开卧室。

家里多出一个"活物"，不速之客，定时炸弹，着实令人不安。霍旭西一整晚都没睡好。

陆梨倒是一夜安枕。

次日天光大亮，她伸着懒腰醒来，发现在自己在一个陌生的房间，顿时傻眼了。万幸衣服还好好地穿在身上。

宿醉的恶果，头痛欲裂。陆梨迷迷糊糊地开门出去，失忆般地打量着四周。

玄关处传来声响，外卖送到。霍旭西提着餐盒进来，见着她，不过脸色阴沉地瞥了她一眼，然后视若无睹地走向餐桌。

什么臭表情？难道昨晚我兽性大发把他睡了吗？

陆梨抓了抓脑袋，像个呆瓜："你怎么在这儿？"问完，两秒钟之后反应过来，"这是你家？"

霍旭西讥讽地道："别告诉我，昨天晚上你做了什么一点儿也不记得了。"

"我？"陆梨指着自己，心下暗叫不好，难道自己真的做出禽兽的行为？她走过去，站在餐桌对面，心虚地开口，"我一个女孩子家，就算喝多了，又能干什么伤天害理的事情……"

霍旭西扯起嘴角："你半夜呕吐，明明床边放着垃圾桶，你偏偏吐在垃圾桶旁边，我刚打扫干净准备睡觉，你又在那儿大喊大叫。"

"不可能。"陆梨斩钉截铁地道，"绝对不可能。"

"你喊外婆，说口渴，要喝水。"霍旭西眯起双眼，"我大半夜伺候你喝水，以为终于可以清静了，结果你喝完水，润了嗓子，开始大展歌喉。"

陆梨的脸颊升温，咽下唾沫，企图蒙混过关："我怎么不记得……"

霍旭西看着她，他分明坐着，却是一副居高临下的姿态，拿出手机，播放一段视频。

陆梨看到一半就去抢，没抢到。她想死的心都有了。要是寻常什么歌也就罢了，偏偏她唱的是丧歌，而且还跪在飘窗里朝着窗外干号……

霍旭西将她难堪的表情尽收眼底："陆老师真敬业，免费为我们整个小区哭丧。"

陆梨恨不得能挖个地洞跳进去，再把土埋实。

"不好意思啊。"她挠了挠头，讪笑两声，"如果有人投诉，让他来找我。"

邻居们吓得躲远还来不及吧。

霍旭西说："既然还有羞耻心，请你立刻去洗个澡，再出来吃饭。"

"哦。"陆梨努嘴，垂头丧气地转身。

"浴室在右边，你是准备去厨房拿刀抹脖子谢罪吗？"

陆梨："……"她拐进浴室，关上门，终于松了一口气。

陆梨觉得懊恼万分，薅乱自己的头发，几欲撞墙。

盥洗台边放着未拆封的牙刷和牙膏，应该是给她用的。毛巾搭在淋浴间的门把上。

陆梨扯起衣领闻了闻，受不了，赶忙脱掉。

霍旭西没打算等她共进早餐，打开餐盒自顾自地先吃。这时手机响起来，龚蒲来电。他按下免提："喂。"

"阿旭，你今天不来店里吗？"

"晚点儿，我在吃早饭。"

"在家吃？这么悠闲？"

"嗯，昨晚没睡好。"

"你不是陪朋友吃酒席去了？"

正聊着，陆梨在浴室里喊："喂，那个，我没有换的衣服！"

"谁？"龚蒲惊讶地问道，"怎么有女人？"

霍旭西难以两头兼顾，先挂了电话。

陆梨着急地问道："我待会儿穿什么？"

"就穿你自己那身呗。"

"不行，我昨天晚上吐过，衣领沾到了。"

"有什么关系，你马上就可以回家换。"

"不行！"她坚决抗议，"打死我都不要穿这件脏衣服。"

霍旭西说："那你光着吧，出门被警察抓，上电视，出大名。"

"你就不能借我一件衣服吗？"

"我这里没有女装。"

"男装也行啊，我不挑。"

霍旭西只感觉额角突突直跳，怀疑自己快要中风。他找出一件干净的 T 恤挂在浴室的门把上，没过一会儿，浴室门打开，里面伸出一只纤细的胳膊，拿走 T 恤。

陆梨又在浴室里磨蹭半晌才出来，她穿着霍旭西的黑 T 恤，脚上趿拉着男士拖鞋，走路发出啪嗒啪嗒的声响，极不合称。

长这么高，脚却这么小。霍旭西嘀咕了一句，然后听见她问："你家洗衣液放在哪里？"

"又干吗？"

"我把换下来的衬衫洗了。"

"丢掉！"他说，"你不是嫌脏吗，直接丢掉。"

"那怎么行？一百多块钱买的衣裳，今年刚买的，怎么能丢？"

霍旭西快被她烦死了。

陆梨洗完衬衣，借他家的阳台晾晒，用衣架挂起，抬头看见两条四角内裤，她的心跳加速，赶忙将自己的衣裳挪远一些。忙完，总算可以坐下来吃早饭。

她居然还有心情吃早饭。霍旭西的表情如同阴云密布，非常后悔昨晚带她回公寓，这个女人就像一种强势的入侵生物，把他家搅得天翻地覆，她来过这一趟，痕迹不知多久才会彻底消除。

陆梨喝着粥："你的衣服等我回去洗干净再还给你。"

"不用了。"这件 T 恤他不打算要了。

"你怎么不吃呀？"她天真地问。

霍旭西可见不得她这么舒坦。

"有个叫清彦的，是谁啊？"他慢悠悠地说，"你喝醉以后一直喊他的名字。"

陆梨愣住，心想不会吧，赶紧问道："我还说什么了？"

"你还说他是你的野男人。"

"怎么可能？"她当即反驳，"我把他当宝贝供着还来不及，怎么可能叫他野男人？太难听了。"

"哦，原来是你的宝贝。"霍旭西冷冷地"哼"了一声，"他爹妈怎么想的，清彦？居然取这种名字，像个古代人，多肉麻。"

"你懂什么？"陆梨维护道，"人家人如其名，犹如清风朗月，'彦'字是指才学和德行，和他本人完全匹配。"

"吹得跟神仙似的。"霍旭西嗤笑，"他几岁了？结婚了吗？有才有德，跟你有啥关系？"

"当然有。"陆梨"哼"了一声，"他今年就回国，到时我会向他表明心意。还有，他今年刚好三十岁，三十而立，成家立业，接着就是结婚生子，你说巧不巧，外婆带我算命，大师说我明年生日前必须结婚，刚好这个时候辜清彦回来了。"

陆梨说到这儿一脸花痴相，羞涩地笑着，乐不可支。

又来了又来了。

霍旭西冷眼旁观，轻描淡写地道："哦，原来你喜欢老男人。"

"什么老男人，三十岁正当年！"

"三十岁，体力下降得厉害吧，你图他什么呀？学历高？年纪大？名字复古？"

陆梨神情严肃地道："清彦在我最困难的时候帮过我，你最好不要说他的坏话。"

霍旭西想起三姑曾经提过她的身世，父母已经不在，家中只有一个外婆。接着他回忆起昨天谢师宴上的情形，她那副高兴的样子。

霍旭西好奇地问道："你为什么没有读完大学？"

陆梨的心被微微刺痛，但只有那么一瞬间，稍纵即逝。

"我妈查出癌症，需要很多钱。"

霍旭西明白了，问："所以去做哭灵？"

"嗯。"

霍旭西点头思忖，猜想她所说的最困难的时刻指的就是这段时间。

"那个'古代人'，哦不，你的清彦哥哥怎么帮你的？"

"他当时已经去英国读书，知道我妈生病以后就请他的父母给我们送钱救急。"陆梨轻声叹息着，转念想起一些旧事，气愤地咒骂起来，"我爸死得早，但他还有哥哥，也就是我大伯，再怎么说也是亲戚，曾经做过一家人，我妈病成那样，我找他借钱，他居然一毛不拔，还不如邻居辜老师一家有人情味。"

世间百态与人情冷暖她早早就见识过，其中的滋味足以颠覆少女对世界天真的幻想。

霍旭西歪头打量着她，对她有了更多的认识："行吧，祝你成功。"

陆梨没听懂。

"你不是要倒追'古代人'吗？"

陆梨黑着脸："什么话到你的嘴里都成了讽刺文学。"

霍旭西笑道："我是真心的，你对我有偏见。"

陆梨暗道，偏什么见。

这时他的手机振动，三姑来电。

"阿旭，怎么回事？陆小姐在你那边吗？"

"她在吃早饭。"

"哎哟，她昨晚是不是没回家？她外婆找不到人，电话也打不通，最后问到我这里。"

霍旭西说："喝多了，送到小区，不知道具体住哪栋楼，她又醉得不省人事，怎么都叫不醒，只能捎回家了。"

陆梨一眼瞪过去。

三姑的语气欢快："你们一起过夜啦？可以可以，进展不错，继续保持。"

霍旭西说："你想多了，别拿出去乱讲，毁我的清誉。"

听见"清誉"两个字，陆梨险些想骂人。

等挂了电话，她由衷地称赞："三姑不愧是三姑，名不虚传。"

霍旭西回道："这么说，你外婆应该排行老六。"

"好笑吗？"

"还可以。"

"你不接话会死是吧？"

"我还奇怪呢，你不说相声会死吗？"

"谁跟你说相声……"

吃过早饭后，手机也充好电，陆梨自个儿叫车走了。

回去少不得被外婆一通盘问，老太太因为她夜不归宿竟然高兴得哼起小曲儿，差不多将霍旭西当作准外孙女婿。

陆梨急得抓耳挠腮，很想告诉外婆，其实她在等辜清彦回来……可是不行，现在还不能说。

其实早在两三年前，外婆催促她谈恋爱，她曾经冲动地表露过自己对清彦的心思，当时老太太露出一副颇为惊讶的样子，似乎从没想过这种可能。

"你喜欢清彦？怎么会呢？"这可咋整，她认为辜清彦只是把陆梨当作妹妹，甚至当作一个小孩子，这种认知如何能产生男女之情？况且两人实在不般配。

虽然持怀疑态度，老太太仍然找了个机会向辜妈妈旁敲侧击，打听她对未来儿媳的想法。

辜妈妈说："也没什么要求，本科以上学历，有一份稳定的工作就行，最好是教师或者白领。关键是家庭背景和成长环境，毕竟父母的为人影响着孩子的性格，我们也希望以后能跟亲家和睦相处。当然了，清彦自己喜欢最重要。"

陆梨知道以后难过得哭了一场，她想爸爸妈妈。

外婆安慰道："知识分子家庭古板得很，无聊得很，我们梨子又乖巧又水灵，什么样的男人找不到？不伤心。"

陆梨也不愿让老人担心，就说："我只是随便胡扯的，谁让您一直催我找对象呢，您怎么还当真去问了？"

外婆说："胡扯最好，清彦是很优秀，但那个孩子没有烟火气，不适合过日子的。"

陆梨自然听不进去，虽然她达不到做人家儿媳的要求，但没关系，只要把清彦追到手，其他都不成问题。

辜清彦是值得的，陆梨对此坚信不疑，很多次觉得走不下去，都靠想着他才渡过一个又一个难关。

这个想法源自妈妈的丧事办完的那天。她和外婆回到出租屋，疲惫不堪，老人家先睡了。陆梨觉得心中空荡荡的，两年来压抑的情绪无处宣泄，好似洪水将她淹没。

她觉得难以忍受，跑出门，到附近的网吧上网。

登录邮箱，她给辜清彦写了一封很长的邮件。

其实在此之前他们并没有多么亲密，做邻居的那几年，不过就是友善的邻居，偶尔他帮她补习功课，或者双方家长相约一同上超市买菜，仅此而已。

陆梨不知道自己这样会不会很唐突，但她没法考虑那些。

陆梨：清彦哥哥，你好……

她一边泪流一边写下这封邮件，像《一个陌生女人的来信》的主人公那样将自己的心事和盘托出。

她羡慕他有圆满的人生，父母健康，家庭幸福，他从小成绩优异，考上重点大学，之后又拿着奖学金出国深造，前程一片光明。

而她什么都没有了，家、母亲、大学、前程，以及尊严。过去两年过得如履薄冰，不敢回头细想怎么走过来的。每一天，妈妈在医院喘息，外婆那么大年纪日夜陪床照料，她呢，像个行尸走肉，奔波于一场又一场丧事之间，为陌生人哭灵。

她心里很害怕，只是不敢停下来想，什么都不去想。

现在妈妈没了，她也失去了动力，前路茫茫，不知哪里可以歇脚。大学是回不去了，还有没还清的债务，她觉得好累好累。

除了做哭灵，不知道自己还能干什么，唯一让她留恋的就只剩下外婆。

陆梨越打字越觉得伤心，仿佛人生一片灰暗，前途看不到半点光亮，对自己完全失去信心。

她发出邮件，戴着耳机在网吧睡觉，单曲循环某一首歌。

"你快乐过生活，我拼命去生存，几多人位于山之巅俯瞰我的疲倦……"

陆梨浑浑噩噩地昏睡几个小时后醒来，脸颊的泪干了，糊着皮肉有些绷。她准备下机，却发现辜清彦给自己回复了邮件。后来这封邮件被她截图保存，一直放在手机相册里。

他在信中称她为勇敢顽强的小斯嘉丽，因为知道陆梨喜欢《飘》，喜欢郝思嘉。接着，辜清彦用极谦卑和温柔的文字给她安慰和鼓励，不惜笔墨地赞美她、怜爱她。

易地而处，恐怕我做不到你的一半。

这样刚毅的品性，上天都会眷顾你，未来必定光明灿烂。

哭灵也属于民俗文化，你在我心中就是一个文艺工作者，切莫轻视自己。

至于那些流言蜚语，更不必理会了

而关于她对自己顺遂命途的艳羡，辜清彦说：我并非一帆风顺，也有很多自己的难处，只是藏得比较好，梨子，你实在不必羡慕。

在邮件的结尾，他留下一句：莫听穿林打叶声，何妨吟啸且徐行。

如果陆梨小时候对辜清彦的仰慕只是欣赏和崇拜，似是而非，那么长大后，陆梨就是因为这个对他产生的情愫。

被拯救的感觉像遇见一束光，一条涓涓细流，一缕温润清风，拂开笼罩在头顶的乌云，让她终于可以舒服地透一口气。

因为这封邮件，陆梨又有力气去面对破破烂烂的人生了。直到今天。

辜清彦值得惦记，没有比他更好的男人了，对吧？

那边，霍旭西被陆梨折磨得一晚上没睡好。但他没有补觉，直接去店里开工。

补觉是三十岁老男人才需要的，他年轻，不需要这个。

洗车店经营五年，最初不过租下一块荒地，砌砖建墙，收拾出来，用铁皮搭了几个棚子做场地，地方宽敞，但十分简陋。之后搬到白塔路的商铺，设备也更新了，大伙儿都挺高兴。

洗车本身赚不到几个钱，但是可以引流，吸引客户办卡，做贴膜、改装和其他保养项目。

龚蒲是最早跟着他干的。冯诺很早就出来闯荡，跟一个比他大十八岁的小富婆纠缠不清几年，伤透了心，回老家混吃等死。章弋是个短发的假小子，两年前刚来的时候大家都以为她是男孩，再加上霍旭西等几人没文化，把她的名字叫成"章戈"，喊着喊着就成了"章哥"。龚蒲嘴欠，叫她"章鱼哥"。

霍旭西说："人家一个小姑娘，你起这种外号是不是有点不合适？"

龚蒲喊冤："你知不知道她叫我什么？总管！"

"那不挺好。"

"好什么啊，太监总管，她说我是公公！哼，我爸姓龚，我妈姓蒲，多浪漫的寓意啊，被她毁了！"

章弋是留守儿童，父母外出务工，生下弟弟以后就更不怎么管她了。她跟着爷爷奶奶长大，也是很早就出来打工，起初在理发店做洗头妹，因为不服店长管束，一冲动就离职了，跑到霍旭西的洗车店应聘。大家原本以为她做不长久，没想竟然坚持到现在，成了老员工。

章弋的业余爱好依然是美发，店里所有人的头发都是她剪的。

前两天，这个姑娘把自己左侧鬓角那一圈儿给剃了，龚蒲问她为什么弄个阴阳头，她用看土鳖似的眼神给予回应。

老懒是这里年纪最大的，三十好几了，早年沉迷网游，现在沉迷直播，没事儿就抱着手机刷视频。

只有肥波最有上进心。霍旭西是老板，也是大师傅，技术傍身，常劝员工多学本事，可一个两个都懒，唯独肥波认真地做徒弟，勤奋地学习手艺，想着存钱自己开家洗车店。他的动力来自新婚妻子妩月。妩月是聋哑人，在亲戚那边做美容师，漂亮温柔，和肥波在一起，两个人对未来充满希望。

早上十点，霍旭西到店里，看见黑豹又在门口喝水，喝完就走。

那是附近的流浪狗，也没人管，饿了就到街上转悠，总能弄到吃的。

今天洗车店所有员工都用异样的目光打量着老板。

霍旭西把龚蒲叫到办公室，警告他："以后我的私事你别跟大家乱说。"

龚蒲奇怪地道："你有女朋友不是好事吗？"

"那不是我的女朋友，普通朋友而已，你少造谣。"他想，陆梨在等那个"古代人"回来，到时如果传出这些绯闻——反正他是无所谓，名声这个东西他从来不放在心上，但如果陆梨介意，又解释不清楚，对她似乎不太好。

别看她开寿衣店，常年混迹于三教九流，看似是个人精，实则硬碰硬，没多少城府，跟傻大姐似的，估计还不知道流言能传得多难听。

哎，不对，等等。

霍旭西的眉头越拧越紧。所以，我为什么要替她考虑这些呢？她傻、没心眼、等"古代人"，关我什么事？真搞笑，奇怪了。他摇头冷笑着，怀疑自己吃错药。

龚蒲见他心神不定，一会儿莫名其妙地臭脸，一会儿自顾自地轻笑，心想也没人招惹他，他琢磨啥呢？

龚蒲转移话题，问："对了，你和甄真还有联系吗？"

突然听见这个名字，霍旭西愣了一下："没有，提她做什么？"

"人家现在还单着呢，你还有没有良心？"

霍旭西无奈地道："隔壁王大妈的女儿死了老公也该怪到我身上，是吗？"

龚蒲叹气："那天我们在微信上聊天，其实她和我有什么可聊的，就是想打听你的近况。你也一直没找对象，这不引人遐想吗。"

霍旭西转着椅子："是，我到处找对象，店里的生意也不管了，留大家在那个破洗车棚吃灰，你高兴了？"

龚蒲"啧"了一声，道："我是见不得那么好的姑娘蹉跎青春，难得她长情，你要是不愿意复合，就赶紧交个女朋友，别祸害人家。"

霍旭西失笑："我祸害谁啦？交不交女朋友还需要听你指挥？"

龚蒲还想多嘴，被他挥手赶走。

有多久没听到甄真的消息了，恍如隔世。

甄真的确是个好姑娘，只是霍旭西做出决定以后从不回头琢磨，和她分开三年也很少想起这个人，现在回忆起初恋的种种，只叹青春年少，单纯得像白开水。

怎么说呢，其实就跟陆梨的猜测相差无几，浑小子与乖乖女相恋，女孩的父母极力反对，于是被压制的感情和青春期的叛逆使他们产生与世界为敌的错觉，痛快地抵死顽抗。

幼稚、青涩、热血，却也不乏可爱。

当时甄真的父母管得严，早晚亲自接送，两人每天见面的时间很少，隔三岔五，霍旭西骑摩托车过来陪她吃饭。

一无所有的少男少女，怀着对未来的憧憬。甄真学习舞蹈，从小的目标就是考上北都的舞蹈学院，将来做一名舞蹈演员。

霍旭西没什么理想，只盼望快些长大，可以闯荡社会，赚很多钱，买车买房，自在逍遥。

甄真曾说，等她大学毕业，能够自食其力，不用再依靠父母供养，到那时就可以和他在一起，谁反对都没用。事实证明，她果然争气，后来考去了北都，霍旭西则留在舒城，进入汽车行业打拼。

因为担心她从这个小地方出去会被人瞧不起，霍旭西发了工资就会给她打钱，希望自己喜欢的姑娘过得光鲜亮丽。

甄真也开始做兼职，不愿接受他的汇款，也是心疼他，为此甚至还曾急哭过。

回忆起来，这段感情最美好的部分恰恰是他们不在一起的时候。但顶多也就这样了。

当两人朝着正大光明地在一起的目标越来越近，霍旭西却明显感觉到自己的喜欢越来越少。

两人原本就没什么共同话题，兴趣和爱好亦相去甚远，靠着手机维系，翻来覆去地说一些陈芝麻烂谷子的事，渐渐变得索然无味。

有时他会走神，心不在焉，甚至耐心耗尽。但他不想伤害甄真，于是尽力克制，以至于后来接到她的电话和信息都让他产生抵触情绪。

甄真觉察到这一点，也变得小心翼翼。

感情走到山穷水尽的地步，多少让人觉得惋惜，为了再努力一把，寻找挽救的可能，那年夏天，霍旭西去了趟北都，陪她过二十一岁生日。可惜没用。从北都回来不久，他正式提出分手。

说来讽刺，失去学校和老师的管束，躲开了父母激烈的反对和控制，他们的感情也迅速褪色，不再发光。

霍旭西如此干脆、决绝，多少伤害到甄真，连龚蒲也觉得他心狠。

也许就是心狠吧，分开以后他心中毫无留恋，甚至感到松了一口气，接着把所有精力放在洗车店的经营上，赚钱带来的快乐似乎比恋爱更加激荡澎湃。往事如走马灯般一一掠过，霍旭西觉得疲惫，不知怎么，鬼使神差地，他转念想到陆梨，不由自主地打开手机，点进她的微信，稍作思索，把她昨夜醉酒哭丧的"社死"视频发送过去。

等了会儿，收到陆梨的回复，她怒斥：删掉！

霍旭西只要想到此刻抓狂的模样就觉得无比惬意，捉弄人带来的快感将心中的烦闷一扫而空。

好一个阳光灿烂的感觉啊。

别说，逗姐姐生气真好玩儿。

那夜在霍旭西家宿醉一宿之后，陆梨接连忙了好几天，晕头转向的，早把自己挂在他家阳台的衬衫忘个干净。

这天带团队到镇上干活儿，刚搭好舞台，正在调试音响设备，现场忽然闹起来。

原来逝者在外边的情妇带人上门吊唁，顺便讨要他生前承诺的半套房子。

原配自然不肯，大发雷霆，双方推搡、咒骂之间又爆出劲爆内情，原配和小叔子早就搞在一起，连孩子都是小叔子的。

这下现场炸开了锅，小婶子首先扑上去厮打奸夫淫妇。

世间男女欲念繁杂，处处乌烟瘴气。

谢晓妮待在边上看热闹，举手机拍摄视频，被陆梨制止："再让我看见你干活的时候玩手机，直接没收。"

妮子吐了吐舌头。

东家闹事对她的工作没什么好处，有时闹大了，丧事都有可能中断，团队拿不到钱，等于白跑一趟。

陆梨找到这家的长辈，请他稳住局面，把几位当事人带到别的地方谈判，这边的仪式照常进行，毕竟这么多亲朋好友在，不能晾着客人。

如此这般，勉强走完流程。第二天清晨出殡后，大伙儿疲惫地开车回城。

陆梨窝在副驾打瞌睡，忽然听见谢晓妮的惊呼："这不是那个谁吗？"

妮子连忙将手机递给淑兰，淑兰看完后又递给陆梨。

"干吗？一惊一乍的。"

"快看这个视频。"

只见标题写着"失散二十年，亲子终团聚"，点开来，是地方电视台的某个节目片段，里面出现一个熟人。

霍旭西还上过电视呢？她暗暗嘀咕，心下纳罕，睁大双眼继续看下去，只见一对中年男女神情激动，上前将他紧紧抱住，痛哭不止，而他却满脸别扭的表情，显得又迷茫又抗拒，像被大猩猩抱了似的。

"还有还有。"谢晓妮点开第二个视频。

不知哪家电视台的记者，跑到凤凰村，对着他尚在人世的祖父和不善言辞的父亲一顿猛拍，还问了些有的没的。霍旭西当场发作，在一连串的消音视频里，他差点把摄影师给揍了。

陆梨屏住呼吸看完，张嘴愣住，这是……什么意思？

谢晓妮说："他好像被遗弃过。"

"啊？"不会吧？陆梨觉得万分震惊，接着仔细翻看文字版新闻。

原来霍旭西出生在北都，两岁时，父母被外祖父强行拆散，他父亲出海跑船，母亲则被送到国外继续学琴。外祖父嫌这个外孙累赘，更不希望他成为自己女儿人生的污点，于是转头就把他遗弃在春运的火车上。

那是二十世纪九十年代，没有那么多摄像头和监控，火车站流动人口很多，霍旭西被一个鳏夫捡到，打算带回老家抚养。

谁知辗转千里之外，途经舒城，在汽车上遇到了霍父。

当年还是小伙子的霍父发现孩子哭闹得厉害，留了个心眼，暗暗观察许久，觉得不对劲，上前询问。鳏夫支支吾吾，神情慌张，霍父当即将他按住，招呼司机，让大巴车径直开到派出所门口。

霍旭西就这么流落到了南方，因为找不到他的家人，警方只能把他送往福利院。

霍父与妻子没有小孩，原本就打算领养，于是两个月后又见到了小阿旭。如此缘分，简直像老天的恩赐，霍父没有犹豫，很快办理手续，将他带回了家。

而他的亲生父母回到北都后，发现孩子丢失，一直四处寻找，终于在去年，通过公安机关的努力，成功找到当年的弃儿霍旭西。家人团聚的那一刻，有媒体见证，拍下了感人至深的视频。

陆梨缓过神，想起他那混账二叔说他不是霍家的人，原来指的这个。

"照这么看，他的人生完全被改变了。"淑兰感叹着道，"北都和凤凰村的成长环境可以说是天差地别。"

谢晓妮附和着道："是啊，据说他的亲生父母条件还不错，如果他留在北都的话，肯定比现在过得好。"

陆梨回忆与他相处时的情景，倒没察觉他对自己的处境有任何不满，自负、张扬，心态不是一般的好。

"梨子，他没跟你提过这件事吗？"

"没有。"

磊磊在后面说："这么曲折的身世也不太好对外人提吧。"

谢晓妮接话："他不是说在追求陆老师吗？"

淑兰无奈地打断这个话题："这种人伦悲剧，你们不觉得可怜吗？一点同情心都没有？"

谢晓妮说："他已经算幸运的了，如果现在突然冒出一对有钱的父母和我相认，我高兴还来不及。"

磊磊赞同："像我这种穷一辈子的人才可怜。"

淑兰觉得又气又好笑："现在的小孩儿也太现实了，一点儿人情味都没有。"

闻言，磊磊和谢晓妮反倒教育起她来，道理讲得头头是道。

忽然，陆梨问："那个老头呢？"

"啊？"

"遗弃他的外祖父。"

谢晓妮翻着评论："说是早几年病逝了，不过老太太还在，当年她是不同意丢掉外孙的，但拗不过老头。"

陆梨冷笑起来，原来坏蛋也不长寿，便宜他了，要是让霍旭西亲自报仇，那毁天灭地的毒舌非把老头活活咒死不可。

陆梨心里闷得慌，她打开窗户吹风。此时此刻，她对霍旭西生出几分怜爱。虽然不多，但有。

第三章

他的身世

大家一路八卦着回到舒城。

这两天阴天下雨，车子上山下乡，沾满泥土，脏得不像样。

李四哥说："那里有家洗车店，我们到附近吃早饭，吃完差不多车也洗干净了。"

抬头一看，白塔路。

陆梨想起霍旭西的洗车店就在这条街上，该不会这么巧吧？

还真是。

他们几个在店外下车。

肥波接过钥匙，把车开进一号工位。龚蒲见这辆破旧的面包车上贴着"殡葬、棺材、寿衣"等字样，扬眉笑道："这是灵车吗？一大早接财运啊。"

霍旭西听见，抬眸瞥了一眼，微微愣住，不由得起身往外走。

"喂，干吗？"龚蒲奇怪地问道。

陆梨打量周遭环境，李四哥说："前边拐角有一家卖小笼包的，我们去那儿吃。"

一个高大的身影从店里出来，窄腰宽肩，眉眼清澈。

"陆梨。"他没有叫她陆老师，声音带笑，粗略地打量一番，问，"这么早？刚送葬回来？"那语气仿佛送葬和逛弯一样寻常。

洗车店的员工们待在各自的岗位上，视线却牢牢地跟随着霍旭西。

陆梨觉得有点不自在，挠了挠额头："嗯，对。"

霍旭西见她眼底发黑："一晚上没睡？"

"眯了两个小时。"

霍旭西忽然心潮涌动，按捺不住地想要向她显摆："要不你到休息区坐会儿？"顺便参观参观他的店。

"不了。"陆梨尴尬地道，"我们准备吃早饭。"她说着，瞥了眼一号洗车位。

于是他说："放心，待会儿我亲自帮你洗。"

陆梨咧了咧嘴："好，谢谢！"

客套完，她赶紧跟上淑兰，往街道拐角处的小笼包店去。

不知道为什么，也许几天没见，又或是被几个陌生人审视着，陆梨竟然在他面前觉得不大自在。不过是相亲对象而已，今天人模人样的像个正经老板出来打招呼，她别扭啥呢？

她想想，自己也觉得好笑。

众人慢悠悠地吃过早饭，派磊磊去取车。

没一会儿，磊磊开着焕然一新的面包车过来，大家上车，听他说："梨子姐，霍老板没收钱啊。"

陆梨应了声，掏出手机，本想发个红包过去，但是就几十块钱的事儿，计较起来未免小气，于是说：下次请你吃饭。

霍旭西回复：下次是什么时候？

陆梨：你定。

霍旭西说：正好，我们店里的员工想认识你。

认识我干吗？陆梨突然觉得紧张起来。

陆梨：几个人？

霍旭西：加我六个。

陆梨：故意坑我呢？

洗一次车请六个人吃饭，这买卖真划算。

陆梨：奸商。

霍旭西回道：就吃个大排档，我出一半行了吧。

陆梨：什么时间？

霍旭西：今晚有空吗？

陆梨：行。

就这么定下来。

霍旭西：晚上我去接你。

陆梨回家补觉，睡到下午三点，日光斜照，显得静谧、安宁。

想到待会儿要认识新朋友，她觉得有些兴奋，赶紧起床洗头，又想起那几个人都很年轻，大概和霍旭西同龄，自己可不愿被当成"尊敬的姐姐"。

于是陆梨洗完头，翻箱倒柜，试了好些衣服，最后选定一套与她的职业和性格极不相符的……粉色小裙子。

如此这般，慢慢悠悠地磨蹭到六点钟。

霍旭西打来电话："我们出发了，你准备下楼。"

"好呀。"

外婆不在家，和打麻将的搭子聚餐去了。陆梨检查家里的垃圾桶，把厨房和客厅的垃圾带下楼丢掉。

这时，她发现霍旭西的车子已经停在小区门口，然后加快步伐，小跑过去。

陆梨打开副驾的门，发现后座有三个人直勾勾地盯着自己，被吓了一跳。

"陆老师。"龚蒲笑眯眯地道，"前边的位子特意给你留的，快上车吧。"

霍旭西见她今天这身打扮，眼珠子差点掉下来。粉裙子也就算了，毛线编织的草莓小包是怎么回事？这么卡通的吗？不过话说回来，如果不知底细，瞧着倒真像刚上大学的学生，一张素净的脸，只抹了口红，衬得她的气色极好。

霍旭西发现自己对她有些过分关注，立即收回视线。

陆梨坐上副驾，系好安全带，回头笑着说："别叫老师，喊我梨子就行。"

霍旭西慢悠悠地说："对，都是平辈，叫老师多见外。"

陆梨笑眯眯地点头，心想，没错，大家都是同龄人嘛。

这时霍旭西接着说："叫陆大姐就行了，显得亲切。"

陆梨微抿的嘴唇瞬间垂下，并用恶狠狠的目光瞪去。

"不是。"他捉弄人得逞，眉眼带笑，轻咳一声，道，"除了老懒，都比你小。"

陆梨知道他仗着自己年轻："呵呵，是，我看就你小，你最小。"行了吧？

车厢里安静了几秒钟，然后不知道是谁扑哧笑了一声。

霍旭西瞥向后视镜，扯起嘴角："笑什么？"

于是大家笑得更厉害。

因为车子坐不下，肥波和老懒已经先行一步，到吃饭的地方占位子。

江边的大排档，晚风习习，烟火缭绕，偌大的篷子底下摆开三排圆桌，七个人挤着坐。

点完菜，要了一箱啤酒。

江边风大，陆梨有点后悔今天穿裙子，虽然里边有安全裤，但周围那么多人，那么多双眼睛，她提心吊胆的，只能用手按住。

冯诺没精打采地开口提醒："留个人别沾酒，待会儿要开车。"

龚蒲说："章鱼哥是小孩儿，不能喝酒。"

章弋最烦他："我没驾照的。"

"那就老懒，你喝多了要发疯，酒品太差，别吓着新朋友。"

"能有你差？五十步笑百步，我今天就往死里整。"

众人推三阻四，都想喝酒，最后决定找代驾。

说话间，霍旭西起身去车里拿香烟和打火机，回来随手将一件薄外套递给陆梨。她微微一愣，抬眸见他若无其事地找龚蒲要开酒器开酒，对着自己的侧脸显得很清秀，喉结明显。陆梨也没说什么，将外套盖住大腿。

"梨子姐。"章弋凑近问，"你是做殡葬的吗？我觉得这个职业好神秘。"

陆梨笑着回答:"你感兴趣呀?"

章弋点头:"就是有没有遇见过什么特别离奇的事情?"

许多外行人都好奇这个,陆梨自然明白她的意思:"听过的很多,我自己遇到的少。"

大伙儿闻言不约而同地望着她。龚蒲的眼睛发亮:"真有啊,说嘛说嘛,我们当故事听,不搞封建迷信。"

陆梨心下微叹:"我们这行稀奇古怪、神神鬼鬼的传闻可以说五花八门,那些道听途说的就不提了,讲一个我亲身经历的吧。"

所有人安静地凝视着她。

"有一回接活儿,去很远的乡下。晚上我哭灵,接着歌舞团演出,闹到半夜,大家留在主人家休息,但是因为治丧,来了很多亲戚,房间不够,我们只能并排坐在堂屋的沙发上睡觉。我睡得迷迷糊糊,这时有个老婆婆把我叫醒,说:'丫头,喝点儿热水吧,刚才嗓子都哭哑了。'

"我实在太困,回答不用,接着继续打盹儿,又听那个老婆婆说:'坐在风口小心受寒,我给你拿条毯子'。

"大概睡了两三个小时,因为要送葬,很早就得起。天没亮,兰姐喊洗脸,我在沙发上醒来,觉得哪里不对,心惊肉跳地往灵堂的方向看,发现棺材前遗像上的人就是半夜和我说话的那个老婆婆。"

龚蒲、章弋和肥波不约而同地抱住胳膊,搓着身上冒出来的鸡皮疙瘩。

霍旭西皱眉轻笑:"你睡蒙了吧?"

陆梨说:"当时确实有点蒙,接着我又发现一件更恐怖的事情,自己的身上盖着一张小毯子。"

"啊!"龚蒲尖叫起来。

章弋倒吸一口冷气,老懒和冯诺骂骂咧咧地道:"要死了、要死了。"

肥波神色认真地询问:"后来呢?"

陆梨耸了耸肩:"后来照常送葬呗。"

"你……你怎么接受这件事情的?"

她故作哀叹状："可能那晚太累了，又困，浅眠做梦，把梦境和现实混淆了吧。"

"可是那条毯子……"

"搞不好是主人家看我可怜，随手盖的呗，不过只有我一个人盖了，兰姐和磊磊都吹着冷风，受寒后病了一场。"

"你没问问谁干的好事？"

"他们家人多，早上忙着出殡，我哪好意思挨个问呀。"

听完故事，龚蒲抬起胳膊："看看，这一大片寒毛。"

"是挺瘆人的。"

陆梨抿嘴偷笑，百试不爽的捉弄，自个儿编的小故事，每次都能把人唬住。

霍旭西瞧她那副小表情就知道有猫腻，玩心大起，嗤笑了一声，顺着她的话开口："这算什么，我小时候撞过'鬼'呢，守灵时听见棺材里边传来叹息声，堂哥他外公头七回来敲门道别，这些怪事儿在乡下多了去，看你们没见过世面的样子。"

冯诺说："可惜你没文化，不然写下来能出好几本书。"

霍旭西骂道："我正经高中毕业，你一个没读两年书的好意思说我没文化。"

冯诺"哼"了一声道："好歹高中毕业，章弋刚来的时候就是他喊人家章戈。"

大伙儿偷笑。

霍旭西冷眼瞥着他们，一副满不在乎的表情。

老懒毕竟年长，顾及陆梨在，想给老板留点面子，于是开口："男人嘛，认字不算什么本事，男人要会赚钱才最重要，对吧，陆小姐？"

陆梨不知道话题怎么转移到自己身上的，只能含糊着道："女人会赚钱也一样重要。"

"说得对。"章弋挑眉，放出豪言，"本来世界上就没几个好男人，穷的盼着吃软饭，有钱的花花肠子一堆，把希望放在他们身上早晚得被气死，还不如自己争气，赚多赚少都是自己的，不用看别人的脸色，自由自在多逍遥。"

在场的男士不乐意了："也不能一竿子打死一船人吧？"

"你一个小姑娘，见过多少男人呀，就这么下结论。"

冯诺觉得自己被内涵了："我对女人可是很忠诚的。"忠诚且真爱，但确实吃软饭。

老懒也觉得自己被内涵了："我绝对是例外，有自知之明，受不了婚姻的束缚就不结婚，光明正大地讲清楚，绝不耽误别人的青春。"

嗯，确实有自知之明，只拈花惹草，不对未来负责，就算他想结婚，哪有姑娘肯嫁。

章弋冷冷地"哼"了一声，满脸写着：我还不知道你们什么德行？

正说着，左侧后面两桌起了争执，忽然吵闹起来。

三个年轻女孩结伴聚餐，刚落座没多久，隔壁桌的男人上前搭讪，她们礼貌地拒绝，男人却得寸进尺，挨着她们落座，死皮赖脸地上前搭话，女孩们起身要走，竟然被拦住。

那人有好几个同伴，都是五大三粗的泼皮，面子被驳，哪里肯就这么算了。

陆梨和章弋皱眉盯着那头，洗车店的男人们坐的位置背对着，但动静都听得清楚。大家默默地喝两口酒，抽两口烟。

龚蒲说："可惜我的孜然羊排，今晚吃不上了。"

冯诺活动了一下肩膀："收拾完渣滓再吃也不迟。"

老懒收起手机，肥波摘下眼镜。

霍旭西招呼服务员："我们的菜先取消。"

"啊？那这箱酒呢？"

"留着。"

夜市打群架，啤酒瓶子最顺手。

"要不先等等，"老懒说，"未必要动手，让我劝一劝，以和为贵嘛。"

这时却听见有人开始咒骂："滚开！"

女孩们不堪其扰，当中有个女孩推开男人的咸猪手，开始反击。

壮汉哪里肯吃亏，旁边五个同伙一拥而上，竟然围住三个女孩，当众开始拳打脚踢。

陆梨和章弋率先看见，被震惊得愣住了，下一秒钟立刻怒骂着往前冲。

"干吗干吗？"龚蒲瞪大眼睛，跟着她俩站起身。

章弋的脾气一向暴躁，大家还不算太吃惊。可是穿粉色小裙子斯文如淑女的陆小姐竟然也如此凶猛，画面反差感极大，视觉冲击力极强。

"阿旭！"龚蒲喊，"她怎么这么疯？"

"流氓！欺负女孩！"

现场一片狼藉。

警察赶到时，对方已经被他们制服，但每个人都挂了彩，鼻青脸肿的，都沉默地抽着烟。

"姐，你好厉害。"章弋筋疲力尽地搭上陆梨的肩，"我服了，本来以为你是那种娇滴滴的女孩，没想到这么勇敢，一点儿都不怕的。"

陆梨的脑子嗡嗡作响，手发抖，吐出烟圈儿："我就是娇滴滴的女孩。"

其他几个人笑起来，龚蒲竖起拇指："从今以后你是我哥，大哥。"

陆梨觉得烦恼，哪个女人想当大老粗？

霍旭西说："后悔了吧？下回遇到这种事，站在旁边喊救命就行了。"

陆梨抬起下巴，挑眉，显得颇为桀骜："没后悔。"

霍旭西笑，拍了拍她的脑袋："瞧你那傻样。"

从派出所做完笔录回到家已经是半夜三更，外婆已经熟睡。

陆梨觉得浑身都疼，虽然看过医生，只是皮外伤，但也够她受的了。

洗澡，擦药，躺到床上，这时拿起手机，发现章弋把她拉进聊天群，群里除了霍旭西都在聊天。

老懒：快来个人，楼下卖水果的婆娘非说我的伤是出去偷人被揍的，她侮辱我的人格！

冯诺：各位，明天是不是可以不用上班了？

龚蒲：这么大的事竟然没人问问老板？

肥波：问了，师父说明天放假养伤。

众人：耶！

冯诺：等一下，他让你通知我们放假，就是知道有小群了？肥波，你这个叛徒。

章弋翻白眼：梨子姐，别见笑。

老懒：梨子来啦。

龚蒲：欢迎欢迎。

陆梨和他们闲聊一阵，握着手机疲惫地睡去。

次日清早，外婆看见她发紫的颧骨和手臂，惊愕地大喊："谁打的？"

陆梨把昨晚的事情绘声绘色地讲了一遍。

"我的乖乖哟。"外婆心疼地道，"你个姑娘家，怎么不量力而行？昨天那么多同伴在，你都伤成这样，如果没有同伴，你不得被打死呀。"

陆梨说："我这个弱女子都上去了，就算没有同伴，周围的路人也会帮忙的。"

"帮什么帮，你这两天别出门了，等脸上的伤好了再说。"

"那怎么行？我店里一堆事儿呢。"

外婆生气地道："你这个鬼样子出去，小区的人看见还不知道怎么编派你！"

"我这是路见不平受的伤。"

"谁知道？他们肯定会说哪个正经女孩会在外面跟人动手，信吗？"

陆梨咧了咧嘴，觉得外婆的担忧不无道理，人言可畏，不可不防。

她在家窝了半天，终归按捺不住叛逆，心想凭什么，明明是见义勇为受的伤，凭什么她不敢出门？想到这个，当即大摇大摆地下楼，到小区外的便利店买啤酒。

如果有人说三道四，陆梨发誓自己会立刻发飙。

第二天下午，霍旭西忽然来电，让她明早十点到洗车店集合。

"干吗？"

"受害者的家属要给我们送见义勇为的锦旗，那天被打的三个女孩其中一个还在住院，另外两个和她们的家人也会一起过来。"

"啊？"陆梨大惊，"我就不去吧？！"

霍旭西说："大家都在，你不到场不合适，就这么定了。"

突如其来的荣誉让人摸不着头脑，打开群聊，大家的反应如出一辙。"

章弋：给洗车小妹锦旗？听上去好奇怪。

陆梨也有同感。

冯诺：反正明天能躲就躲，把旭哥推出去就行了。

大家这样说定。

次日一早陆梨接到霍旭西催促的电话，提醒她切莫迟到。

龚蒲在群里喊：某人要耍毛了，叫我们滚过去，不然奖金扣光。

陆梨戴上头巾和墨镜打车到白塔路，悄悄摸到香樟树后边偷望。

洗车店门前好大的阵仗，霍旭西这个人精厚脸皮，趁此机会搞宣传，横幅拉开，还请了团队敲锣打鼓舞龙舞狮，引得过客纷纷围观。

霍旭西上去和送锦旗的人握手交谈，龚蒲几个恨不得隐身，但迫于老板的淫威只能紧随其后。

陆梨看着他们尴尬窘迫的模样幸灾乐祸。

"陆老师！"霍旭西发现了她，高声招呼，"快过来，就等你了！"

作孽啊。

陆梨推了推墨镜，大大方方走上前。章弋赶紧把她拉到身旁。

"丢死个人。"龚蒲小声嘀咕，"我们像猴子似的在这儿被观赏半天了。"

"早知道戴顶鸭舌帽，看不清我的脸还好。"

这时，被救的女孩和家属献上鲜花锦旗致谢，霍旭西代表大家收下。

陆梨站在后侧，瞥见霍老板嘴角瘀痕未散，侃侃而谈，人模人样，竟然有些蛊惑的魅力。

大家要站在一起拿着锦旗拍照留念。

原本这是大伙儿最排斥的环节，觉得傻，但不知怎么，拿到锦旗的那一刻，羞耻感烟消云散，被荣誉感取而代之。

陆梨摘掉头巾和墨镜，站到霍旭西身旁。

龚蒲、章弋、肥波、冯诺和老懒也不甘落后。

七位热心市民，手握见义勇为的锦旗，咧嘴笑着，昂首挺胸，骄傲得嘞！

喜事当头，索性中午聚餐，把前天晚上半途而废的饭局补回来。

陆梨给她的锦旗拍了几十张照片，选出最好的三张发朋友圈，昭告天下。

吃完饭，众人的兴致愈发高涨，转场KTV。

冯诺点了首情歌，被龚蒲嫌弃，指着章弋说："章鱼哥还是个儿童，你在这里唱什么彻夜缠绵？真不害臊！"

陆梨喝醉了，待在角落里闭目养神。

霍旭西也有些微醺，存了捉弄的心上前去。

"喂。"他用膝盖轻轻撞她的小腿，"陆大姐。"

她置若罔闻，眼皮子也没掀。

"傻妞？"他倒来劲了，"傻妞？"

陆梨微微蹙眉，用力白他一眼。

霍旭西挨着落座，周遭的音乐声太大，说话不得不靠得很近。

"醉了？今天你要是再喝得不省人事，我就把你丢在这里，不要妄想我再背你回家。"

"我清醒得很，要你管。"

霍旭西冷笑："哟，这么跩，今天不穿粉粉的裙子装淑女了？"

"滚。"

他越挨骂越觉得好玩儿，同时也有些不爽，嗤笑一声："什么态度，你对那个'古代人'也这副死样子？"

陆梨晕晕乎乎的，皱了皱鼻子："人家叫辜、清、彦。"

"什么？"他没听清。

陆梨舔了舔嘴唇，深吸一口气，准备提高音量，话到嘴边又懒得多说，只摆摆手。

霍旭西垂下眼帘，看着她刚才舔过的红嘴唇，忽然直勾勾地问：

"你会接吻吗？"

陆梨愣住。

"啥都不会，'古代人'能看得上你？"

闻言她心中不忿，当即冷冷地"哼"了一声："本小姐接吻的技术好得很，保准一举将他拿下。"

霍旭西嗤笑道："骗傻子呢，我还不知道你？上回跟人亲嘴是什么时候？上辈子吗？"

陆梨的脸上挂不住。难道我一点魅力都没有？不，不可能。

音乐震得人心颤，酒精迷乱理智，他陷在若明若暗的光线里，笑意渐渐散去，清俊的眉目蛊惑得人精神错乱。

于是，陆梨鬼迷心窍，抬手勾住他的脖子，扬起下巴迎上去，嘴唇贴在他还瘀青的嘴角。

绝对的鬼迷心窍。

陆梨坚定地认为这个举动只不过是对他挑衅言语的反击，让臭弟弟见识姐姐的魄力。

她就碰了那么一下，正要撤退。霍旭西却趁机偏头压下，毫无预兆地将她吻住。

陆梨心惊，胳膊滑落，手攥拳，僵硬地抵住他的肩膀，往后躲开。

龚蒲和老懒正手拉手做作地对唱。

"我对你有一点动心，却如此害怕看你的眼睛，有那么一点点动心，一点点迟疑，不敢相信我的情不自禁……"

唱着唱着，转头发现角落里纠缠的男女，没看错的话，阿旭这是强吻了人家？

"什么情况？"龚蒲惊叫出声。

大伙儿转头望去，见陆梨缩着肩膀往后退，猜到大概，大家目瞪口呆。

"咳。"老懒赶忙打圆场，"喝酒喝酒，小吃够不够？再点两份爆米花……还有谁又插队了？我的《花房姑娘》呢？"

众人避嫌，立即装糊涂，继续唱歌、玩牌，不打扰成年男女意乱情迷。

陆梨知道被大家看见了，臊得耳朵滚烫，恨不得去撞墙。

霍旭西没说话，坐在旁边拿打火机点烟，边看朋友们热闹地玩耍，神色不明。

陆梨觉得头晕，心脏仍在狂跳。刚才是不是喝醉产生的幻觉？她有些透不过气，起身想出门，然后手腕被握住。

霍旭西以为她要走，冷冷地讥讽："不就啃了两口吗，至于吓得逃跑？我以为你多厉害呢。"

陆梨发现自己不太敢看他："谁要逃跑，我是去洗手间。"

他松开手。

等她离开，龚蒲来到霍旭西身旁，指着他痛骂："大哥，现在才下午四点，大白天的你居然对陆老师做出这种禽兽不如的事，你发癫啦？狂躁啦？龌龊！"

霍旭西笑眯眯地转头瞥他："滚。"

聚会在傍晚散伙，陆梨浑浑噩噩地回到家，栽进床铺一觉睡到八九点。她爬起来洗澡，淋着温水，用力搓了搓脸。

"陆梨啊陆梨，你喝的什么酒，醉了就乖乖地待着吧，招惹他干吗？

"肯定是太久没跟男人接吻了，脑筋不清楚。

"你不是要等清彦回来吗，怎么可以三心二意，亲别的男人？你会遭报应的！

"可是这也不能怪我呀，当时那种环境，那个氛围，还有那张脸，哪个女人把持得住？"

要命要命。

她慌张地回忆起霍旭西流连在唇上的感觉，霎那间思绪万马奔腾。

"不对，他为了捉弄我而已，那个坏蛋从不肯落在下风，什么都要压我一头。"

这个意外根本就是两个人都不愿服输造成的荒唐后果罢了。正如他说的，不就啃了两口吗，慌什么慌？

"我可是见多识广的陆老师，本地殡葬行业杰出人才，什么牛鬼蛇神没见过？难道会怕一个幼稚狂妄的小弟弟？"如此这般，拿出姐姐的气势，总算长舒一口气。她觉得最近和霍旭西接触太多，应该要保持一点距离了。

九月，烁玉流金，依旧火伞高张。

霍旭西的表姐霍樱给他留下一条信息突然销声匿迹，微信消息不回，手机停机，想骂她都找不到人。

三姑气得连哭带号。

原来霍樱的老相好司徒优回舒城了，他如今小有成就，事业、家庭颇为圆满，但这些年毫无节制的烟酒加上作息混乱，竟然导致无法再生育，于是想把儿子讨回去。正好，霍樱要钱要自由，考虑半个小时就同意了对方的请求，从他那里得到一笔钱，把霍圆满送了过去。

这笔钱她自认为是补偿金，在向霍旭西交代的微信消息里也是这么美化的。

然而，霍旭西看完后当即质问："你把圆满卖了？"

霍樱也不算做得太绝，人虽然跑到了北都，至少留下了前夫司徒优的联系方式。

霍旭西带着三姑气势汹汹地找上门，非要把圆满带走不可。

尤其是三姑，对这个前女婿满腹怨愤，指着他的鼻子骂："姓司徒的，你打的好算盘啊，我们辛辛苦苦地把圆满养大，养得白白胖胖的，你跑来摘现成的果子，要脸吗？"

司徒优倒是客客气气地拿出他和霍樱签的协议和户口本："圆满以后由我照顾，我会给他优渥的生活，弥补我们父子错过的时光。您放心，他是我的亲儿子，我会对他很好的。"

三姑不吃这套，啐了一口："我呸！你生不出娃才想到圆满，怕以后没人养老送终吧？报应！你活该遭报应！"

司徒优沉默了数秒，掏出一个厚信封："岳母辛苦，我知道您疼爱外孙，这点心意算是我对您的感谢。"

三姑拿起信封，打开往里看了看，冷笑着道："给钱是应该的，我收下，外孙也要带走。"

司徒优道："您带不走，我是他的监护人，就算闹到法院，结果也不会有任何改变，何必呢？"

霍旭西冷不丁地问："圆满愿意跟着你吗？"

"小朋友都怕生，等他慢慢适应吧，我想，不出几个月就能把感情培养起来。"

"我们要见见孩子。"

"恐怕不好，你们现在出现，肯定会惹他伤心。"

霍旭西语气冷淡地道："霍樱不是个东西，不代表霍家没人了，我们还在，舅舅和外婆不会抛弃他，你也不希望圆满以为自己是弃儿吧？"

于情于理，这个要求并不过分，司徒优没有继续阻止。

下午霍圆满放学，霍旭西带他买了部手机，耐心地叮嘱："有事给我打电话，没事也可以打电话，如果你爸对你不好，舅舅不会放过他的。"

霍圆满的心思敏感，其实什么都知道。

"妈妈是不是不要我了？"

霍旭西心里有些难受，摸了摸他的头："当然不是，你爸回来了，特别想你，所以你妈妈才会把你送过去。"

"那她什么时候来接我？"

"她……忙着赚钱呢，等到周末，舅舅和外婆会接你回家，还有舅公，我们都在。"

霍旭西一边安抚小外甥，一边在心里将霍樱和司徒优骂得狗血淋头、体无完肤。

九月中旬，百无聊赖的夜晚，独身男人别无消遣，不过是在家喝冰啤酒、抽烟、打游戏。

手机响了，也许是那个人打来的。

霍旭西心下微动，拿起手机，屏幕显示却是"程爸"。他的眉头蹙起，迟疑片刻后接起来，生疏地打招呼："喂，爸。"

"阿旭啊。"对方的语气亦有些紧张，"没有打扰你吧？"

"没事，您说。"

"是这样，再过一个星期就到中秋了，我和你妈妈商量，这个中秋节我们一家人该好好团聚，你看到时候是我们去舒城呢，还是你来北都？"

霍旭西捏了捏眉心："你们过来太麻烦了。"

这时，苏瑾将电话接过来："阿旭，那就这么定了，你什么都不用管，妈妈给你订机票。"说着，停顿片刻，"但你养父那边会不会有什么问题？毕竟中秋节是要团聚的。"

霍旭西沉默了一会儿："我先和家里商量一下。"

"好，行，你千万别有负担，其实在哪儿过都一样，我们也尊重你养父的意思。"

"嗯，我知道。"

霍旭西每次和亲生父母通话都觉得不自在，胸口仿佛被堵着，对方小心翼翼的，他感受到压力，自然好不到哪儿去。挂了电话，把玩手机，刷到某人的朋友圈。

陆梨：*老太太突然爱上烘焙，每天研究怎么用烤箱，做一些不合理的食物强行投喂给我。*

她不常发动态，大概每月一两条，几乎都是关于外婆的事。下午发的这条有配图，图片里是黑黑黄黄的东西，也不知烤的什么。

洗车店的人都给她评论、点赞了。

霍旭西心想，多我一个应该不算突兀吧？

他给她留言：*好吃吗？*

过了一会儿，收到回复：*黑暗料理。*

都是废话，那堆焦煳的玩意儿怎么可能好吃，他们两个聊的什么废话？

太奇怪了。

不过废话好过无话，僵局就此打破，一个月前在 KTV 发生的事故终于轻描淡写地翻篇。

中秋佳节，霍旭西抵达北都。

程怀晟和苏瑾当年实属一对苦命鸳鸯，为爱情抗争过、私奔过，最终还是被拆散。两人分开数年，坚定不移，相继回国后很快与对方团聚，可他们的儿子已遭遗弃，不知去向。苏瑾因此与她的父亲决裂。

几年后他们生下第二个孩子，程慕合，比霍旭西小八岁，今年还在读高一。

因为长子的丢失，苏瑾对次子十分紧张，极尽呵护，几乎到了溺爱的地步。程慕合的性情乖张，与霍旭西的脾气有几分相似，但到底养尊处优，没吃过生活的苦，受不了半点打击。

一个霍旭西就足以令他心态爆炸。对程怀晟和苏瑾来说，苦寻多年的长子终于找回，自然喜不自胜，当时几乎将所有精力扑在失而复得的阿旭身上，甚至急切地想在北都给他买房买车，接他团聚。

程慕合正值叛逆期，又被惯坏了，亲哥的出现给他造成巨大威胁，这下发了疯，闹得天翻地覆，说什么都不准父母接霍旭西来北都，甚至还闹着要离家出走，断断续续地折腾一年，估计现在仍然心有芥蒂。

这次中秋，程慕合索性出门旅游，临走前还不忘对父母阴阳怪气："我就不妨碍你们一家三口团聚了。"

殊不知，他心中的竞争对手压根儿没把他放在眼里。

霍旭西这次到北都，除了和父母过中秋，还想看看是否能联系到霍樱。

发送的微信消息依然没得到对方的回复，他直接去派出所报案。

然而霍樱这种情况也不能算失踪，民警表示即便找到人，也会尊重对方的意愿，不能随意透露她现在的住址和电话。霍旭西拿着报警回执，基本放弃继续寻找那个混账的念头，找到也没用，既然她手里不缺钱，想必不会过得太惨，随她高兴，自由自在去吧。

晚上吃饭，程怀晟夫妇带着儿子到他们精心挑选的地方用餐。

霍旭西很少光顾这种高档餐厅，但他的脸皮向来厚，从来不知道"拘谨"二字怎么写，照样怡然自得。倒是他的父母十分紧张，总想找话题亲近。

"听说你三姑张罗着给你安排相亲对象，现在相处得怎么样？"

"挺好的。"

"对方是做什么的？"

"开寿衣店。"

"嗯?"父母二人皆是一愣。

霍旭西想了想，换个说辞，一本正经地道："民俗文化传承人。"

程怀晟和苏瑾面面相觑。

"阿旭啊，"父亲开口问，"你有没有考虑过到北都发展?"

"没有。"他直接回答。

苏瑾觉得诧异，忍不住劝道："你才二十四岁，这么年轻，人生的选择何其多，比如读书深造，比如进行环球旅行，或者跟你爸爸学做生意，要么把你的店搬来北都也行啊，总不能后半辈子待在舒城吧?"

苏瑾从小学艺术，爱听音乐、爱看书，措辞难免有些文绉绉的。

霍旭西虽然没文化，但听得出她背后的用意，沉默片刻，随意地笑了笑："我喜欢舒城，老家的生活安逸，朋友多，热闹，洗车店的生意也不错，我过得挺舒服的。"

苏瑾闻言略微叹气："做服务业那么辛苦，我真是不放心，说到底，趁年轻，读书才是正途啊。"

霍旭西觉得好笑："我可不是读书的料，当年初中都差点没上完。再说，我的洗车店是自己一点一点拼出来的，比靠父母强多了吧。"

程怀晟握住妻子的手："孩子有主见，我们也该尊重他的意愿。"接着向儿子温和地道："我和你妈是为你的前程考虑，也想让你明白，现在有很多选择的余地，多开开眼界总没坏处。"

程怀晟还不晓得，他这个儿子最讨厌听大道理，尤其是某些隐含着高姿态的道理，他忍到现在已经算奇迹了。

吃完饭，回到父母家的大平层。房子宽敞，却也冷清，阿姨回去过节了，家中只有他们三人，开着电视，沉默相对，尴尬至极。

霍旭西早早回房休息，躺在床上思来想去，拨通了陆梨的电话。

"喂?"

那头好不热闹，麻将声、谈笑声，没听错的话竟然还有鸡叫?

"怎么回事?"霍旭西好奇地问道，"陆老师，你在菜市场吗?"

"大晚上的，我去菜市场干吗?"她气鼓鼓地说，"你不知道，我家老太太说要炖鸡汤，买了只老母鸡，我说让摊主宰了吧，她偏带只活的回来，丢在阳台上，还到处拉屎！"

霍旭西说："啊？"

陆梨气愤地道："烦死了，咯咯咯，咯咯咯，叫个不停，对面的邻居大妈瞪了我好几眼！"

霍旭西失笑："用水桶罩住试试。你那边好热闹。"

"兰姐和朱姐她们在打麻将，磊磊输了五十块钱就要死要活的，傻得可怜。"

正聊着，老太太的声音传来："梨子，跟谁聊呢，是不是小霍？"

"是啊，我要把你的罪行告诉所有人。"

"什么罪行？哎哟！你让小霍来家里吃饭呀，今天晚上我做了那么一大桌菜，他来了多好。"

陆梨无奈地道："人家也要跟家人过节的。"

霍旭西不由自主地说了句："我明天回来。"

陆梨问道："你去哪儿了？"

"北都。"

"哦。"

老太太又忙不迭地说："还有，我亲手做的月饼，你明天给小霍送过去。"

陆梨直喊"阿弥陀佛"，然后说："黑暗料理就别送人吧，太丢脸了。"

"说的什么话，我看你吃得开心得很！"

"我明明边吃边哭。"

霍旭西听着电话那头吵闹的烟火气，心也飞了过去，他想立刻回舒城，迫不及待。

中秋不做生意，陆梨通宵打麻将，送走客人，睡到日晒三竿。

外婆在准备做月饼的材料。

"梨子，小霍今天什么时候回舒城？你问问他喜欢吃哪种馅儿。"

陆梨揉着眼睛，打着哈欠说："我还以为你说的客套话。"

"别人就客气一下，孙女婿肯定要宠的呀。"

陆梨拧着眉失笑，老太太还当真了。她给霍旭西打电话，问他今天什么时候回来，他说下午。

"那我把月饼送到你店里？"

"不用，我自己来拿。"

她诧异地问道："下午？"

"嗯。"

陆梨未免觉得有些好奇："你不累吗？又赶飞机又坐车的。"换作她肯定立刻回家躺着，哪还有精神到处跑。

霍旭西的语气带着不屑："拜托，姐姐，年纪轻轻的怕什么累？你还不到三十岁就这么虚吗？"

陆梨愤怒地挂掉电话。

混账。

"问过了，他喜欢吃五仁月饼，全部做成五仁馅儿的就行。"她这样告诉外婆。

中午吃饭时，陆梨还有些浑浑噩噩的，不经意间却得到一个如同炸弹的消息。

外婆说："下个月辜老师六十大寿，要办酒。"

陆梨沉默片刻，貌似随意地问："清彦哥哥要回来吗？"

"要的，昨天和辜师母碰面，她说清彦已经回国了，现在就职北都一家挺有名的科技公司，做工程师，年薪七八十万呢，这孩子真有出息。"

陆梨毫不意外，他一直都很优秀。这个还不是重点，最要紧的是，他回来了，并且下个月就要回到舒城，他们即将见面。

陆梨无法平复心底的躁动，吃完饭主动去洗碗，催促外婆出去搓麻将，随后她打开音响放歌，扭着腰哼着曲子、擦桌子、洗衣服、拖地。

霍旭西的电话打来时她刚收拾完，出了一层汗，脸颊发红。

"我到了，你下来吧。"

陆梨用点心盒子装好月饼，跑下楼。

霍旭西见她穿着夹脚拖鞋蹦蹦跳跳地出现，眉眼含笑，春色满面，今天显得格外明艳。

"给!"她像只小兔子。

霍旭西问:"这么高兴?"

陆梨把双手背在后面,身体轻轻扭动:"不好吃别怪我啊。"

他直直地盯着她:"你脸红什么?"

"有吗?"陆梨抿着嘴,面露羞涩,说,"清彦哥哥下个月回来。"

霍旭西垮下脸,毫不夸张,笑意瞬间丧失殆尽。

陆梨没有察觉,踮踮脚,鼓动腮帮子,仿佛少女坠入爱河的模样:"我在想怎么跟他开口,哎呀,事到临头突然好害怕,万一吓着他怎么办?"说着又咬着嘴唇,"不管了,反正他的脾气好,肯定不会跟我计较。"

霍旭西冷冷地开口:"如果他不喜欢你呢。"

"那我就死缠烂打。"

"你没有羞耻心吗?陆老师。"

"没有。"

他皮笑肉不笑,扯起嘴角轻飘飘地讥讽:"佩服,真看不出来,为个男人你居然能做到这种地步。"

陆梨觉得不是滋味儿,又被他盯得发毛,梗着脖子愤怒地回道:"他不是什么普通男人,他心胸宽广,温柔体贴,对我讲话从来都轻言细语的。而且他尊重我、理解我,不会像别人那样轻视我的职业,更不会轻视我。你说,我不喜欢他喜欢谁?"

霍旭西的胸膛微微起伏,像是被敲了一下,正欲张嘴,陆梨却转身走了。他也生气,随手把月饼丢在石凳上,大步往停车的方向走去。

一条流浪狗经过。他瞥了眼,发现流浪狗停在石凳前,探头嗅着点心盒子。霍旭西想也没想,当即返回,脸色阴沉地拿走月饼。

流浪狗耷拉着眼皮冷冷地看他。

霍旭西开车回家,也不知道哪儿来的那么大的火气,心中的烦躁犹如热油锅内掉落几滴清水一般。

始作俑者,陆梨也。不是只有古代人才会讲成语。

霍旭西后悔自己马不停蹄地赶回舒城,连家都没回,行李也没放下,第一时间就去见她,听到的却是满口"清彦哥哥"。

邻居了不起？高才生了不起？温柔体贴了不起？

霍旭西感到一种非常不舒服的陌生情绪，类似挫败感。呵呵，见鬼。他从没觉得自己哪里不如人，就算在乡下长大，没读多少书，刚成年就闯社会，但他靠自己学技术、开店，买车买房，赡养父亲和姑妈，店里那帮人也把他当作避风港，虽然赚钱辛苦，可这一切向来是他傲气的资本，何曾挫败过？

更别说去和另一个男人比较。

搞什么鬼？

那天明明是陆梨主动亲他的，亲完不用负责的啊？还真当什么都没发生过……她好歹谈过恋爱，竟然对暧昧关系迟钝到这种地步。

霍旭西气得头痛，他发誓再也不想见她，那个蠢笨、粗鲁、庸俗、花痴的傻大姐，根本不值得。

想到这里，他烦闷地收拾行李，把衣裳丢进洗衣机。

刚准备休息，三姑发来微信消息，询问霍樱的消息和他去北都的情况。

三姑对他这次选择跟亲生父母过中秋颇有微词，不好明说，旁敲侧击，打探细节，担心他被拐跑。

语音消息一条接着一条，后面的霍旭西都懒得听，也懒得回复，只给老霍打了通电话，闲聊几句。

次日开工，他表情阴沉地上班，大伙儿只当他因为家里的事情烦心，都没敢多问。

去年亲子相认的新闻闹得沸沸扬扬，他意外得知自己的身世，与亲生父母见面。养父这边被媒体记者骚扰，再加上双方长辈对他的期待和亲情拉扯，大伙儿都知道他的思想负担重，所以很少谈论这个话题，却没想到，他沉郁的情绪竟然持续了一整天。

第四章

哭灵人

晚上九点，陆梨在寿衣店整理完库存，正准备回家，这时突然接到章弋的电话。

"姐，你有空能去看看旭哥吗？"

"怎么了？"

"他今天好奇怪，不和我们说话，也不搭理客人，下班还留在店里喝啤酒，我们让老懒留下来跟他聊聊，谁知道老懒自己喝得醉死，现在都联系不上了。"

陆梨想到昨天吵架的事，沉默了一会儿，说："我去不太合适吧。"

章弋说："合适，我们这里没人劝得了他，可你不同，你不是他的员工，又比他大几岁，姐姐开口他多少会听的。"

陆梨的语气有些嘲讽："我倒没看出来他是肯听话的乖弟弟。"

"哎呀，姐……"

其实陆梨心中也有几分好奇，昨天两人吵完架，她在夜里胡思乱想，猜测霍旭西该不会喜欢上自己了吧？

不是她自恋啊，实在是那人反应过度，莫名其妙，一听见辜清彦的名字就开始阴阳怪气地摆臭脸，除了吃醋，真让人想不到别的理由。

今天他更奇怪，心情不好借酒消愁呢？可他那"24K纯金狂踅龙傲天"般的性情像是会借酒消愁的人吗？

陆梨决定亲自过去瞅瞅。她关了店门，二十分钟后，搭车来到白塔路。

此时不过九点半，各家商铺灯火通明，街市霓虹闪烁，唯独洗车店黑黢黢的，两扇大门已经关闭，只留着中间半副卷帘门。

陆梨弯腰进去，顶上几盏昏暗的小灯，脚下是水槽，铺着地格栅，穿过二号洗车位往里走，来到休息区，看见老懒四仰八叉地躺在沙发上呼呼大睡。

再往里是展示区，柜上陈列着坐垫、脚垫、车蜡、太阳膜等产品。

这间店面又宽又深，展厅旁边才是前台。霍老板正歪坐在椅子里，双腿交叠，搭着桌面。电脑屏幕幽蓝的光线映照在他的脸上。

陆梨的脚步停下，迟疑着，欲言又止。

霍旭西看见她来，没说话，目光轻轻掠过，像月夜深林的狼崽子，发现猎物，但懒得动弹。

老懒的呼噜声很有节奏，像电锯一般。

陆梨知道他故意晾着自己，却也不在乎，上前去，闻到浓重的烟酒味。

"看什么呢？"

他置若罔闻，依然盯着电脑。

陆梨逗他说："该不会是什么违法网站吧？"

霍旭西慢慢地抬起眼皮打量她。

陆梨倚着大理石桌面，没心没肺地道："喂，送你的月饼怎么样？好吃吗？"

他淡淡地开口："给狗吃了。"

陆梨嗤笑："没错，就是给狗吃的。"

霍旭西瞪了她一眼："你来干吗？"

"章弋说你的心情不好，非要我过来劝劝，我看你这不挺好的，也没缺胳膊少腿。"

"别人让你来你就来，真听话。"

陆梨抿嘴微笑，不急不躁地说："担心你呀，怕你吃了我家的月饼中毒。"

他也不紧不慢地说："你下毒了？"

"五仁馅儿的，跟毒药也差不多。"她说着视线低垂，咬着嘴唇，眼珠子转得飞快。

霍旭西察觉到："有话直说。"

陆梨的脚尖点地："有个问题，你是不是讨厌辜清彦？"

奇怪吧，一个人怎么会无缘无故地讨厌他素未谋面的人呢？

霍旭西毫不犹豫地"嗯"了一声。

陆梨意外他答得如此坚定："为什么？"

"不喜欢这个名字，听着矫情。"

陆梨撇撇嘴，暗做深呼吸："你该不会对我有意思吧？"

"什么？"

她几乎不给他反应的时间，立刻表明态度："总之，你不要喜欢我啊，我有心上人的，你、你喜欢我不会有什么好结果。"

霍旭西笑了，歪着脑袋看着她，眸中似有星河流淌。

陆梨忽然觉得脸颊滚烫。

"姐姐，"他说，"你真应该去做谐星，喜剧界少了你，损失巨大。"

陆梨："……"

"单身太久，开始幻想男人暗恋你了吗？"

每次听他喊"姐姐"，陆梨就起一身鸡皮疙瘩，好似心底隐秘的地方生出苔藓，潮湿蔓延开来。她有点儿臊，垂死挣扎，抬起下巴维持骄傲的姿态："不是最好，这样我就放心了，省得大家做朋友都觉得尴尬。"

"是吗？原来你觉得尴尬。"

她诚实地回答："刚才有点儿，不过现在没了。"

霍旭西看着她。

陆梨转身打算回家，快走到门口，发现一条大黑狗站在那里，像剪影般一动不动。她有点害怕，踌躇数秒，试着往前挪了一步，那条黑狗竟然冲她疯狂地咆哮起来。

"汪汪汪！"

见鬼了。

陆梨连忙后退，高声问道："怎么回事？"

霍旭西瞥着狗："它叫黑豹，附近的流浪狗。"

"为什么这么凶？它堵在门口，我怎么走？"

霍旭西十分乐意看她出糗，于是轻描淡写地说："你走你的，它又不咬人。"

这叫什么话？陆梨心中暗骂，知道他是不肯帮忙的了。

黑豹虎视眈眈地霸占着门口，一时半会儿没有走的意思。老懒鼾声如雷，一时半会儿也醒不过来。霍旭西窝在椅子里继续看着电脑。

陆梨大为恼火，怀疑自己脑子抽风才跑到这里自讨苦吃。她气鼓鼓的，随手抄了张板凳靠墙坐下。

某人嘴欠地开口："要帮忙说一声。"

谁要你帮？陆梨瞪过去，发誓今晚就算在这儿坐到天亮也不会嘴软。

背后的墙上贴满世界汽车标志大全和汽车仪表图形标识。

她跷着二郎腿，从包里掏出香烟、打火机，动作熟稔，烟雾从嘴唇吐出，掠过小小的鼻子，缭绕着飘散。

霍旭西想起她喝醉时曾经说过戒烟，因为辜清彦爱干净，不喜欢闻烟味。看来意志并没她自己以为的那么坚定。

夜渐渐深了，街巷霓虹的颜色给人一种堕落的感觉，汽车一辆辆从店门前飞过，行人陌生，影子晃动，这座城市的喧嚣还没有熄灭，像走马灯一般转动着，光怪陆离的世界，可是一切浮华与陆梨都无关。光线若明若暗，她坐在那儿吸烟，望着半扇门外残碎的街景，侧影好似电影海报。

霍旭西看了会儿，拿起手机，将这一幕拍照保存。有那么一个念头，他希望黑豹乖乖地守在门口，越久越好。

可惜事与愿违。

突然某个陌生男子气势汹汹地闯入，打破这幅画面。

来人横冲直撞，也不管陆梨是谁，见着她就凶巴巴地大声问："李海阑在不在？"

陆梨不解："谁？"

李海阑是老懒的大名，霍旭西起身出来："你是哪位？"

那人已经闯进休息区，发现沙发上熟睡的老懒，二话不说，当即冲上去拳打脚踢。

"我让你睡！让你勾引我老婆！起来！"

陆梨听见霍旭西骂人："你弄他试试？少在我店里发疯！"她赶忙过去拉架。

老懒酒醒了大半，听对方满嘴脏话，顿时火冒三丈。

"有本事来啊，臭卖鱼的，你有脸说，秀秀倒八辈子霉才被你骗去结婚，我就是看不过去，你别以为她娘家没人，可以随便糟践！"

"你算老几？你看不过去？不要面皮的老光棍，三十好几娶不到媳妇儿，难怪要勾搭别人的漂亮老婆！"

"嘴巴放干净点儿！我和秀秀从小就认识，清清白白，就见不得你把她当出气筒，有能耐跟我动手啊，打老婆还算个人吗？"

正对骂着，秀秀和亲戚们都寻了过来，一时间七嘴八舌，哭的、闹的、劝的、动手的，人仰马翻。最后不知道谁报了警，警察过来又调解许久才收场。

霍旭西开车送陆梨回家。

陆梨上楼时突然想起给章弋报个信，然后却发现自己的包和手机都落在了洗车店。

霍旭西已经走了，要命，猪脑子，只得明天再去拿。

夜深人静，外婆还没睡，披着外套给她开门，顺便去厨房烧一壶开水，倒进保温杯，搁在床头。

陆梨洗完澡，来房间给她量血压。

老人家的手像枯藤老树，筋脉蜿蜒如同突兀的枝丫。

"刚才小霍送你回来的？"外婆笑眯眯地问，"今天晚上和他约会去了？"

"没有，他的店里出了点儿事。"

"你们相处挺好的吧？"

陆梨支支吾吾地道："还行。"

"这样我就放心了。"外婆笑，又好奇地问，"他对你的工作没有提过意见吗？"

陆梨奇怪地道："什么意见？"

老太太见外孙女如此反应，自顾自地喃喃着道："看来小霍的思想蛮开明，一点儿也不忌讳殡葬行业。"

闻言，陆梨愣住，心绪微动，竟然现在才发现，两人相识以来，霍旭西从未对她的职业表露出丝毫偏见，不曾指指点点，也没有语焉不详，猎奇尚异。似乎在他的眼里，寿衣店和茶楼饭馆同样寻常。于是相处时，陆梨也没那么敏感了。这倒稀奇，除同行外，跟那些知晓她职业的人打交道，少有这么舒服的体验。

陆梨正恍惚着，听见外婆问："乖乖，你和陆萱有联系吗？"

她被问得猝不及防，愣了两秒钟："偶尔过节会问候一下，怎么了？"

外婆说："其实前两天你大伯来过，我没告诉你。"

陆梨当即沉下脸："陆国庆？他来干什么？"

"中秋节，走亲戚送礼嘛。"

陆梨毫不客气地说："谁跟他是亲戚。"

外婆叹气："毕竟是你的长辈，这几年他有心缓和关系，我们也不要做得太绝。"

"我能有他们两口子做得绝？"陆梨烦躁地道，"当初见死不救、一毛不拔，现在装什么好人？怕被亲朋好友说闲话吧！"

老太太知道外孙女记仇，而且恐怕要怨恨一辈子，其实她又何尝不厌恶呢，只是自己年岁已高，早晚得走，到时剩陆梨一个人在世上，连份亲缘都没有，她怎么放心？

"你大伯还是关心你的，只不过他怕老婆，妻管严，很多时候也没办法。"

陆梨声音冷冷地道："一个唱红脸一个唱白脸而已，推老婆出来做恶人，他又是什么好东西。"

外婆转移话题："我记得陆萱比你大一岁，她结婚了吗？"

"应该没有。"

"她还在国外？"

"不清楚。"

外婆问："那孩子是去读什么专业来着？"

"酒店管理。"提到这个，陆梨想起陈年旧事，皮笑肉不笑地冷冷地"哼"了一声，"陆国庆和邹慧娟那会儿不就用这个做借口吗，说供陆萱留学，手头没钱，拿两千块把我打发了。结果萱姐告诉我，他们家近期准备买新车，呵呵，真行。"

当时陆梨的心都凉了，气得浑身发抖，挂了电话直奔大伯家，质问那两口子。

邹慧娟见她身为晚辈出言不逊，也不装了，理直气壮地道："我们家的钱不是大风刮来的，都是辛苦赚的血汗钱！帮你是情分不是义务，那两千块我说过不用还的吧？你不懂感恩就算了，竟然还这么没大没小地跑来撒泼，简直莫名其妙！"

陆梨望向陆国庆，他垂头坐在沙发里一声不吭。

邹慧娟又拿出两千块："你还小，不懂大人的难处，我也不跟你计较，说到底都是一家人，该帮的都得帮，这个钱本来就准备给你外婆送过去的。"

彼时二十岁的陆梨尚未修炼出金刚不坏之身，感到遭亲人背弃，血液翻涌，她红着眼，紧攥着拳，呼吸变得沉重，心肠一点一点地变成石头那么硬。她拿起钞票，扬手狠狠地摔落满地。

邹慧娟惊讶地道："你干什么？"

陆梨咬着牙冷笑："几千块打发叫花子呢？"

邹慧娟大怒："搞清楚，这是我家，不是你的私人银行！对你够意思了，要发疯滚到外边去！"

陆梨头一回和长辈针锋相对，没被唬住，分毫不退："你搞清楚，我现在不是向你们借钱，是让你们还钱！"她指着陆国庆，"我爸十五岁辍学，外出打工省吃俭用供大伯读书，你们结婚的彩礼是我爸凑的，甚至你们第一套房子的首付也有我爸的份！他死了，你们的良心也被狗吃了，是吧？"

陆国庆痛苦地抱住头，邹慧娟瞪大双眼："谁跟你说的这些乱七八糟的？"

陆梨咄咄逼人："我要你们现在把我父亲的血汗钱吐出来，通货膨胀我就不算了，知道你们难，听陆萱说了，不是准备买车吗？那就用这笔钱来还债吧。"

邹慧娟没想到她能说出这番话，还提出这种要求，一时间愕然，竟愣在原地。

陆梨简直化身成恶魔："不给也行，我回老家好好宣扬你们怎么忘恩负义、见死不救，然后再到爷爷和爸爸的坟前哭，让他们知道孤儿寡母走投无路，夜夜找你们算账，让你们噩梦缠身、不得安宁！"

"别说了，梨子……"陆国庆受不了，带着哭腔喊，"你别说了……"

邹慧娟差点被她气晕。

第二天，大伯带着现金上门，交给她六万块。

"这些是我瞒着你婶婶偷偷存的，银行卡都在她那儿，我这里最多凑够六万，你先拿去救急。"

陆梨面无表情地点着钞票。

陆国庆斟酌一下，说："萱萱不了解家里的情况，她妈妈确实提过换新车，但只是说说而已，这几年供她留学已经花了好几十万，哪还有闲钱买车……虽然开着小厂子，可花销也大，工人的薪水、机器维修、工厂租金、货款周转……你妈妈生病，我早该拿这笔钱出来，就是当着你婶婶的面不好说……"

陆梨点完钞票，叠好，像收扑克牌似的叩了两下桌面，然后开口："还差得远呢。"

陆国庆看着她，屏息数秒："梨子，你知道我能力有限，家里的钱都被你婶婶管着……"

"大伯，你以为我跟你开玩笑吗？"

"不是，我真的拿不出……"

陆梨无动于衷，当即拨通了一个号码。

"喂，叔公，我是梨子。"她瞬间哽咽，泣不成声，"我找过大伯了，他说能力有限，帮不上忙，我真的不知道该怎么办，如果我妈死了，我一个人孤苦伶仃也没法活，只能一起下去找我爸，您老人家做主，到时让我们一家三口埋在一起……"

舒城地方不大，亲戚之间来往密切，别说逢年过节，平常也走动频繁，风吹草动人尽皆知。陆梨的父亲为人良善，勤恳正直，当年对大伯的支持与付出并未随着他的离世而被淡忘，长辈们一清二楚。

只怕陆梨再打两个电话，陆国庆这辈子都别想回老家上坟祭祖了。他看着眼前翻脸如翻书的侄女，震惊得无法形容："梨子，你非要做得这么绝吗？"

陆梨抬起头，双眸漆黑冰冷："我妈现在瘦成皮包骨，因为做化疗脚趾甲都掉光了，你在这儿跟我说这些？"

人到绝境，面对生死，还谈什么脸皮。她如此不留余地，闹得鱼死网破，实话说，陆国庆有点怵。第二天他又送过去三万，陆梨知道他再也抠不出半个子儿来。

虽然闹得难堪，邹慧娟恨她恨得牙痒痒，但陆萱对这个堂妹却毫无芥蒂，甚至向着她说话，姐妹二人的感情并未受到波及。

只是彼此境遇差距越来越大，各自忙各自的，联系渐少，这两年不过在节庆时问候两句罢了。

陆梨一早到店里上班，刚开门没多久，进来一个憔悴的中年男人，买花圈寿衣，订骨灰盒。

她瞧着眼熟，像是住在楼上的居民，时常从门口路过。

这位大哥或许是整晚没休息，眼睛里布满红血丝，说着说着，突然绷不住哭起来。他的老母亲过世了。

陆梨赶紧安抚。

稍晚些，淑兰到店，问她昨晚是不是睡得早。

"怎么了？"

"朱姐找你，手机打不通，问我来着。"

"知道什么事吗？"

淑兰说："她家里两个病人，最近还要动手术，全靠她一个赚钱，负担很重，亲戚能借的都借过了。"

陆梨眼帘低垂，缓缓地叹气："这年头最怕生病，朱姐撑到现在真不容易。"

"谁说不是呢，她那个歌舞班子什么活儿都接，红白喜事，开业剪彩，商场活动，她一个人兼做主持和歌手，只要有生意，十天半月都不休息。"

陆梨明白那种艰难："晚点儿我给她回电话。"

忙完手头的事，将近中午，陆梨打车到白塔路。

洗车店里的人正忙着，老懒见了她有点尴尬，藏到后边擦车，龚蒲远远地打了声招呼。

章弋迎出来："姐，给你发信息怎么没回？"

"手机落在你们店里了。"

"昨天吗？"章弋纳闷地道，"我早上来没看见呀。"

"会不会被人拿走了？"

"问问老大。"

"他在哪儿？"

章弋抬下巴示意："洗车呢。"

陆梨望向二号洗车位，看见霍旭西叼着烟，穿着松垮垮的花衬衫、黑工裤、长靴子，正用双管泡沫枪给车喷洗车液，那辆车子好像变成一个巨型奶油蛋糕。

她径直过去，周围十分嘈杂，说话不得不提高音量："我的包呢？"

霍旭西却像没听见。

陆梨又喊："喂！"

他转过身，手里的水枪也"不小心"冲她的脚下喷洒。

陆梨大叫，连蹦带跳。

"哟，陆老师怎么来了？"霍旭西一手拿着香烟，一手握着水枪，故作意外地说，"真不好意思，你别往这边走，躲远点儿啊。"

嘴上不好意思，下手却不客气，喷得陆梨惨叫连连。泡沫飞溅，似白雪簌簌坠落，她不幸逃窜在"雨雪"里，边躲边骂："浑蛋！"

"谁？"霍旭西跟着她，语气无辜，"有话好好说，骂人做什么？"

陆梨气得回身扑过去，发了狠，攥拳用力捶他，一下，两下，不解气，又张牙舞爪去抢泡沫枪。

霍旭西垂眸看着她笑。

旁边的几个人见他们打闹，纷纷凑热闹，吹口哨起哄。

龚蒲看热闹不嫌事大："阿旭，你真不要脸，欺负人家女孩子，不是人。"

冯诺"啧啧"道："大白天的注意点儿，影响市容！"

陆梨满脸涨红，由于身高的劣势，抢不过他，咬牙切齿的，一抬头就对上他带着嘲弄的神色，于是低头狠狠地踩他的脚。

霍旭西吃痛，觉得她像一只发怒的小牛，憨态可掬，以至于险些忍不住脱口称赞她可爱。

"陆老师，冷静！"他觉得哭笑不得，"傻妞，傻妞？"

这时，路边停下一辆出租车，一个纤瘦的女孩从车上下来，往汽车店的方向走去，走着走着，看见店里欢声笑语，那对拉扯的男女如此显眼，她的脚步不由得放缓。

龚蒲首先发现来人，表情僵住："甄真？"愣怔几秒钟后转向霍旭西，高声提醒，"阿旭！"

霍旭西没听见，只顾着逗陆梨。

龚蒲上前拽人，夺过他戏弄姑娘的泡沫枪："别闹了，看外面。"

霍旭西觉得莫名其妙，回头望去，看清来人之后也微微一愣。

陆梨狼狈不堪，一副倒霉的模样，根本无暇顾及其他，章弋陪她到办公室收拾。她的包搁在霍旭西的办公桌上。

"姐，用毛巾擦擦。"

"要死，这个疯子、神经病，我造了什么孽才会认识他？"

章弋从没听过有人这么骂自己的老板，强忍着笑，不忘帮忙说话："没那么糟吧？我们老大其实挺好的。"

好什么好。陆梨把自己收拾干净，拿起包就走。

出来时，她看见霍旭西和那个女孩站在街边说话，洗车店的员工们凑在一块儿偷偷讨论。

肥波问："好漂亮的小姑娘，谁呀？"

冯诺用懒洋洋的语调说："甄真，阿旭的初恋，前女友。"

龚蒲嘀咕着道："她不是在北都吗？怎么回来了？"

冯诺也觉得奇怪："你说她找阿旭干吗？"

龚蒲摇头："多好的姑娘，偏偏摊上个心狠的。"

"两人站在那儿光看着就般配，阿旭怎么做到说断就断的？"

"这回不一定，甄真都那么主动了，我就不信他没有一点点动摇。"

正说着，众人发现陆梨从办公室里出来了，晓得她大约是听见了。龚蒲和冯诺的脸色略微有些尴尬。陆梨倒没什么，笑了笑，打了声招呼，去搭公交车。

霍旭西没想到甄真会来。既然来了，无论如何应该请她吃顿饭，于是提议找个安静的餐厅坐着聊。言语间，不知怎么注意力分散，恍神了一下，只有片刻而已。

甄真敏感地捕捉到，随之回头一看，抿了抿嘴，试探着问："女朋友啊？"

"不是。"他淡淡地说，"一个朋友。"

许久未见，难免有些生疏。甄真的心里觉得失落，暗暗深呼吸，给自己打气。

霍旭西开车转了一圈儿，找到一家西餐厅。他也是第一次来这里吃饭，平时和朋友聚餐不是火锅就是大排档。甄真不能吃辣，以前为了迁就他的口味，什么都不说，陪着他去那些街边小摊子，结果吃出急性肠胃炎，霍旭西再也不敢带她乱吃东西。

两个人在一起，饮食喜好也是个问题。

"你什么时候回来的？"

"昨天。"甄真冲他俏皮地眨眨眼睛，"准备和省会的歌舞团签约，我爸妈还不知道。"

霍旭西诧异地问道："不留在北都吗？"据他所知，甄真的父母费尽心思培养她，送她去北都念书，就是希望她能在那边立足，出人头地。

"竞争太大了，而且我要好的同学都在老家。"甄真勉强笑笑，转移话题，"你会一直待在舒城吗？"

霍旭西用叉子卷着意面："不然去哪儿？"

甄真小心地措辞："你……和亲生父母团聚，我以为会有别的打算或者规划。"

霍旭西摇摇头："没有，我只想经营我的洗车店。"

甄真喃喃地说："嗯，听龚蒲提过，你喜欢舒城的生活。"

话至于此，安静下来，不知道该怎么继续。

霍旭西这次见她，觉得人有点憔悴，虽然化妆遮掩，总是笑着，尽力维持，但眼底仍流露着愁绪。他不希望她过得不开心。

"你突然回来，怎么跟父母那边交代？"

甄真鼓起勇气："其实我打算再向家里争取一下。"

霍旭西不解，歪头问："争取什么？"

她垂眸，避开视线，答非所问："他们想让我和杨洛走到一起，但是我已经明确拒绝过了。"

他皱起眉头，愈发觉得莫名："杨洛是谁？"

甄真猛地抬眸，屏住呼吸，沉默了半晌，然后说："那次你来北都陪我过生日，有个男同学帮我办生日会……"

霍旭西终于记起来，扬眉说："他啊。"

甄真失落地道："我很后悔，当时担心得罪人，没有强硬一点拒绝。"

"这么久的事，都过去了，再说也不是什么坏事。"

"可你不就是因为这个跟我分手的吗？"

霍旭西愣住。

甄真趁他沉默的瞬间，索性一口气说完："我知道我的父母很势利，我一直都想反抗，只是亲情这个东西包含恩和债，我没法划清界限。不过现在好了，我可以独立生活，会赚钱，你的事业也做得不错，而且亲生父母在北都小有成就，我猜我的父母应该不会再反对我们了。"她面露苦笑。

霍旭西觉得肚子饿，这会儿吃也不是，不吃也不是，思来想去，回了一句："跟那个杨洛没关系。"

甄真听懂这话背后的两层意思，目光黯然，但很快扬起俏皮的笑："反正你现在单身，等我搞定家里就来对付你。"

霍旭西的喉结微动，一时不忍说出伤害她的话，错过果断的时机，之后更难开口了。

午饭结束，他送她回酒店，接着返回洗车店继续工作。

龚蒲和冯诺想听八卦，遭到敷衍打发。

"就吃个饭，随便聊聊。"

"聊什么了？"

"关你什么事。"

霍旭西心不在焉，见到甄真并非无动于衷，他还是有些担心她的。

甄真的父母感情不和，对女儿更是要求严格，她在高压的家庭环境之下长大，很辛苦。眼瞧着毕业了，踏入社会工作，自力更生，不必再花父母的钱，可以朝着曾经设想的未来去生活，可她却没有觉得快乐。

霍旭西难免感到愧疚，毕竟当初是他放弃这段感情，抽身而去，留她独自面对陌生、漫长的旅途，不再与她同担风雨。

那次甄真过生日，杨洛在明知她有男友的情况下高调包揽一切，甚至当着众人的面送她名牌项链。甄真不想接，仓皇间，蓝色的盒子掉到地上，场面十分尴尬。

倒是霍旭西捡起来，打开盒子，拎出那条玫瑰金项链，左看看右看看，说："小是小了点儿。"他对甄真说，"我知道你不喜欢钻石，觉得俗，不过好歹是人家的心意，收着呗。"他不屑一顾，压根儿没把富二代的蹩脚伎俩放在眼里。但甄真的心思重，认为这是他们分手的导火索，几年过去，依旧耿耿于怀。

终究是孤独战胜了矜持。如果可以的话，甄真还想再争取一次。

下午，陆梨到银行给朱姐转了笔借款。她虽然是个财迷，肉疼归肉疼，却一点儿没犹豫，救命要紧，该帮的还得帮。

晚上回家，没想到外婆竟然喝得烂醉。

"一瓶梅子酒你一个人喝完了？"陆梨觉得脑壳疼，握着酒瓶叉着腰，"老太太，你是不是忘记自己有高血压？多大年纪了喝成这样，像话吗？"

外婆晕乎乎地说："我高兴！"

"走狗屎运捡到钱啦？"

老人家一巴掌挥向她的脑袋："大傻妞，傻梨子！你终于要成家了，我能不高兴吗？"

陆梨吃痛，猛地晃了晃，咬牙愤怒地道："谁要成家了？"

外婆怡然自得，背靠沙发，四肢瘫软："我最大的一件心事终于落地，对你爸妈也有个交代，以后你不用孤孤单单的，不用守着我这个老太婆。尽管出去和小霍约会，听到没有，年纪轻轻的姑娘，不找异性约会，亏大了！"

陆梨弯腰，两手穿过外婆的腋下，牢牢扣住，把她从地毯上拖起来，后退着搬回房间。

老太太絮絮叨叨的，已然失去神志。

陆梨将她挪到床上，好好地安放，又忍不住念叨着："真不让人省心，趁我不在偷偷喝酒，血压上去我看你怎么办，到时有得受。"她一边喋喋不休，一边去打了盆温水，给老太太擦擦手。

陆梨今天觉得莫名地烦闷，心房像灶炉，冒着火星子，不时就噼里啪啦地炸一下。她不知道这股躁动从何而来，全无道理可言。

洗澡时，她把磨砂膏往头上抹，压根搞不懂自己的猪脑子在想什么。

十一点，夜深人静，手机的提示音响起，霍旭西发来微信：*我的脚肿了。*

陆梨感到莫名其妙。

霍旭西接着发来消息：*你踩的，赔医药费。*

陆梨咬着嘴唇，发去一个两块五的红包。

那边，霍旭西用手指蹭着屏幕，失笑，心里琢磨着怎么继续把这个话题说下去。他并不擅长和女孩子暧昧地拉扯，尤其像这样，发一条信息也得酝酿许久，心中百转千回，小心翼翼地维持分寸，是从未有过的含蓄。很新鲜，别有一番滋味。

他当然谈过恋爱，以前和甄真在一起，偷偷摸摸的，走在大街上牵个手都怕被熟人撞见。甄真被管得很严，之后两人异地，更别提什么亲密举动了。

甄真单纯乖巧，纤尘不染，容易让人产生保护欲。

霍旭西和她的那段过往，纯洁的像童话。可是人总要长大，随着阅历和年龄增加，少年般的情感模式如同过家家，早已不能承载他所需要的成长体验。

陆老师比他大三岁，交友广，见识多，霍旭西不希望自己在她面前露怯，更不想被她当成幼稚的弟弟，缺根筋的二百五。

说到二百五，陆梨发完两块五的红包后就再没回话了。

霍旭西本想和她说早上的事，甄真突然造访，不知道龚蒲和冯诺有没有乱讲话。但转念想起昨晚她跑来磕磕巴巴地表明态度，一个惦记着"古代人"的傻妞而已。他又何必呢？于是轻轻冷笑，丢下手机，也不再纠结。

陆梨一早起来做了个决定。她认为霍旭西必定对前任余情未了，所以才一直单身，现在人家亲自找上门，估计把话说开，自然而然就复合了。

况且昨天她目睹两人站在一起，般配，确实般配。所以她这位相亲的大姐应该尽快找到自己的位置，别让事情变得复杂。

尽管通过这段时间的相处，曾经有那么几个瞬间让她恍惚了一下，貌似、大概、可能产生过几分杂念，但不重要。悬崖勒马，为时不晚，况且她根本没有仔细品味过那些杂念到底是什么。

外婆昨晚醉酒，陆梨买好早饭，等她起来，稳稳当当地坐在饭桌前。

陆梨一本正经地宣布："我跟霍旭西没戏了，您老人家接受这个现实，趁早死心吧。"

外婆听得一头雾水："昨天不是还好好的吗？"

"我和他本来就没什么事，一直都只是普通朋友而已。"

外婆觉得她在搞鬼，自顾自地去阳台打电话，没过一会儿，笑眯眯地走进来："年轻人吵架就吵架，很正常嘛，你真是小题大做。"

陆梨皱眉道："我说真的。"

"人家小霍也说了，喜欢你喜欢得发疯，就是星星月亮都肯给你摘！这叫普通朋友啊？"

陆梨瞬间起了一身鸡皮疙瘩，觉得头皮发麻，脚趾头抠住拖鞋："他、他的原话吗？"

"对呀，语气特别真诚，我听得都觉得感动。"

可是为什么陆梨有点想呕吐？她立即回到房间，关上门，给霍旭西打电话。

那边接起，语气慢悠悠地："喂，陆老师。"

"你跟我外婆说什么恶心话了？"

霍旭西觉得乐不可支："怎么？还想听我亲口对你讲一遍？"

"不，不用。"陆梨咬牙，"你别逗我们家老太太，她会当真的。"

"可是你没听见老太太很开心吗？"

她语塞。

霍旭西问："陆梨，你有没有想过，如果见到'古代人'，发现和你印象中的不一样，怎么办？"

她没想过，但嘴硬："不会，我对他的滤镜很厚。"

霍旭西嗤笑了一声："你的年纪也不小了，说话做事怎么像个孩子，你是跟我才这么较劲，还是平时就这样？"

她猛吸一口气，想驳斥，却说不出话。而他不等她的回应，笑了笑，挂了电话。

陆梨的脸颊滚烫。霍旭西说中了她的心事，她的心里住着一个与她的年龄、阅历完全不符的女孩，烂漫无邪，理想主义。在母亲生病前，她也被保护得很好，无忧无虑，可以说一夕之间被打入泥潭，不得不逼迫自己迅速成长，如此大的转变，有一部分的她就永远留在了过去。她跑江湖，做生意，最忌讳被人看到不成熟。童稚遭人欺啊，她花了多大劲儿才混成老油条，怎么和霍旭西在一起总被打回原形呢？

丢人丢人。

陆梨晃了晃头，心里有些恍惚，如果清彦和幻想中的不一样……可是怎么会不一样？他那么好，就算改变又能坏到哪里去？

下个月就能和清彦哥哥见面了，这会儿她却被霍旭西一番话搅得心神不宁，陆梨屈指按揉太阳穴，想把自己的脑子抠出来清洗一遍再装回去。

情感的问题琢磨不透，好在她还有擅长的领域，不必困在这里头。

正好今天碰到大单，承接一条龙服务。福寿堂没有固定的团队，每次接单，按照客户需求组织人手。

这边她和淑兰商量着做前期准备工作，染了一头粉毛的谢晓妮到店。

陆梨望着她，愣了一下："什么意思？"

"新染的，那家理发店搞活动，打五折。"

陆梨端详一番，淡淡地开口："你顶着这么鲜艳的脑袋去葬礼上晃，合适吗？"

谢晓妮说："现在挺开明的，又不是旧社会，染个头发而已，你也不用这么古板吧？"

陆梨正要发作，淑兰握了握她的手，接过话，温和地提醒："我们这行对仪表有基本要求，工作的时候需要保持干净整洁，不能奇装异服，不能佩戴艳丽夸张的饰物……"

谢晓妮嘀咕着道："又不是殡仪馆，事业单位。"

陆梨放下手机，往后靠着椅背，胳膊抱在胸前，冷眼看着她。

谢晓妮不吭声，视线落向地面，身体微微摇晃。

淑兰叹着气："你这头发真的不行。"

"可是才刚染完，而且漂过三次，现在又让我染回去，很伤头发的。"

淑兰思忖着说："那就先买顶假发吧。"

陆梨没工夫搭理这个小孩，做完准备工作，换上黑色的制服，带班子前往客户家。

因为临时找不到入殓师傅，陆梨和淑兰亲自上手，给老人净身穿衣，入殓停灵。接着安排灵棚搭建和灵堂的布置，打印挽联，沟通流水席团队……一条龙的工作烦琐、紧张，需要反复沟通。

晚上外婆来电，听见这边欢快的音乐，大惊，问："丧事喜办呢？"

陆梨站在灵棚边，手夹着香烟，眯着眼睛望着舞台上穿露脐装跳肚皮舞的两个女孩儿："对，喜丧，客户希望热闹些。"

"吵得要命，以后我死了弄安静点儿，别整那些花里胡哨的。"

陆梨皱眉道："说什么呢。"

外婆又琢磨片刻："多请几个肌肉男站岗就行了。"

陆梨被老太太气得哭笑不得。通完电话，她掐掉烟，看着周遭为了生计奔波于此的同行，心里突然涌起一阵凄凉，像荒芜庭院的杂草，风吹雨淋，没有砖瓦遮挡，寂寂无名，野蛮生长。她很少自艾自怜，更不喜欢伤春悲秋，兴许年纪渐大，心肠难免变软。

这次丧主家离舒城不远。

淑兰和四哥乐队已经忙完，正在收拾。陆梨向客户交代守夜的规矩和禁忌。

"长明灯不能灭，守夜的目的就是要保证香火不断，香飘过的方向是灵魂要走的线路，断了香火，逝者会迷失方向，多走弯路。孕妇、产妇和短期内流产过的人不能进入灵堂，她们身体虚弱，怕阴气入体，得回避，如果实在避不开，务必身着五种以上颜色的衣物，才可以戴孝守灵祭拜。另外，后人不能在灵前争吵，要让逝者体面地走完最后一段路。"

当然这些属于民间习俗，有的客户百无禁忌，那也无妨，她只是按照流程把规矩讲明。

"有问题随时打电话给我。"干这行，二十四小时待命。

安排妥当，开车回城，明早再过来。

第二天谢晓妮旷工，手机关机。陆梨还有一大堆事情忙，也没空管她。

第三天清晨上山出殡，撤了灵棚和灵堂，收尾工作结束，大家准备回去休息。

这时，陆梨的师父忽然来电，说谢晓妮昨天和她大吵一架，离家出走，现在找不到人，怕出什么事。

"她染头发被我说了几句，不高兴，顶嘴，跟吃火药似的。我看她越来越难管，就让她爸妈劝一劝，谁知道这小妮子接了父母的电话更加生气，发好大的脾气，又哭又喊，昨天中午跑出门，晚上也没回来，一直失联到现在！"

陆梨听师父的语气焦急，问："报警了吗？"

"没有，你、你觉得需要报警这么严重吗？"师父的声音更虚了。

陆梨严肃地说："她还在青春叛逆期，气性大，我担心会做什么冲动的事。"

"那可怎么办？我没法跟她的父母交代呀！"

陆梨觉得自己也有责任："我现在回城，待会儿陪你一起去派出所报案。"

"好好好，我下楼等你！"

适逢国庆，街道上张灯结彩，红旗飘飘。

学校放假，霍旭西带霍圆满出来吃饭，准备下午送他去三姑家玩儿。

开车路过桐花街附近，想着要不顺便看看陆梨在不在店里，如果碰巧，就顺便叫上她。

福寿堂果然照常营业，店门前一个中年男人正说着什么。

霍旭西停好车，牵着霍圆满过马路，走近了才发现那个中年男人醉酒，冲着店里大放厥词："真晦气，赚死人钱你不得好死！我见一次骂一次！"

这会儿福寿堂只有淑兰在，她的脸色发白，嘴唇紧绷，十分愤怒却说不出什么话。

"看什么看？不服气是不是？来，我跟你慢慢扯！"中年男人见对方不敢吭声，越发气焰嚣张，抬脚就往店里去。

一只手制止了他的举动，像拎小鸡似的揪着他的衣裳往后拽，中年男人踉踉跄跄，险些摔倒。

霍旭西走到他面前，上下打量着他，问："你要干什么？"

中年男人好不容易站稳，望着突然出现的年轻男人，一时弄不清状况："我教训开寿衣店的败类……"

话音未落，霍旭西忽然逼近，用极具压迫感的目光看着他。

冷不丁地，中年男人吓一大跳，慌忙后退两步，以为对方要对自己动手。

霍旭西倒一点儿没发狠，语气淡淡地："你要教训谁？"

中年男人不想示弱，梗着脖子："关你什么事？"

霍旭西抬起右手。

中年男人大惊失色，弯腰抱住头。

"这里是你撒泼的地方吗？"霍旭西只是理了理袖子，"再来找麻烦，信不信我把你脑袋剩的几根毛全部拔光？"

男人惊恐地跑着离开。

霍圆满抠了抠鼻子，仰头看舅舅："他好搞笑哦。"

霍旭西带着外甥走进店里，淑兰觉得不好意思，连忙搬出两张凳子："让你见笑了。"

他没准备坐："陆老师不在？"

"她有事出去了。"

这么不巧。

淑兰一边倒水一边说："我们这儿一个小姑娘昨天离家出走，到现在还联系不上。"

霍旭西对别人的事情没多少兴趣，但是看出淑兰有话说，便坐了下来。

霍圆满对寿衣店好奇，到处摸摸、看看。

"经常有人这么骚扰你们吗？"

"之前有过两次，半夜往店门口倒垃圾，还有一回找碴儿的，被梨子骂走了。"淑兰苦笑着道，"我没有她的口才，如果刚才她在，肯定不会吃亏。"

霍旭西闻言点头："那倒是。"

淑兰暗暗观察，想借这个机会了解他品性如何，对陆梨又如何，但苦于自己不擅言辞，又怕唐突，因而欲言又止。

霍旭西却先问："这家寿衣店是你和陆梨合伙经营的？"

淑兰笑着摆手："她是老板，准确来说我只是员工。"

霍旭西想了想："这么年轻的姑娘做殡葬，老实讲，挺牛的。"

"你知道她的家庭情况。"

"嗯。"他知道个大概。

"那么你觉得陆梨是个什么样的人？"

霍旭西吐出两个字："彪悍。"

淑兰失笑。

霍旭西的眉梢微扬："还有点傻气。"

淑兰抿着嘴唇，缓缓道："我有个妹妹叫淑慧，和陆梨的性格很像，能说会道，每次吵架我都吵不过她。我们是留守儿童，跟着爷爷奶奶在小镇子生活，念中学才来到舒城。我性格软弱，经常被同学欺负，在老家还遇到过非常龌龊的远房亲戚，要不是妹妹彪悍，我不知要吃多少苦。每一次都是她替我出头。她和陆梨是同班同学，也是最好的朋友。十七岁那年，她为了救一个落水的小孩，自己溺亡了。之后又过了几年，我离异，孩子被前夫带走，爷爷奶奶相继去世，我没什么赚钱能力，亲人、家庭、婚姻、事业，一无所有，比死还难受。"淑兰回忆到这里面露苦笑，"接着，忽然有一天陆梨打来电话说，'姐，我准备开一家寿衣店，你来帮我一起干吧'。我说我什么都不会，怕成为别人的拖累。陆梨的态度很强硬，说梦见淑慧嘱托照拂我，先前没有能力，现在可以了，必须把我弄到身边去。"

霍旭西沉默着。

"陆梨这个人其实很重情义，也很有责任心。"淑兰放低声音，"希望你不要看轻她。"

"为什么我会看轻她？"

淑兰不语。

霍旭西稍作思忖，心下了然："我给人家洗车，她也没看轻我，都是为生计，赚钱而已，分什么高低贵贱呢？"

淑兰缓缓舒出一口气，笑着回道："是。"

找到谢晓妮已将近半夜，陆梨和师父跟着民警到山里接她。

那个姑娘离家出走，去朋友那儿借地方过夜，两个年轻人异想天开，商量到小村子探险做直播。想一出是一出，两人的行动力倒很强，第二天出发，跟郊游似的。荒弃的村落早已无人居住，连条像样的路都没有，他们进去不久后便迷失方向，被困在了山上。

人找到了，师父担忧的心情转为愤怒，脸色阴沉得厉害。

陆梨说："您待会儿看见她可别再骂她了，当心又把人骂跑。"

师父气不打一处来："真不知道脑子怎么长的，一天到晚不干正事，就想走捷径偷懒！"

陆梨累得要死，揉着眼睛打哈欠："人家年轻人现在做直播确实有前途嘛。"

"什么前途！她一下班就搞直播，搞了几个月，连十块钱都没赚到！"

陆梨搓着脸提神："总之忍着点儿，别发火，这个年纪的人叛逆着呢，她在荒山野岭困了这么久，肯定也知道害怕了。"

师父抱怨了一路，等见到灰头土脸的谢晓妮，究竟还是压下怒气，先问她有没有受伤？肚子饿不饿？

谢晓妮刚被民警教育过，垂着脑袋一言不发。她旁边那位染了满头黄毛的异性朋友笑嘻嘻地耳语："今天的直播打赏还可以。"

师父见他们两颗脑袋像花花绿绿的鹦鹉，怒上心头："喂，你谁啊？离谢晓妮远点儿，她都被你带坏了！这次困在山里，下次出什么事你负得起责吗？"

黄毛被吼得不敢吭声。

陆梨按住师父："行了。"说着，瞥了眼妮子："有空给兰姐回个电话，她这两天都在担心你。"

谢晓妮和淑兰要好，听见这话神情微微放松。

师父接着道："就是，你们陆老师今天都没休息，陪着我到处找你，还不跟人家道谢。"

"别。"陆梨可吃不消，趁她俩都在，正好摊牌，"晓妮已经成年，师父，你沟通的时候应该注意方式。至于工作，像昨天那样旷工缺勤，关机玩失踪，我希望不要有第二次。如果真的不喜欢干这行，要尽快和家里商量，另谋前程，别耽误自己也耽误别人，对吧？"

陆梨奔波到深夜，实在觉得疲惫不堪，全身的骨头仿佛散架一般。她爬回家，一头栽进沙发。

淑兰打来电话。

"晓妮刚才给我发微信消息了，你怎么样？"

"腰酸背痛，半死不活。"

"明天就在家好好休息吧，店里我守着。"

陆梨打着哈欠："刚做完一条龙，歇两天呗，又是国庆，你也休假去。"

"没事，反正我在家也是闲着。"淑兰笑着道，"对了，今天小霍来店里找过你，你知道吗？"

陆梨沉默了一会儿，问道："霍旭西？"

"嗯。"

"他来干吗？"

淑兰把上午的事情原原本本地讲了一遍。

陆梨听到那人为淑兰和福寿堂出头："那我打个电话给他道谢。"

"至少请他吃饭嘛，正好这两天休假，你们约着出门玩一玩呀，或者去哪儿旅游？我想想什么地方离得近又好玩儿……"

淑兰自顾自地操心，电话那头的陆梨握着手机已经陷入沉睡。

舒城的秋天依然很热，一到傍晚，天边大片火烧云，绵延千里。

不知道为什么，陆梨最近两天觉得格外疲惫，大概有些感冒，症状很轻，她也没太在意。她说请霍旭西吃饭，其实想找一家环境舒适的餐厅享受美食。哪知霍旭西开车把她带到烟熏火燎的江边吃海鲜。

塑料凳，风扇，人声鼎沸，从路边下去还得走数十级陡峭的石梯。

陆梨一看，当即黑脸，抱着胳膊靠在绿油油的护栏边，把头别开。

霍旭西见她耍脾气，觉得好笑："干吗？"

她不理，下巴扬起孤傲的弧度，像一只不好相处的猫。

"走不走？"

"哼。"

霍旭西说："行，你自己歇会儿，我先下去。"

陆梨不看他，手指抠住皮肉，觉得心口堵得慌，掏出烟和打火机。刚点燃，某人去而复返，二话不说夺过香烟丢掉，接着弯腰将她扛上肩头。

陆梨险些惊呼出声。是他能做出的事，也不算意外。几十级台阶走到底，他放她下来，没怎么喘，颇为自得，垂着眼皮吊儿郎当地看她。

陆梨心想，你跩什么跩。她撇了撇嘴，嘀咕着："少爷的皮囊，土匪的命。"

霍旭西嗤笑道："你就是个土妞的命。"

陆梨狠狠地瞪了他一眼。

他们在遮阳伞下吹晚风。

"这里跟我们上次去的大排档有什么区别？"

"专做海鲜的。"

"我想吃卤鸡爪，还有冰啤酒。"

霍旭西叫服务员加了份鸡爪："啤酒就算了，等下还要开车。"

"我又不开。"

他冷眼看过去。

陆梨自顾自地扭头喊老板要酒，同时抓住霍旭西的胳膊："找代驾就行了，我一个人喝多没意思，你也一起嘛。"说着，摇了他的胳膊两下。

他忽然就不吭声了。

等菜的间隙，不远处传来丧乐，原来附近两间闲置的门面租了出去，设成了灵堂，这会儿正在治丧。

陆梨听了半晌，摇头轻笑："哪儿请的司仪，这么不专业。"

霍旭西问："怎么不专业？"

"一叩首，再叩首，三叩首，没听过喊'二叩首'的。"

霍旭西托着腮看她："如果有人说，丧事都是办给别人看的，你怎么想？"

"这是在问我对职业的看法吗？"

"随便聊聊呗。"

陆梨歪头沉默良久，神色竟然变得认真起来："你知道，我们的传统习惯是回避死亡，忌讳谈论这个话题。书里记载得很清楚，人死不直称其死，古代礼制的称谓都是什么崩、薨、卒、不禄，民间的说法也很婉约，比如气散、数尽、仙逝，即便在现代，也会说这个人走了，直接说死好像很不礼貌。棺材叫寿材，墓穴叫阴宅，陪葬物叫明器。生前避讳，但死后的礼仪却十分隆重，一个特别矛盾的现象。"

霍旭西听得入迷，觉得她和平时不太一样："嗯，对啊。"

陆梨继续说："忌讳谈死其实是死亡教育的缺失，至于葬礼是不是做给别人看的……"她思忖着道，"进入殡葬业之前，我对这些仪式也有些反感，觉得就是表演嘛。尤其我们的传统观念注重孝道，如果没有把丧事办好，亲属要承受舆论的压力，这个不可否认。但殡葬过程可以让家属得到精神慰藉，想想看，没有那些丧事流程，失去亲人的痛苦又该怎么释放呢？"

霍旭西看着她："虽然感觉很有道理，但听不太懂。"

陆梨生气地道："听不懂就闭嘴！"

"喳。"他做了个请安的动作，恭敬地往杯子里倒酒，敬茶般双手递上，"陆老师，您请，小的闭嘴。"

陆梨觉得口渴，咕噜咕噜地喝下大半杯。

霍旭西问："你什么时候开始抽烟喝酒的？"

"入行以后。"陆梨自嘲着道，"慢慢就变成老油条了。"

这倒霉大姐。

他笑着问："你做这行觉得最难的是哪方面？哭灵？"

陆梨从来没想过这个问题："就记得刚出师那会儿，我第一次给人哭灵，结果竟然遇到高中同学，而且还是关系不好的那个。她录下视频发到班级群，我当时脸皮还薄，难过得哭了好久，浑身发抖，不敢打开手机，恨不得立刻退群。"

霍旭西的心中莫名觉得烦躁："哪个缺筋少弦的同学，这么欠。"

"不过好奇怪，也不晓得自己怎么想通的，跨过那道槛就开窍了。睡完一觉起来，我到群里打广告，承认自己做殡葬做哭灵，希望老同学以后有活儿多多介绍。从那以后我的脸皮就跟城墙一样厚了。"说着，她自个儿都觉得好笑起来。

霍旭西听明白了："所以最难的是脸皮。"

陆梨说："当然不是，脸皮算什么，最难的还是钱吧。我妈治病那会儿，我们把房子卖了，住出租屋，我经常梦见被房东赶出门流落街头，心里好害怕的。"

霍旭西摇着头："钱真是祸害。"

"也是好东西。"陆梨长舒一口气，拍了拍胸口，"好在都熬过去了，我的青春也交代在里头，这些年除去赚钱，别的什么都没干，人生真无趣。"

霍旭西说："我觉得你挺有趣的，当谐星都不用演……"

话音未落，他被陆梨连捶几拳，胳膊贼疼。

"你就是个女土匪，陆梨，哪个男的敢要你？"说完，他忽然想到什么，先发制人，冷笑着道，"'古代人'是吧？"

他喜怒无常，变脸比翻书还快。

陆梨有点莫名其妙，但懒得深究，自顾自地陷入美好的畅想："不管哪个男的，总之跟我在一起必须得浪漫。"

"怎么浪漫？"

"比如送花，一大束那种。"

"这么俗？"

"就喜欢俗！"她抱怨着道，"我长那么大，从来没有收到过玫瑰花，身边一群木头似的朋友，逢年过节给我送腊肉、螺蛳粉、泡脚桶，磊磊那个神经病还给我送过中老年保健品！"

霍旭西捂着肚子哈哈大笑。

陆梨觉得心酸，气鼓鼓地灌酒。

"想要玫瑰花有什么错？"

"自己买一束不就行了。"他竟然说。

陆梨皱着眉头："浪费钱，动不动就上百块，不如拿去买吃的。"

霍旭西听着矛盾重重的话，觉得无奈："抠死你算了。"

陆梨托着腮："我还想要两个人牵手逛街，去美食城，从第一家吃到最后一家。想听睡前故事，一起买家具，布置房间，一起看电影，买菜做饭。过年走亲戚，我家老太太可以带着到处显摆……"

霍旭西瞅着她，琢磨许久："这些不需要'古代人'也办得到吧。"

陆梨垂头不语，似乎是在伤心。

他轻咳一声："喂，你……"

她突然打了个酒嗝，抱怨道："肚子都饿扁了，我的鸡爪怎么还没上？"

男人刚刚酝酿出来的一点怜爱之情瞬间消失。

菜上齐时，她已经喝得七荤八素，嘴巴没停过。

"陆老师。"霍旭西发现一件很古怪的事情，他不理解，"为什么你啃完鸡爪，骨头还是完整的？"

陆梨莫名其妙地问："有什么问题？"

"鸡爪啃完应该是碎的。"

她茫然地答道："哪有，我从小到大都这么吃。"

"根本不是这么吃，脆骨要一起嚼。"

"谁要嚼骨头。"陆梨觉得恼火，"而且外婆都像我这么吃的。"

霍旭西下结论："你外婆也不会啃鸡爪。"

陆梨："……"她晕晕乎乎的，没力气跟他斗嘴。

天已经黑透，晚风吹着。霍旭西也有些醉意，磨磨蹭蹭吃了两三个钟头，断断续续聊着天，聊累了便看江面渔火点点，晚风习习，也不觉得冷场。

霍旭西叫了代驾，陆梨大醉，还不忘今天是自己请客，抢着掏手机买单。

"别乱晃。"他把人扶住。

陆梨盯着刚才收钱的小哥："哎，这家店的老板长得还挺端正。"

霍旭西冷笑着道："是吗？那你留下当老板娘吧。"说着，松开她的胳膊就走。

陆梨连忙跟上去，笑嘻嘻地讨好："不要生气嘛。"

"能不能好好走路？"

她一直在踢他的脚后跟。

"我晕啊。"她觉得天旋地转。

于是霍旭西揽住了她的肩膀。

走到石阶前，这人又不肯动了。

他没说什么，弯腰下去，把她背起来。

几十级台阶，霍旭西慢慢悠悠地走了很久，街边小吃店开着音响，歌声飘过来："黑暗中的我们都没有说话，你只想回家，不想你回家……"

听完大半首歌，有一种意犹未尽的感觉。

陆梨被塞进车厢，打个哈欠，倒头即睡。哈欠会传染，霍旭西受她的影响，眼皮子也开始发沉。

等代驾来，他靠着陆梨眯了一会儿，到车库，再把软趴趴的人背上楼。

这次她很老实，不喊不闹。

霍旭西因为醉酒犯困，没精神收拾客房，径直回卧室，把她放到床上。

陆梨睡得安稳，乌黑的长发铺散开，一张白净的脸陷在枕头里，像从叶底露出真容的白色芍药。他看了一会儿，逐渐入迷。

那次在 KTV 亲她的感觉被勾出来，像一种瘾，突然发作，来势汹汹。

霍旭西有些恼火，他发现自己此刻非常想要吻下去，而且这种欲望几乎到了情难自禁的程度。一定是酒精的问题。他的喉结滚了几下，再这么下去就不止想亲一亲那么简单了。他当即离开房间，懊恼地倒入沙发。

这时，忽然手机铃声大作。

陌生的来电，他接起，语气烦闷："喂？"

"霍旭西吗？"

"是。"

电话那头的人单刀直入："我是甄真的妈妈。"

自报家门后，对方不等他反应，劈头盖脸地一通臭骂，质问他为什么引诱自己的女儿离开北都，为什么不放过她，是不是要毁掉她的前程才满意。

霍旭西被骂得一头雾水，也不屑辩解，直接挂掉电话。那边继续打过来。他觉得又无语又好笑，索性关机，起身去洗冷水澡。

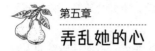

第五章

弄乱她的心

　　陆梨一整夜都很乖，没有呕吐弄脏地板，也没有唱歌骚扰友邻。

　　霍旭西觉得庆幸。早上十点，人还没醒，他进去喊她起床，打开卧室门，见她裹着空调被蜷缩在床上，像只可怜的小虾米。

　　"陆老师，不至于吧？"

　　霍旭西走近推了推她，发现不对劲，陆梨的脸色惨白，额头布满冷汗，刘海被汗浸湿。

　　"怎么了？"

　　"难受。"她的鼻音浓重，嗓子哑得简直像被刀片削过。

　　霍旭西暗叫糟糕，立刻从家里找出一支电子体温计，测量一番，竟然烧到了三十八度五。

　　"走，上医院。"

　　"不要。"陆梨觉得浑身无力，头痛欲裂，眼睛睁不开，稍微动弹就觉得天旋地转，"我哪儿也不去。"

　　"那怎么行？"霍旭西的眉头紧锁，束手无策的感觉非常不好，胸腔内莫名觉得焦躁，像有团火在烧。

　　她身上盖着的空调被已经汗湿一大片，背心也湿透了。

　　"我先给你换被子。"

　　霍旭西从来没有照顾过病号，手忙脚乱，换了蚕丝被，再找出干净的睡衣，虽然大了些，应该勉强能穿。

然后他去热粥，放一点盐，端进来，发现她根本没有力气换衣裳，而且不停地咳嗽，咳得脖子涨红。

"吃点东西。"他把人捞起来，喂了小半碗稀饭，再用毛巾塞到她的后背隔汗。

陆梨畏寒，裹着被子发抖，觉得肌肉酸痛，骨头好像泡在醋里。

霍旭西看她病成这样，奄奄一息的样子，心下烦闷，走来走去，接着莫名其妙地打了通电话给龚蒲，问他发烧该吃什么。

龚蒲回答："退烧药吧。"

简直是在说废话。他挂断电话，又打电话给药房，将陆梨的症状细细说明，然后买了一大堆药品。等外卖送到，他不放心，再次询问药师用量。

正在这时门铃突然响起。

霍旭西开门，没想到来的竟然是龚蒲、冯诺，还有甄真。

"你干吗呢？手机一直打不通。"龚蒲跟回自己家似的，抬脚进门，一点儿也不客气。

"你们怎么来了？"霍旭西多少有些诧异。

"国庆放假，在家闲着无聊，我们和甄真约吃饭，顺便过来找你。"冯诺打开鞋柜拿出两双拖鞋，一双自己穿，一双递给甄真。

霍旭西侧身上前关门。

甄真第一次到他的住所，略显拘谨，加上他突然靠近，越发紧张，于是急忙开口问："昨晚我妈是不是打电话找你的麻烦了？"

霍旭西关好防盗门，不答反问："她知道你回来了？"

"嗯。"

"有骂你吗？"

甄真扯起嘴角苦笑。

霍旭西了然："脾气一点儿没变。"

走到客厅，他随口招呼客人落座，接着去厨房倒了杯苏打水递给甄真。

龚蒲和冯诺不干了："我们怎么没有水喝？"

"自己没手吗？"

"你这是区别对待，不公平。"

霍旭西的心思完全不在客厅，自然也没兴趣和朋友斗嘴，端起刚才冲泡的感冒颗粒，抿了一口，已经没那么烫了。

龚蒲见桌上摊着一大堆药："你真的发烧啊？严重吗？怎么不去医院？"

冯诺端详着他："没事吧？"

"没事。"他随口敷衍，拿药走进卧室，搁在床头柜上，出来倒热水，又从茶几那堆药里拿走退烧贴，再次回到卧室。

龚蒲不明所以，只当他要整理东西，也没太在意，自顾自地打开电视。

冯诺说："我们中午去哪儿吃？"

龚蒲说："步行街吧，甄真好久没回来了，你不知道国庆放假多热闹，今天带你到处慢慢逛。"

冯诺说："我看不如就在阿旭这里点外卖，晚上再下馆子。"

正商量着，忽然房间里传来细碎的声响。

客厅的三个人面面相觑。龚蒲屏住呼吸，手指不自觉地按着遥控器调低电视的音量，这下听得千真万确。

"我不要……"

什么情况？

阿旭的卧室有女人，而且不知发生了什么，竟然还有抽噎声？

龚蒲和冯诺觉得心惊肉跳，头皮发麻。甄真也完全愣住，眼里满是难以置信的错愕。

其实没有他们想象中的画面。霍旭西只是把陆梨捞起来喝药。她软成一摊泥，瘫在他的臂弯中。

"不喝。"太苦，她想吐。

"必须喝，不然我捏鼻子灌了。"

怎么能这样？陆梨满心怨恨，身上又冷又痛，昨天还好好的，今天就成了废人，想到如此处境，她哼哧哼哧地抽泣，泪如雨下。

"都怪你，半夜我起来到处找遥控器，你当我是冷冻肉吗？空调温度设置得那么低，安的什么心呀……"

霍旭西语塞。最近秋老虎，他贪凉，空调温度设置得比较低，自己是个小火人儿，睡觉正好合适，但陆梨本来就有点感冒，昨晚在大排档吹热风，回家又吹大半夜冷风，一下就病倒了。

"我不是故意的。"他觉得很抱歉。

"你就是。"陆梨此刻什么都听不进去，只想念自己的窝，"我要外婆……"

"你外婆不在家。"霍旭西说，"早上我给她打电话，她和牌友跟团旅游，国庆结束才回。"

"啊？"陆梨一听，嘴唇抖了抖，大受打击，哭得越发心酸，"为什么呀？我生病了，她还跑出去玩儿……"

其实老太太知道她发烧，没当回事儿，说吃两副药出一身汗就好了。霍旭西没想继续打击她，默不作声，心里被她哭得七上八下的。平日里那把小烟嗓如今跟两个月大的猫咪似的，哭得上气不接下气。

"你……别哭了。"他是一句重话都说不出，"先喝药，好吗？"

外面的客人听着含含糊糊的声响，犹抱琵琶半遮面，越发浮想联翩。龚蒲实在好奇，蹑手蹑脚地走近，打开卧室的房门，伸半颗脑袋进去，偷偷瞄了许久。他见阿旭轻言细语、连哄带骗地喂陆梨喝药，冲剂喝完，又一粒一粒地喂胶囊和药片，最后还塞一颗柠檬糖去苦味。如果他戴眼镜，早已跌个稀碎。

龚蒲关上门，蹑手蹑脚地返回客厅，用嘴型告诉冯诺："陆老师。"

"陆梨？"

"嗯。"他把电视声音调大，尴尬得不知道怎么面对甄真。

冯诺提议："那个，要不我们先走吧，饿了。"

甄真低头看着手里的玻璃杯。

大家不说话，直到霍旭西出来。他轻轻关上门，面色如常，经过餐桌拿起烟盒，走到客厅，抬手指了指龚蒲："声音小点儿。"

龚蒲干咳几声，索性把电视关掉。

冯诺试探着询问："陆老师病了？"

"嗯。"

"不用去医院挂水吗？"

霍旭西显然没有分享私事的欲望，直接无视这个话题："你们刚才在聊什么？"

"吃饭，聚餐。"

霍旭西点头："行，我就不去了。"

龚蒲心想，这是下逐客令呢？

"反正你也没事，一起嘛。"

霍旭西不接话。

终于，沉默了许久的甄真笑了笑，用故作洒脱的语气问："怎么？舍不得走啊？"

霍旭西抬眼看她一眼，神情很淡："没有。下次找时间再聚吧。"

甄真的胸膛起伏着，知道他向来很懂敷衍和打太极，只是没想到有一天会用在自己身上，心里很堵，但不想表现出来，她回头冲另外两个人笑着道："你们先走，我和他说两句话。"

"啊……行，慢慢聊，我们下去等你，不着急。"

龚蒲和冯诺离开，客厅里剩霍旭西和甄真两个人。她的脸色很差，用力抿着嘴唇，有话说但还没酝酿好，或许是不知道应该如何开口。

霍旭西把龚蒲留在沙发边的拖鞋踢开，从杂乱的茶几上找到打火机，点燃烟，走到落地窗前推开窗户。

甄真以前不喜欢他抽烟，每次看见都要出言制止。霍旭西很多事情顺着她，但这项陋习总是屡教不改。后来他们分开，甄真连续两三个月不敢让自己休息，每天待在练习室不停地练、不停地跳，只要闲下来心就会疼，疼得翻来覆去没法睡觉。想不通为什么，是她管得太多，还是聚少离多造成的结果？怎么就突然间就不喜欢了呢？他是怎么做到的？

再后来，甄真从龚蒲那里得知霍旭西这几年始终保持着单身，她以为放不下这段感情的不止自己，以为他也念念不忘，以为还有重新来过的可能。所以，她回来晚了吗？

"上次你说那个女孩只是普通朋友。"甄真抬眼看着他，"现在呢？"

霍旭西背靠窗沿，随手把烟灰弹到阳台，吐出薄雾的瞬间连带着短促的叹息。

那声叹息让甄真误以为他觉得不耐烦。

"我知道我现在没有资格问这些。"

霍旭西抚摸着额头:"不是,我也说不清楚。"

什么叫不清楚?

甄真咬着嘴唇:"你们发展到哪一步了?"

霍旭西愣了一下,摇头笑着说:"如你看到的,目前就这样。"

目前,所以他在期待以后。甄真不懂自己为什么站在这里听这些,但控制不住自己:"你喜欢她什么?"

霍旭西垂眸打量着手中燃烧的烟,沉默了好一会儿才开口:"和她在一起很开心,看见她就想笑,有时候⋯⋯"算了,打住。

甄真却觉得不甘心:"说下去。"

霍旭西停顿片刻:"有时候,满脑子都是她。"没想到有一天自己会讲出这么恶心的话,他回过味来,立刻暗自咒骂了一声。

甄真倒吸一口气,难以置信地看着眼前的人,自虐般地继续追问:"然后呢?"

他没吭声。

"你一厢情愿?"

霍旭西觉得有点烦闷:"她早晚都会跟我。"

"如果没有那天呢?"

"不可能。"他扬眉,颇为自负,轻轻地冷笑,"遇到我还能跟别人?"除非眼瞎或者脑子进水了。

甄真忽然对过去的感情产生极大的怀疑,冲动之下甚至险些问出心中的彷徨:阿旭,你以前真的喜欢过我吗?

好在她克制住了。面前的霍旭西不再是当年的少年郎。过去的时光是甄真最快乐的回忆,不可以被破坏摧毁。

"原来你也有今天呀。"她用调侃的语气作掩饰,"不是活该吗?"

霍旭西满不在乎地耸耸肩。

"那我等着看结果,要是你失败了,我勉强做个收容所吧。"

"甄真,其实我们几年没见,有些事情早就⋯⋯"

"说得对,几年过去,你根本不知道我变了很多。"她打断他的话,

"一切都还没有定数，也许未来会有新的转机呢？"

霍旭西安静了一下，点点头："不管怎么样，大家都是朋友。"

甄真的目光变得黯淡，扯起嘴角笑笑。

送走客人，偌大的屋子徒留寂静。霍旭西坐在客厅里感到有些恍惚，他没法再找借口搪塞自己对陆梨的心动。欲念如排山倒海一般难以掩饰，任谁都能看得出来。但他并不太想承认。

所谓明知故犯，喜欢一个心有所属的人，这种蠢事会让他联想到一个词语，叫"犯贱"。

凭什么？

动情归动情，他可绝不会低头去做那种卑微的角色。凭什么陆梨没心没肺，却留他自己纠结烦恼？唱独角戏多没意思，他要把她的心也弄乱才算公平。

傍晚，暮光西斜，倦鸟归林。

吃完药昏睡半天的陆梨终于转醒，烧已经退了，咳嗽也减轻许多，只是没什么力气，肚子饿得厉害。

她想回家。

陆梨撑起身下床，没找到拖鞋，光着脚走出卧室，一股浓烈的香味飘来，她猛咽口水，直接走到餐桌前，看见麻辣小龙虾、毛血旺、烤鸭、凉拌黄瓜……她大喜过望。

味觉苏醒，口干舌燥，桌上正好有杯水，陆梨拿起来咕噜咕噜地喝水。

这时霍旭西从厨房出来，手中端着一个小砂锅。

"那是我的杯子。"

听见这句话，陆梨刚把水喝光，动作略微僵住："那怎么办？"

他没作声，将砂锅放在餐垫上，两腿随便动了动，把自己的拖鞋踢到她的脚边。

"光着脚装可怜吗？"

陆梨撇嘴穿上。

"要不要关空调？"

"不用。"

"你不冷吗？"

"还行，没觉得。"原来他担心我冷？

陆梨觉得感动，赶紧落座，双手合十，满脸惊喜："哇，这些菜不会是为我做的吧？"

霍旭西想也没想地说："不会。"他盛了一碗白粥，"这是你的。"

"稀饭？"

"还有这个。"生菜和西红柿炒蛋。

陆梨咂吧咂吧嘴，嘴里没味道："我想……"

"医生说你不能吃油腻的。"

那你还点这么多？陆梨啃着生菜，眼神带着怨念地瞥着他，目光转向小龙虾，馋得抓心挠肺。

"我口渴。"她做出虚弱的模样，"能不能帮我倒杯热水？"

霍旭西看过来。

她闭上眼，扶住额头，有气无力地说："麻烦你了。"

还挺会演。他没说什么，起身去厨房倒水，出来放到她的手边，接着抽出两张纸巾，若无其事地递过去："擦擦嘴上的油吧，陆老师。"

陆梨抬头。

他似笑非笑地道："用得着偷吃吗？还把我支开。"

调皮鬼，馋猫。

陆梨的脸颊发烫，嘴唇动了动，想说点儿什么缓解尴尬，可她居然词穷了。

那窘态令霍旭西心痒痒，莫名觉得愉悦。

"通常感冒以后胃口都不太好，你是变异了吗？"

陆梨无精打采地夹菜，哑着嗓子说："清汤寡水的，当然没胃口。"

"不好吃？"

"生菜炒得软趴趴的，像水煮的一样，番茄炒蛋也很诡异，那么大坨的西红柿，皮也没去，啧，哪家店的厨师呀，居然还没失业？"她噼里啪啦地好一通嫌弃，抱怨完，周遭十分安静。

陆梨发觉旁边凉飕飕的目光，忽然意识到什么："这是你做的？"

霍旭西面无表情，眼底暗压着失望："不想吃就倒掉。"

陆梨张口结舌："我还以为你点的外卖……你干吗突然对我这么好？"

他放下筷子转过身看着她，一字一句地道："陆老师，不要自作多情，对你好只是怕你病死在这里，我要担法律责任。"

"谁要病死了，呸……"说着，陆梨忽然咳起来，刚才偷吃鸭血，喉咙里满是油辣味，腻得反胃。

霍旭西觉得这人真是自找罪受，不情不愿地抬手帮她拍背。

"老实喝粥吧。"他说，"本来为了招待霍圆满才叫这么多菜，结果他临时找同学玩儿去了。"

陆梨缓过劲儿，喝水压惊："你的小外甥？"

"嗯。"

"他最近怎么样？"

"回亲爹身边了。"

"他有爹？"

霍旭西没好气地给她一记爆栗："不然人家从石头里蹦出来的啊？"

"我对你们家的事情又不清楚，只知道你被领养，亲生父母在北都……"陆梨捂住嘴，但为时已晚。

霍旭西沉默了片刻，上下打量："从哪儿听来的？"

"……新闻。"

"对我的事情很好奇吗？"

"有点儿。"她忽然来了兴致，"喂，你的身世这么戏剧化，什么感觉？"

霍旭西周围的朋友对这个话题讳莫如深，怕他生气，只字不提，现在总算来了个直言不讳的。他正要开口，电话铃声突然响起。

"我的手机，"陆梨到处找手机，"在哪里？"

霍旭西黑着脸："客厅沙发。"

她赶忙拿过来，见是一个陌生的号码："喂？"

"梨子。"

声音很熟悉，陆梨问："哪位？"

"宋玉彬。"对方觉得很不爽，"你连我的声音都听不出来了？"

陆梨道："我不是把你拉黑了吗？"

宋玉彬忍着怒火："昨晚你跑哪儿去了，夜不归宿。"

"跟你没关系。"

那头重重地叹气："陆梨，上周我好不容易鼓起勇气去找你，在你家楼下等了那么久，凌晨一点跑上楼敲门，结果被你外婆用拖鞋追着打！"

"啊？"陆梨愣了两秒钟，忽然觉得乐不可支，放下调羹捂住肚子，"神经病，半夜一点去敲门，不挨打才怪，你脑子里装的是什么？豆腐渣吗？哈哈……"

"梨子，好久没听你笑了，我很高兴。"

话音刚落，手机被夺走，霍旭西神色冷淡地直接挂断通话。

"干吗？"

"不是要等'古代人'吗？"他的语气带着嘲讽，"说得那么痴心，却在这儿跟前男友调情。"

"哪有调情？"她稀里糊涂地反驳。

手机又响了。

霍旭西冷笑着拿起啤酒，往后靠着椅子，别开脸。

陆梨居然不太好意思再接，本来她也没想接。挂掉，拉黑。

霍旭西慢悠悠地问："你怎么会跟这种人谈恋爱？当初看上他哪点？"

陆梨琢磨了一下，说："宋玉彬虽然蠢蠢的，还有点浮夸，但有时也挺可爱呀。"

可爱？一个仿佛喝了假酒恨不得上街跳艳舞的神经病，她居然觉得可爱？

霍旭西的嘲讽更甚："原来是同类吸引，两个人病到一块去。"

莫名被损的陆梨扯起嘴角："你怎么那么没礼貌？"

"不蠢的话怎么会等一个男人这么多年，还是在对方毫不知情，甚至没给过任何承诺的情况下。"

她的脑中轰的一声仿佛有什么崩裂，连呼吸也滞住。

"我……没有一直等他。"

"呵呵，怕被人嘲笑不敢承认？"

陆梨抿着嘴唇缓缓地搅动白粥，稳定心神，慢慢道来："我是仰慕清彦，但他就像挂在天边的美梦，永远不可能触碰得到。也就是今年听说他要回来，我才有了非分之想。这几年主要忙着挣钱，买房子，还房贷，再说也没有遇到什么好男人，宁缺毋滥呗，一不小心就混到这个年纪。"

霍旭西沉默着。

她喃喃自语一般："我哪有那么天真，为一个男人蹉跎青春。"

霍旭西看着她，端详着，琢磨着："听说他的女友去世，之后没找过第二个女友。"

"你怎么知道？"陆梨诧异地道，"谁告诉你的？兰姐还是外婆？"

他不言语，目光愈发深沉："陆梨，你说，你到底喜欢的是辜清彦这个人，还是一种精神上的向往和寄托？"

这个问题把她难住。无法言喻的复杂情绪在胸腔里缠绕，向四肢百骸蔓延，瞬间产生了从未有过的古怪的自我怀疑，她不愿细想，也不愿分析，以免让自己绕进去。

没文化的土匪怎么突然走深沉路线了？

"那你呢？"她不甘示弱，"和前任分手以后不也没找第二个女朋友吗，我看你才最单纯、最痴心。"

"她今天来过了。"

陆梨愣住："谁？"

"甄真，还有龚蒲和冯诺。"

"然后呢？"

"他们来的时候你正在我的房间睡觉。"霍旭西的目光直视着她，毫不害羞，"可能你生病烧糊涂了吧，我好心好意地给你送药，你抱着我不松手，一直哭，还撒娇。"

陆梨的身体僵住，眼睛睁大。

"龚蒲他们在客厅都听见了，我解释不清楚。"他露出一副好人的模样，"当然也不能怪你，生病的时候难免脆弱，你当时忽冷忽热，全身是汗，虽然对我动手动脚、到处乱摸，还发出一些上不了台面的声音，但是可以理解，不怪你。"

老天……干脆打雷劈死她算了吧。

陆梨顶不住对方一副看戏的样子，不由自主站起来："我、我要回家了。"

还口口声声地说自己是厚脸皮的老油条，结果就这点能耐？小兔子装大灰狼呢。

霍旭西按捺住使坏的冲动，握住她的手腕，用拇指抚摸边侧凸起的圆圆的小骨头："你慌什么？先吃饭，不着急。"

陆梨的脑子中一团乱麻，暂时无法理清，只得埋头喝粥。

霍旭西瞥见她的后背凹凸不平，不由得发笑："你能不能整理一下，难道要带着我的毛巾回家吗？"

"什么毛巾？"

他揪住露出衣摆的一截毛巾，扯了出来。

陆梨愕然，僵直着背扭头看去："哪儿来的？你干吗把毛巾塞到我的后背？"

闻言，霍旭西眯着眼睛讥讽地道："行，我不该塞毛巾帮你隔汗，应该直接脱掉你的衣服，对吧？"

陆梨努努嘴，自知理亏，索性安静下来。喝完粥，她准备回家。

霍旭西貌似随意地开口："其实你可以住在这里，我和你外婆通过电话，她说让我照顾你两天。"

"不用不用。"陆梨当他在客气，赶忙推拒，"哪好意思再给你添麻烦。"

他放下碗筷："我送你。"

"不用，你慢慢吃。"

接二连三地被拒绝，霍旭西觉得很不爽，冷着脸："陆老师，你从我家出去，如果发生什么意外，我怎么跟你外婆交代？"

陆梨不明白他生哪门子气，自己给他省麻烦还不好吗？

说话间收拾完，两人一同出门，乘电梯下楼，到车库，坐上了车，他依然是那副冷冰冰的模样。

似乎有件很重要的事情被忽略了，陆梨冥思苦想，猛地顿悟，暗叫不妙。她终于知道问题出在哪里了。

"那什么，甄真是不是误会你了？要不我打电话帮忙解释一下？"

霍旭西没吭声。

陆梨拧眉琢磨，陷入担忧和焦虑之中。

霍旭西觉得这位傻大姐又在脑补奇怪的情节。

"你准备怎么解释？"

"一五一十，坦坦荡荡地说清楚呀。"她的神态认真。

霍旭西的手指轻叩方向盘："可我没那么坦荡。"

陆梨歪头思忖，没有领会他的用意。

"放心吧。"他微微叹气，"我和甄真早就没关系了。"

陆梨怀疑地打量他："你别赌气吧。"

赌气？

霍旭西无奈地嗤笑："我又不是小孩子。"

听到这话，她别有用心地"哦"了一声，拖长音调，意味嘲讽地挑眉点点头："原来你不是小孩子啊？"

霍旭西伸手过去掐她的脸，她往后躲，紧贴车窗瞪着他。

"欠收拾。"他哑声骂道，"小蹄子。"

陆梨的脸红了，心跳得飞快，回骂道："你个大猪蹄子！"

霍旭西的胸膛起伏，登时打方向盘，靠向街边停车。

这是要干吗？陆梨缩起肩膀，用力抓紧安全带。

霍旭西停了车，旋即倾身覆来，越压越近，直至将她完全笼在阴影里。

"有本事别躲啊。"他的眼帘低垂，双眸深邃，气息沉沉，"再骂一次试试。"

再挑衅就别怪他做禽兽了。

平时不像开不起玩笑的人，陆梨不懂他发癫的缘由，猜测肯定和甄真有关。自己搞出误会破坏了他和前任的关系，说不定人家打算复合呢，这下被她搞砸了，难怪气得一点就炸。

陆梨觉得有些心虚，嗓子发痒，忍不住别过头去，按住心口不停地咳："你、你注意别被传染。"

"我要是被传染了，你得给我当丫鬟，端茶倒水。"

"不会的，"陆梨讪笑着，"你的身体那么好，肯定没事。"

"就说当不当吧。"

陆梨一边伸手慢慢推开他，一边承诺："如果是我传染的，我肯定负责，不会赖账。"

霍旭西冷笑着道："除了你还有谁？"他回到原位，重新发动车子。

车子开到金玉良苑，某人扯起嘴角干巴巴地道谢，拿着包下车，头也不回地往小区里走。

霍旭西打开窗户抽了半根烟，琢磨刚才的对话，要让她给自己做打杂丫鬟那可太有意思了。可惜他身体强壮，至少五六年没生过病，想感冒还得靠运气。不过话说回来，只要真想，这个事也没那么难。他掐了烟，开车回家。

陆梨终于舒舒服服地洗完澡，泡在浴缸里。

她打电话给外婆，老太太精力旺盛，跟着夕阳红旅行团逛了一天，晚上还要搓麻将消遣。

"不跟你说了，他们喊我呢，你自己在家，乖啊。"

老太太毫不犹豫地挂掉电话，陆梨盯着手机屏幕，难以置信。

家中剩她一个人，无聊与寂寞蔓延至每处角落，电视里发出的声音再嘈杂也填不满心里的空白。她给朋友们发信息组织饭局，国庆还没聚过，李四哥让大伙儿明天中午到他家蹭饭。

陆梨晚上再吃一回药，准备睡觉，躺在柔软干净的被窝里，想起霍旭西。醉酒加感冒，她在他家睡了一天一夜，没洗澡，床单被套肯定都被汗水弄脏了。

真失礼啊。陆梨觉得懊恼，给他发微信消息表达歉意，没有收到回复。

一夜昏睡，次日她醒来，觉得神清气爽，感冒差不多好了。

中午她到李四哥家聚餐，淑兰在厨房帮忙打下手，磊磊扛着啤酒进来，还没开饭呢，自己先喝上了。

陆梨见他对着手机傻笑，一副痴汉的模样，十分嫌弃："喂，你干吗呢？笑得这么猥琐。"

"我家红红真可爱。"

"谁？"

"初恋女朋友，"磊磊羞涩地说，"我们和好了，近期准备回家见父母。"

陆梨捕捉到敏感词："初恋？"

"嗯，也是我的小学同桌。"

陆梨忍不住问："你们男人是不是对第一个女朋友特别难忘？"

"当然，刻骨铭心，初恋多单纯美好啊，什么都是第一次，什么都是新鲜的，你说难不难忘。"

陆梨抚摸着额头，心虚地问："那个，如果，我是说打比方，假如你和红红正准备复合，这个时候有人突然横插一脚，也不是有意的，她无意间造成一些误会，让你们没法立刻在一起，怎么办？"

"谁那么欠啊？"磊磊龇牙咧嘴地说，"敢破坏我的爱情，这种人会遭报应的，毁人姻缘，天打雷劈，被我抓到把腿给他打断！"

陆梨觉得心脏猛地哆嗦一下，勉强笑道："这么严重吗？"

"废话，小情侣谈恋爱招谁惹谁了，好端端的，某些妖怪非跑出来捣乱，不要脸，祸害！"

陆梨闭上眼睛，脸上的肌肉僵硬得像打过肉毒杆菌。

别骂了别骂了。罪人此刻恨不得投河谢罪。

陆梨心事重重地吃过饭，众人铺桌子搓麻将，她缺乏兴致，窝在沙发里和磊磊打游戏，连输十几把，气得磊磊差点跟她翻脸。

算了，游戏也不好玩。

下午四点，她忽然发现有一通未接来电，是霍旭西打来的，只是两秒就挂掉了。

她回拨过去，那边许久才接。

"喂。"

"喂，你刚才给我打电话？"

"没有。"他否认，"按错了。"

陆梨听他的声音不对劲，哑得厉害，鼻音还很重，心里暗叫不好："你怎么了？不舒服吗？"

霍旭西懒懒地说："喉咙有点痛。"

完了。她抚额："你不会那么倒霉，真的被我传染了吧？"

"不知道，就是觉得头疼，四肢酸痛。"

"吃药了没？"

"不用吃药，过几天就自愈了。"

陆梨简直佩服自己闯祸的本领，最近怎么搞的，到处造孽。

"你在家吧？"她说，"我过去看看。"

霍旭西裹着空调被，盘腿坐在沙发里，几不可闻地笑了下："哦。"

陆梨满脑子都是磊磊说的"遭报应""天打雷劈""妖怪""祸害"，某一瞬间竟有一种做恶毒反派的错觉。更要命的是，她觉得扮演反派也挺爽，到处搞破坏……不行，赶紧打住，这样不好。

陆梨怀着诚恳的赎罪的心态赶到霍旭西家。

"你没事吧？现在感觉怎么样？"她打量他苍白的脸色，这人今天穿了套黑色丝绸睡衣，衬得身形清瘦，越发显得孱弱。

"也没什么，就是鼻塞，头晕。"霍旭西倒在沙发里，嘴上说着没什么，却一副病快快的样子，好似一只畏光的吸血鬼。

"怎么不去看医生？"

"没必要。"

他该不会觉得感冒看医生很丢脸吧？某些男人奇怪的自尊心，幼稚得要死。

陆梨无奈地道："我去给你倒杯热水。"

"喝过了。"

"喝过也要喝！"她突然觉得不耐烦，"少在那儿玩欲擒故纵，有本事别给我打电话，别让我知道你生病啊！装什么装？不就想让我过来端茶倒水吗？"

霍旭西被吼得愣怔半晌，望着她眨眨眼："看出来啦？"说罢，莞尔一笑，"那就麻烦你倒杯柠檬水，然后把床单被套洗了，垃圾倒掉，把家里打扫一遍，别忘了用消毒液，杀菌。"

"还真不客气啊。"

霍旭西挑眉："你可以不用愧疚的，我本来也不指望良知这个玩意儿。"说到此处刚好咳嗽两声。

陆梨上下打量着他："咳死你算了，得了便宜还卖乖。"她挽起袖子扎起头发，走进卧室一看，自己睡过的床上用品全都没换，也不知他怎么睡得下去。

陆梨拆下床单枕套，连同被子一起抱到阳台，塞进洗衣机。

接着她来到小餐厅，被眼前的画面震惊到，大喊："昨晚的饭菜还摆在这里，不丢吗？"

霍旭西说："没力气弄。"

"你是残废还是被人下毒了，一夜之间失去自理能力？"陆梨觉得气不打一处来，边收拾边骂，"要不给我打电话，你会不会死在家里都没人知道？几岁的人了，生病不吃药，还把这儿弄得像狗窝一样，你是狗吗？别告诉我昨天晚上你就睡在卧室，那张床上全是感冒病毒，你脑子进水了，都不知道换一换？"

嗯，不枉费他裹着湿毛巾对着空调吹大半夜。

霍旭西挑个舒服的姿势趴在沙发里，胳膊搭在扶手上，下巴枕在胳膊上，视线跟随陆梨，欣然听训。

吸尘器发出嗡嗡的声音，经过茶几，陆梨看见他优哉游哉地躺在那里，忍不住抬脚踩他两下。

"干吗？虐待病号啊？"霍旭西"哼"了一声道。

吸完尘，拖地，擦桌洗碗，晾晒床单，打扫干净已是两三个小时以后，天色黑透。陆梨觉得腰酸背痛，把自己"摔"进沙发里。

"我叫外卖，你想吃什么？"

"不吃了。"她喘着气，"歇一会儿就走。"说着起身想拿水杯喝水。

"别啊。"霍旭西拉住她的手，"要是我半夜发烧怎么办？"

陆梨摸摸他的额头："没事呀。"

他又拉住她："你回去也是一个人，多无聊，别走吧。"

陆梨觉得有些奇怪，心尖仿佛羽毛掠过，有一些酥痒的感觉。

沉默让气氛越发显得微妙，霍旭西握住她的手腕。陆梨虽然长得高，关节却十分纤细，他大概也觉得奇妙，随意地上下滑动，套了两下。那个动作让人联想到非常羞耻不堪的行为，陆梨皮肤发麻，险些不能呼吸。

"别闹了……"她勉强镇定地摆脱，抬手拨弄刘海掩饰。

霍旭西看着空着的手回味过来，没说话，胸膛起伏着。

陆梨试图消解尴尬的气氛，当即转移注意力，跑到厨房捣鼓一阵，没一会儿出来。

"把衣服脱了。"她说。

霍旭西愣了一下："啊？"

"脱衣服，我给你刮痧。"陆梨用勺子敲了敲碗，"刮痧也可以治感冒的，你又不肯吃药。"

霍旭西迟疑地解扣子："碗里是什么？"

"白酒。"

陆梨嫌他啰唆，自己上手扒拉几下，扯掉他的睡衣："趴好。"

霍旭西有点担心她没轻重："你到底会不会？"

"怎么不会？以前外婆经常给我刮。"

陆梨用陶瓷小白勺蘸了蘸碗里的酒，从风池穴开始，沿着大椎用力。

霍旭西忍耐许久，手指揪紧薄被，忽然骂道："喂，你能不能轻点儿？"

"怕痛？"

"我怀疑你在扒我的皮。"

陆梨嗤笑道："一个大男人，这点痛都受不了。"嘴上讥讽，脑子却在提醒自己集中注意力，不要被他的宽肩窄腰和手臂线条迷惑了。

"陆梨，你玩够没有？"

霍旭西爹毛，倒是乐得她前俯后仰："就是痛才好呀，都出痧了。"

终于刮完，她兴致勃勃地拿手机拍照片，递给他看，后背紫一块红一块的，像被施了鞭刑。

"我要告你虐待。"霍旭西坐起身穿衣，"辣手摧花，你够狠。"

陆梨觉得他这副倒霉蛋的小模样异常好玩儿，忍不住抬手揉了揉他的脑袋："你是狗尾巴花吧？"

霍旭西的头发被揉乱，刘海儿掠过漆黑的眉眼，凌乱潦草，竟有几分妖冶的感觉。

陆梨的心跳又漏了几拍，意识到这个，她赶紧再次转移注意力，跑到厨房切了几块条状的生姜。

"来。"

"干吗？"

"塞到鼻子里。"

霍旭西皱眉道："开什么玩笑？"

"你不是鼻塞吗？生姜可以通气，放进去，两三个小时就好啦。"

陆梨伸手就要捅他的鼻子。

霍旭西扭头躲避："警告你，别搞我。"

"试试嘛，怕什么。"她扬眉，"你早点痊愈，我也可以回家休息。"

"谁批准你回家了？"他扭开头，喉结似小山尖，青色的血管向下蜿蜒，在皮肤底下若隐若现。

陆梨是人来疯，贪玩，对方越躲她越高兴。

"听姐姐的话，乖。"她双膝跪在沙发上，居高临下，将他逼得翻身侧躺，紧贴靠背，全然占据上风。

可他忽然决定不再忍让，一把扣住她的手腕，同时抬起右臂隔挡，没想到压住了一团软绵绵的东西。

陆梨感觉不对劲，立刻移开。

霍旭西显然也愣了愣。

她的脸色又红又白，站在茶几边，结巴着道："你、你有毛病……"

他没说话，倒是不紧不慢地坐起身，像在琢磨什么，随手拿起烟和打火机。原本轻松的气氛突然变得局促。其实开个玩笑东拉西扯就消解了，不是吗？为什么他不这么做，反而脸色阴沉沉的，神色晦暗不明？

陆梨找自己的包，准备跑路。

这时，霍旭西却开口，抛出一个非常突兀的问题："'古代人'什么时候回来？"

陆梨蹙眉："嗯？"

"你的清彦哥哥，不是说这个月回来吗？"

陆梨不解，他什么意思？

霍旭西又陷入沉默。空气中依稀闻到消毒液和烟草燃烧的气味。灰蓝的薄雾缠绕着他凌乱的刘海。电视正在播放犯罪电影，画面血腥。

"陆梨，"他问，"你还要追求'古代人'吗？"

她没想过这个问题，也没想过别的可能："对，不然呢？"

不然呢。霍旭西突然笑起来，点点头，将还剩大半的香烟按进烟灰缸，眼眸中的星火也一同熄灭。

"刚才你是故意的吧？"

"什么？"

"故意制造身体接触，跟我拉拉扯扯、勾勾搭搭、撩拨完，然后装出一副天真的样子，你觉得好玩吗？姐姐。"

陆梨在他逼迫的目光之下如同被扼住喉咙，呼吸变得困难，而且皮肤还起了一层鸡皮疙瘩。

"你想太多了。"她说，"我和自己的朋友也经常这样打闹……"

他和别人一样？

霍旭西觉得更加恼怒，冷笑着道："哦，原来你这么喜欢跟男人打情骂俏，一边说自己痴心，一边拿我当消遣的玩具，是吧？"他倒要看她还能怎么狡辩。

陆梨沉默下来，眨了眨眼，思索着道："你是不是想说我是……绿茶？"

霍旭西嘲讽的神色僵住。

"或者，汉子茶？"她分不太清两者的差别。

霍旭西蹙眉："我没那么想。"

她歪头："你是没有直接说出口，但就那个意思。"

"陆梨！"

她很有自知之明，扯起嘴角冷笑："听上去挺符合的。"

霍旭西当即起身，将她抱住。

"不要这样。"他喃喃低语着，随即又厉声怒斥，"你怎么回事？"

陆梨此刻脑袋里一片空白，好得很，自己在他眼中居然如此不堪。

"我要回家了。"她冷静地推开他，拿上包，走向玄关。

进电梯时，霍旭西追了出来，穿着睡衣和拖鞋，沉着脸，欲言又止。

封闭的空间使距离拉近，但两人之间仿佛隔着山海。电梯缓缓地下落。

"我送你。"

"不用。"她低头看手机，点开打车软件。

霍旭西就跟在她的身后，走出电梯，穿过绿植茂盛的花坛，离开小区，站到路边等车。网约车来得很快，没两分钟就到了。

陆梨往前走，忽然被他轻轻握住了手腕。

"喂。"他觉得应该说点什么，但根本无从开口。

陆梨注视着他，淡淡地道："别拉拉扯扯的。"

霍旭西明白她把那些难听的话都记在了心里，此刻必定讨厌他至极，自己纠缠下去也没意思，于是悻悻地松手。

陆梨没再看他一眼，上车，扬长而去。

陆梨本想反省一下两人突然翻脸的缘由，但稍作思索便很快打消了自我检讨的念头，并认定是霍旭西出了问题。上次他嘲讽她单相思、苦等辜清彦，这回又嘲讽她没有为辜清彦跟异性保持距离，简直前后矛盾！凭什么要她背上那么严苛的道德枷锁？男未婚女未嫁，别说她没有骑驴找马的意思，就算有又怎么样？

霍旭西指责她拉扯勾搭，是为了甄真吗？说到底还是气她让甄真产生误会？

那可太滑稽了。陆梨冷笑着，既然考虑和前任复合，为什么还把醉酒的她带回家？为什么要当着前任的面照顾她，从而造成误会？

明明她说过可以帮忙解释，他自己不愿意。

再说到肢体接触，霍旭西对她动手动脚的地方才更多。

生病装可怜，撒娇不让她走……分明他才是那个勾引人的、轻佻的花心大萝卜！

陆梨越想越生气。不是和前女友纠缠吗？这算什么，拿她消遣还是当备胎？

水性杨花的大猪蹄子，平时踎成那样儿，装高冷，其实很会招蜂引蝶这一套嘛！

哎，等等，不对。

陆梨忽然发现自己恼怒的原因好像和霍旭西一模一样。

见鬼，奇怪了。

他们之间究竟哪里出了问题？为什么会这么别扭？

陆梨觉得脑壳疼。他又不可能喜欢她，对吧？上次傻乎乎地跑去洗车店放话，结果被狠狠地嘲讽了一顿。陆梨不想再经历一遍，给他看笑话的机会。

算了，多思无益，为一个浑蛋失眠，太愚蠢了。

陆梨洗完澡，钻进被窝，准备睡觉时，手机响了一声。

屋里没开灯，在黑暗中拿起手机，屏幕太亮，她眯起眼睛，几秒钟后才适应。

不是对话消息，只是有新朋友添加她的微信。

陆梨哈欠连天，揉着眼角百无聊赖地点开。

对方说：你好，梨子，我是辜清彦。

几个字映入眼帘，她愣住，呼吸仿佛停滞。

该不会是恶作剧，或者诈骗什么的吧？

当年清彦出国的时候还没有微信这个东西，他们为数不多的几次交流仅限 QQ 和邮箱。时光荏苒，他那个 QQ 号早已废弃不用。

陆梨抱着怀疑的心态同意添加好友。

为谨慎起见，她快速组织了几个问题，比如清彦父母的名字、他从小到大就读的学校、农历生日，诸如此类，以作验证。

编辑完还没发过去，那边发过来的第一句话却提前结束了试探。

辜清彦：回来才听父亲说，你每年都会给雅涵扫墓，谢谢你，梨子。希望你别介意我现在才道谢。

雅涵，多久没听过这个名字了。

连雅涵，清彦五年前去世的女友。那个温柔如水的姐姐，曾经维护过少女陆梨的自尊心，帮她逃过一场尴尬的意外。

真的是他。

陆梨晃神的瞬间，居然手滑，将那一连串问题发了出去。

她猛地倒吸一口气，匆忙撤回消息。

亡羊补牢，也不知被看到了多少……

陆梨懊恼不已，这时，清彦发来一条语音，她咽口唾沫，紧张地点开。

那嗓音带笑，温润如水，多年未变。

"我发誓不是诈骗团伙，梨子，你初中翻墙溜出去玩儿，扭伤了脚，是我把你背回家的，还记得吗？"

她觉得窘迫不已："记得记得。"

接着两人寒暄几句，无非家常冷暖，浅聊叙旧。他还是那么礼貌、温柔、亲切。

陆梨搁下手机，缓缓地叹气。忽然想起忘了问他怎么拿到自己的联系方式的。

算了，不重要。终于等到他回来了。

可是为什么……没有想象中的兴奋？她原本以为自己会尖叫着在屋里跳来跳去，到处打滚。结果她的心只是微微泛起一圈涟漪，像石子丢进水中，听个响就没了。

或许因为事发突然，她太紧张……如果霍旭西知道这件事又该往死里嘲笑她吧？

陆梨想打住念头，已经来不及，那个混账把她的思绪搅得一塌糊涂，莫名其妙地就会联想到他那里去。

有病，真的。

陆梨强迫自己快些入睡。

她梦到自己好似回到许多年前，某个暑假的午后，大人们都有事忙。陆梨被安排到邻居家写作业，因为隔壁那位优秀的少年郎总能让她自觉地坐在桌子前乖乖用功。陆梨的妈妈曾形容，就像小妖怪遇见神仙，一物降一物。

那天雅涵也在。

陆梨写完作业，和他们一起在客厅看电影，吃冰激凌。

雅涵身上散发着淡淡的香气，大概来自她乌黑浓密的长发。她长得美，四肢修长纤瘦，无论穿什么都好看。而陆梨当时还有婴儿肥，又不会打扮，活像个乡下小土妞。她对雅涵充满羡慕和向往。

如此美好的假日，吹着空调吃零食，电视里放着恐怖片。

陆梨害怕，极力掩饰，终于还是在一惊一乍的镜头前大叫出声。

另外两人都被吓到，她觉得不好意思，面露尴尬之色。

这时，雅涵伸手将她揽住，还帮忙遮挡视线，笑着说："别怕别怕。"

清彦看着她们。

雅涵回头冲他挑眉："怎么了？你也需要我哄吗？"

清彦失笑："别闹。"

陆梨仰慕他们，神仙眷侣四个字不外如是。

看完电影，她自觉地回家，给两位留下私人空间。刚站起身，雅涵忽然拉住她的手："等等。"

陆梨坐回沙发："咋了？"

雅涵抿着嘴，忽然转向清彦，说："我们不是买了西瓜吗，切半个送给妹妹。"

"不用不用。"

"要的。"雅涵非常坚持，按着她，不让她起身。

清彦去厨房切西瓜，雅涵这才凑到陆梨的耳边提醒："你的裤子弄脏了。"

"啊？"

"趁他没出来，快走。"

陆梨恍然大悟，红着脸飞奔夺门而去。雅涵忙用湿纸巾擦掉沙发上的血渍，顾及青春期少女的羞耻心，她守口如瓶，没让清彦知道这段插曲。

也许对她来说不过是举手之劳，但陆梨记了很久，现在也没忘。

后来清彦和雅涵一同留学深造，感情一直非常稳定。五年前，雅涵因为家中一些房产变动的问题，回国办理手续，并计划在家小住，陪陪父母。谁知第三天外出聚餐，遭遇醉汉酒驾，雅涵和另一位朋友当场出车祸身亡。

清彦回来奔丧。

那时陆梨早已搬家，开起寿衣店，勉强生活，还债，买房，让自己和外婆有个栖身之所。

她没想到雅涵会突然离世。做白事这一行，几乎每天都与死亡打交道，人的性命有时顽强得超乎想象，有时也脆弱得不堪一击。她想送送雅涵，可惜非亲非故，没有身份。

辜家长辈早把雅涵当作儿媳，这时必定十分伤心。

陆梨前去探望，走进熟悉的小区，上了楼，却在楼梯间看见清彦。他垂头靠着墙壁，无声无息，一动不动。

陆梨的心被揪住。她没说话，挨着他，坐在高两级的地方。

过了一会儿，清彦双肩颤抖着，发出异常压抑的哽咽。陆梨也哭了，轻拍他的背，他慢慢转过身来，伏在她的膝头啜泣。微拱的背脊像嶙峋的山峰，在陆梨的掌心之下战栗。

怎么能忘得掉呢？

陆梨睁开眼睛，看着漆黑的房间和天花板，呼吸沉重，像在海里浮游。

"你究竟喜欢的是辜清彦这个人，还是一种精神上的向往和寄托？"

脑海中忽然冒出这句话。

她不知道，分辨不清。

可是以前她根本没有这个困惑的呀……

国庆假期结束，外婆也结束了旅行，她带着大包土特产回来，余兴未减。

"小霍什么时候来家里吃饭呀？"老太太一直惦记着这件事，"老说请他吃饭，不能再推啦。"

陆梨不吭声。

外婆没觉察她的低沉情绪，絮絮叨叨半晌，不见回应，又自个儿打电话去。

陆梨知道她要打给霍旭西，犹豫着要不要制止。但她的顾虑是多余的，霍旭西借口店里事多太忙，婉拒了老太太的邀约。或许他这个人就此迅速退出她的生活，也属合理。

第二天，陆梨开工，如同过去很多年那样，枯燥无聊地度过一天。没活儿，正好，她和淑兰去城郊吃丰海家宴。

开车进那个破烂的露天停车场，看着黑漆漆的草丛，陆梨想起某个倒霉透顶的场景，略微失神。

这时，一个醉汉冲着她的面包车谩骂："臭灵车，天还没黑你跑出来运死人！"

陆梨按下车窗，探出头，不紧不慢地道："对，运你爸的骨灰呢。"

"你说什么，再说一遍！"

她置若罔闻，关上窗。那个醉汉被朋友拖走。

淑兰问："心情不好？"

她的胸口确实闷闷的，但讲不清哪儿不好："吃个饭也能遇到垃圾。"

两个独身女人从黄昏吃到天黑。

淑兰今年过年想去南方看看儿子，陪他在那边待几天。

陆梨抽着烟："争取抚养权吧，你每个月寄那么多钱，过年都不让孩子回来陪你。"

淑兰低头，苦闷地道："其实我跟他提过这个事情。"

话说一半，陆梨却已猜透，摇头嗤笑："问你要钱啊？"

淑兰默认。

陆梨轻蔑地笑："好不要脸。"

淑兰叹息着："男人没挑好，拖累一辈子。"说着，话语稍稍停顿，"不过世界上又有几个好男人呢？"

陆梨歪头思索着："我爸就是，温柔踏实，周围没有一个说他不好的。如果他还在的话，我这会儿应该活在象牙塔里，不谙世事。"

淑兰说："你父亲会以你为荣的。"

陆梨沉默不语。他会很心疼。他死的时候最放不下的就是她了。想到这里，陆梨摆摆头，她不喜欢自己最近过分的多愁善感和顾影自怜。

这顿饭吃到九点，陆梨先送淑兰回去，再开车回家。

她打开家门一看，家里灯火通明。往常这个时间，外婆待在客厅看电视，只会开一盏落地灯。

玄关有一双男人的鞋子，老太太正哼着小曲儿收拾餐桌。

"怎么回事？"陆梨进门，愣了一下。

老太太竖起手指"嘘"了声，拉她过去："晚上小霍来家里吃饭，喝醉了，我让他在你的房间休息。"

"霍旭西啊？"陆梨抿着嘴，"他不是说没空吗？"

"人家特意抽时间嘛。"外婆乐呵呵地说，"小霍果然不错，嘴巴甜，懂礼貌，酒量还好，知道我灌他呢，二话不说就一口闷！"

"你灌他？"陆梨拿起酒瓶，"这是高粱酒，五十二度，老太太。"

"男人喝点高粱酒怎么了？喝醉才好问话，通过酒品看人品，听过没有？"外婆振振有词地道，"我最烦有些男人借酒装疯，还有的男人喝醉以后凶相毕露，打女人打孩子，多可怕，不得防着点儿？"

陆梨感到疲惫，抚摸着眉头："所以呢，吃顿饭你看出什么了？"

"小霍很好。"外婆的语气带着欣慰，"从头到尾说了你不少坏话。"

"他来我家吃饭，当着你的面当然不会……"陆梨愣住，以为自己听错，"他说我的坏话？"

"而且句句都说到重点，他很了解你。"

"了解什么？"这人是来告状的吗？陆梨无奈地轻笑，"你知道他平时讲话有多难听？"

"以前的宋玉彬会甜言蜜语吧，结果一出事跑得比狗还快，有什么用？"

陆梨叹服："霍旭西给你多少钱，处处向着他。"

"人家长得漂亮，我看着就高兴。"

漂亮……

陆梨觉得无奈："我去洗澡。"

"快去快去。"

她进房间拿换洗衣物，没开灯，摸黑在衣柜中翻找。身后的床上躺着一个男人，这让她觉得屋子变得有点陌生，感官也异常敏锐，可以听见他细微的呼吸，轻轻浅浅的。

陆梨面无表情，洗完澡，躺在沙发里看电视，就这么睡了过去。

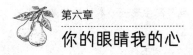

第六章

你的眼睛我的心

天还没亮时，霍旭西醒了，他头痛欲裂。

昨晚的事情忘掉大半，有那么一小会儿不知自己身在何处。

打开台灯，看见床头柜上的合照，照片中的陆梨扎着马尾，十六七岁的模样，挽着她的母亲，旁边还有一位面容敦厚的男子，大概是她的父亲。一家三口笑容灿烂。

台灯旁放着两本厚厚的皮面笔记本。

霍旭西突发奇想，要不走时留张字条，既不会打扰主人家休息，又显得懂事乖巧，给老太太留个好印象。他翻开本子，却发现里面密密麻麻地写满蓝色字迹，是陆梨的工作记录。

从七年前到现在，每一次业务都有笔记，有的写了满满三四页纸，有的仅寥寥数语。

今天给师父做辅助，人群里有个男的一直在憋笑，我也差点没绷住，被师父臭骂了一顿。还是不够专注啊，陆梨，认真检讨，下次别再犯了。

昨晚哭得嗓子哑了，逝者的女儿才十二岁，幼年丧母，现在连爸爸也没了，以后该怎么办？好难过，真想用力抱抱她。

这里边不仅是工作笔记，还有不少她的私人情绪，或悲或喜，跃然纸上。

干完活儿又遇到了神志不清的臭虫，骂我们是下九流赚死人钱。师父说不用搭理，但我觉得不对，所以用更脏的话问候了他的祖宗。

戏曲演员在台上表演吊孝哭灵就是艺术家，我们在民间哭灵却被看作丑角。师父说干这行就得把脸皮踩在脚底下。她干了几十年，竟然没有一天瞧得起自己。这太痛苦了，我不能学她……本姑娘就是民间艺术家。

霍旭西一页页地翻看着，发现她很会苦中作乐。

不知不觉，天色微明。

他忽然想起上学时背过一首诗词还是歌赋，总之很长很长，至今只记得其中的一句，正适合此刻看她笔记的感觉：清风徐来，水波不兴。

电视开了一夜，陆梨躺在沙发里睡得很沉。

一双有力的胳膊穿过她的颈脖和腿弯，将她抱起来。

半梦半醒时的意志最为薄弱，陆梨睁开迷蒙的眼睛，温顺而沉静地看着他。

霍旭西从未见过她这副表情，心下一动，化作绕指柔。

进房间，把人放到床上。

他撑在上面跟她对视了一会儿，轻声问："你这几天有想起我吗？"

薄荷牙膏的味道，还有点儿橙花的香气。

陆梨别过头，闭眼，试图继续睡觉。

霍旭西垂眸打量，抬手碰了碰她的脸颊，手指滑到旁边，夹着她的耳垂轻轻往下扯，像是找到一种新鲜的玩法。

陆梨的呼吸不稳，缩起肩膀，躲开这个无赖。

"说话。"他的语气像催促，也像哄骗。

她有些招架不住，没头没脑地质问："谁准你用我的牙膏……和洗脸皂的？"

霍旭西失笑："怎么结巴了？你紧张什么？"

"我很困。"陆梨索性装死，以不变应万变。

室内寂静无声，过了一会儿，陆梨感觉他的视线一直停在自己的脸上，越发觉得别扭，于是翻身背对着他。

这时，她听见他说："陆梨，你的脸好红。"

她咬牙瞪过去，骂出一句毫无攻击力的话："走开！"

霍旭西笑起来："现在更红了。"

陆梨："……"

"对我有意思啊？"他忽然使坏，"我有心上人的，你喜欢我不会有什么好结果。"

陆梨想骂人，又觉得这话听着耳熟，念头闪过，明白他的调侃都是自己说过的词儿，这下反不反驳都显滑稽。

"床还给你，再睡会儿吧。"他没有继续揶揄的意思，"我走了。"

可陆梨不想让他走，下意识地出声："你为什么来我家？"

"长辈邀请，盛情难却。"

陆梨冷静地说："我以为我们已经绝交了。"

闻言，他莞尔一笑道："我只听过青椒、辣椒、香蕉……"

陆梨抄起枕头砸过去。

正中胸膛。他一点儿没生气，弯腰捡起，好心地放回床头。

"给我道歉。"她命令道。

霍旭西扬眉："为什么？"

"你讲话太难听。"

"哪句？"

陆梨撇撇嘴，不纠结这个："我和清彦哥哥加了微信，过几天会见面。"

"是吗？"他的脸色已经全然不见刚才的温柔，变回一贯的冷冽和嘲讽，"跟我有什么关系？"

"我也想知道跟你有什么关系，每次提起他，你就这副死样子，就好像……"话没说完，断在那里。

霍旭西看着她："像什么？"

陆梨抿嘴不语。

此时天微微亮，屋里没开灯，房间里笼罩着一层晦涩的暗蓝。

她用胳膊撑着床，支起半身，脸色苍白。

霍旭西靠近，嗓音低哑："就像在吃醋，对吧。"

说话间，他弯腰扣住她的后脑勺，吻了下去。

柔软，炙热，呼吸纠缠着呼吸。

陆梨的心跳很快，有点蒙，但并不反感。完了。

他在她的唇上厮磨，辗转吮吸，又出乎意料地陡然撤离，垂眸看着她，问："老太太知道你准备倒贴'古代人'吗？"

倒贴？什么破词儿！

陆梨攥着拳猛推他肩膀，愤怒地道："外婆很喜欢清彦，等我成功以后会告诉她的！"

"哦，搞了半天，原来还在幻想阶段。"他嘴贱又恶毒地道，"等你成功和'古代人'陷入热恋再向我炫耀也不迟，不过提醒你，别抱太大的期望，毕竟他三十岁了。"

陆梨咬牙："我跟谁热恋，用不着你管！"

霍旭西冷笑着道："再喊大声点儿，让你外婆也听听？"

陆梨拧眉与他对视。不斗嘴的时候，仿佛空气都是潮湿的。他的呼吸沉缓，视线游离，瘦削的下巴微抬，向她贴近。

陆梨别开脸。

霍旭西嗤笑着道："刚才不是很享受？"

"起开。"

他伸手摸了摸她的脑袋，嘴角扬起："你也就会对我使小性子。"说罢，离开卧室。

陆梨听见他和老太太在客厅打招呼，紧张地竖起耳朵，他可真会装，刚才还甩脸子，对着长辈倒是一副乖巧礼貌的模样。不过那个浑蛋没有乱讲什么，也没留下吃早饭，就这么走了。

陆梨在床上躺了会儿，翻过来，翻过去，只要一闭眼，满脑子都是刚才接吻的感觉。她没法否认那种感觉很令人回味。

要死了。

她起身去浴室洗漱，见盥洗台上多出一套崭新的洗漱用品，想来是外婆为霍旭西准备的，可真贴心。

"梨子，快点来吃饭。"

"等会儿，尿尿。"

"啧。"外婆皱眉,"你这个女孩子怎么这么粗俗?千万别在小霍面前暴露本色,淑女一点。"

陆梨翻了个白眼:"我本来就不是淑女。"况且早在相识之初她就在他面前尿过了,要多粗俗有多粗俗,装什么装。

"真不知道遗传的谁,你爸妈多温柔,从不发脾气,连脏话都不说,到你这儿基因突变了。"

陆梨回道:"隔代遗传呗。"

外婆想打她。

"对了,我收到辜老师的请柬,他这周六过寿,我们带小霍一起吃酒席吧。"

带霍旭西见辜清彦?疯了吧?那场景她连想都不敢想。

"别。"陆梨迅速找到借口,"一份红包,三个人去吃,不合适。"

"这有啥,你没见过一份红包全家五六口吃回本的。"

…………

周五是个阴天,陆梨在店里整理货物。

一辆黑色豪车停在路边,外形非常抢眼,尤其在这条街,好像随时会变形成巨大的机器人,一脚把她的面包车踩扁。

舒城虽然是个小城市,但有钱的人依旧很有钱。

我什么时候也能发大财呢?陆梨陷入幻想的时候,车子的主人从驾驶座下来。

约莫三十来岁的男人,戴了一副金丝边眼镜,头发梳得一丝不苟,西装革履,身形高大。

桐花街鲜有穿着这么讲究的人。陆梨正纳罕,只见他皱眉打量周遭环境,抬头辨认招牌,然后径直朝福寿堂走来。

似乎有哪里不对。

陆梨盯着他的脸,心头越来越发毛。

孟决?不会吧,大白天撞恶鬼……他来寿衣店做什么?家里死人了?

陆梨僵硬地竖起一套冥府纸麻将,把头埋下去。

几秒钟后，她听见皮鞋踏进店门的脚步声。

淑兰走上前："您好，需要看点什么？"

那人不答，转向前台，屈指叩两下桌面，语气冰冷："陆梨。"

她想死的心都有了，好几年不见，这个神经病找来店里干吗？

她抬头，扬起假笑："请问你想咨询哪种业务？"

"我是孟决。"他一如既往地直接，"你姐回来了没？"

陆梨瞬间装不下去，按捺着厌恶和依稀的恐惧，面无表情地道："没有。"

"把她的联系方式给我。"

"没有。"

孟决原本就冷淡的脸色愈发阴沉了几分："她回国没联系你吗？"

"她还在国外吧。"陆梨撇撇嘴，"我很久没听过她的消息。"

孟决推了推眼镜："我有个朋友在机场看见她。"

"哦，真的？"关我什么事。

"如果陆萱联系你，麻烦代我向她问好。"

陆梨被那阴鸷的目光盯得头皮发麻，想警告这个精神病不要骚扰陆萱，但没敢说出口。

孟决走后，淑兰询问他是谁。

"我堂姐的前男友。"

"长得挺端正的。"

"衣冠禽兽，有暴力倾向，就是个变态。"

淑兰惊讶地道："不会吧？完全看不出来。"

没错，陆萱当年也没看出来，所以栽到了他手上。

无论陆梨平时怎么腹诽宋玉彬和霍旭西，就算他们真的是脑袋不好使，那也属于正常人的范围，而孟决就是个禽兽、畜生。

那会儿陆萱刚上大学，和孟决在一起之后决定搬出来住，渐渐地，那人非同寻常的控制欲开始显露。

起初他不让陆萱和异性接触，为此发生几次争执。

陆萱只当他爱吃醋，并没太当真。有一次同学聚会，孟决疯狂地打电话命令她回家，她也心烦，直接关机，不予理会。

聚会结束后，陆萱回到公寓，没成想竟然看见学姐赤身裸体地躺在床上，孟决靠在一旁抽事后烟，并且挑衅地看着她。

当时陆萱非常爱他，被伤得很深，提过分手，但孟决根本不允许。

陆梨知道以后劝说她强硬一点，快刀斩乱麻，离开孟决。可她陷入虐恋中难以自拔，仍然继续和他纠缠。

她说孟决大概有心理疾病，小的时候被他父亲吊起来毒打，母亲虽然宠他，但是对婚姻不忠，出轨成性，给他造成许多阴影和创伤。

孟决也答应她，会看心理医生调整。

陆梨听得直翻白眼，骂道："有病就去治，折腾你干吗？他为什么不找他爹报仇？"

陆萱却心疼他，愿意等他改变。

因为孟决强烈的占有欲，渐渐地，陆萱不再参加任何有异性的聚餐和聚会，也不和男生单独相处。可即便如此，孟决的变态行为有增无减。

学期末，班长群发提醒考试时间的短信，陆萱多问了两句，被孟决看见，大发雷霆，要求她删除班长的电话。

陆萱觉得不可理喻，提醒他去看病。

孟决对着她破口大骂，用词异常极端。

陆萱忍无可忍，回骂他精神异常、心理变态，小时候被打傻了。

孟决反手一个巴掌，然后抽出皮带对她施暴。

当天夜里，陆萱趁他洗澡的时候逃走，也不敢回家面对父母，只能找妹妹求助。

陆梨背着大人偷偷溜出来，陪她到酒店开房。

陆萱一个劲儿地哭。

陆梨看在眼里，火冒三丈，哪里咽得下这口气，当即拨打110报了警。

那次孟决被拘留了五天。

陆梨陪陆萱搬回宿舍，姐妹俩心情不错，到学校附近的茶餐厅吃饭。

不知哪个嘴欠的人通知了孟决，他开车过来，走进餐厅，旁若无人一般来到陆萱的身旁，弯腰亲了亲她的脸，问："还疼吗？"

陆萱整个人变得僵硬。

孟决一边落座，一边瞥了眼陆梨。冷血动物一般的眼神，她浑身起鸡皮疙瘩。

"为什么搬回宿舍？那地方又窄又破，几个人共用一个卫生间，不嫌脏吗？"

陆萱的脸色苍白，说不出话。

陆梨也害怕，但是看姐姐的手发抖，立刻起身将她拉到自己身旁。

"她是正常人，需要过正常的生活，你离她远点儿！"

孟决像看一个什么物件似的："大人的事你少管。"

他才大她几岁？

"见到姐夫也不打招呼，没教养的野丫头。"

"拘留所出来的人还在这儿谈教养？"陆梨觉得可笑，言辞强硬，"你敢再碰我姐一下，我们全家跟你拼命。"

孟决看着她，眯着眼睛。

陆萱倒吸一口气，立刻站到陆梨前面，如同护住幼崽，沉声警告："别动我妹妹。"

姐妹俩全然一副视死如归的架势。

孟决沉默片刻，不知在想什么，微笑着说："我听你的就是。"

这之后没多久，具体内情外人不得而知，总之陆萱与孟决和好，又回到了他身边。

陆梨忙着冲刺高考，也没有询问细枝末节。

约莫大半年后，原本读大二的陆萱突然去了国外留学。她走得仓促决然，并且瞒着那个人，是下了狠心要斩断跟他的这场虐恋。

陆梨和陆萱起初保持着断断续续的联系，随着人生轨迹的改变，也难逃渐行渐远。

今天冷不丁地见到孟决，陆梨一下子想起过去那些糊涂账来。

她其实有陆萱的微信，思来想去，犹豫要不要把今天的事情告诉陆萱。

考虑再三，还是别让晦气东西搅乱姐姐平静的生活吧。

辜老师六十大寿，在本地最好的酒楼办生日宴。

老太太盛装出席，陆梨也稍微收拾了一下，却遭到了无情的嘲讽。

"你是乞丐吗？"外婆拧眉说，"能不能穿得像样一点，我们不是去参加丐帮大会。"

陆梨灰溜溜地换上她最贵的一条裙子，还有高跟鞋。

老太太最喜欢外孙女打扮得漂漂亮亮，可以带出门炫耀。

祖孙俩到酒楼宴会厅，看见辜老师一家三口在迎宾区招呼客人。

清彦比五年前更加成熟稳重，和想象中相差无几，光彩耀人。他先同老太太问好，语气谦逊诚恳，接着目光转向陆梨，打量一番，莞尔道："长高不少。"

她都几岁了，还长？

陆梨有点不好意思地说："鞋跟高。"

清彦说："等过段时间我想单独请你吃饭。"

"嗯？为什么？"

他垂眸沉默了一会儿，陆梨突然反应过来："如果是为了雅涵姐姐，真的不用客气，我父母也葬在那个墓园，送花只是顺手的事儿。"

清彦收起眼底几分复杂的情绪，温和地看着她："就算对你来说只是举手之劳，但这份心意对我来说非常重要。"

陆梨叹息着，为什么会有如此长情的男人，他以后怎么办？

"走吧，我们该入席了。"外婆提醒她。

宴会厅里人声嘈杂，陆梨低头把玩手机。

外婆忽然碰了碰她的胳膊。

她茫然地抬头，刚想问干吗，谁知竟然看见了陆国庆和邹慧娟，她的伯父和婶娘。

这两人怎么来了？他们什么时候认识辜老师的？

陆梨沉着脸，视若无睹，继续刷手机。

陆国庆倒赶忙向老太太问好，邹慧娟也一副假客气的模样，落座之后便没了话。

又过了一会儿，有人拍拍陆梨的肩。

"嘿，梨子。"

她闻声仰头望去，随后惊喜地睁大眼睛："姐？"

竟然是陆萱。

"你什么时候回来的？"

陆萱整个人明媚夺目，艳丽极了。

"上个月一直忙着，还没时间联系你。"

两姐妹拉拉手，陆萱转向老太太，亲热地抱了抱她："您的身体还好吗？我看着气色很不错，这么多年都没怎么变。"

外婆也喜欢这个晚辈，笑眯眯地说："我老了，你就会说好听话哄我高兴。"

半桌子的陌生客人盯着她们姐妹瞧。

陆梨想起昨天见到孟决，欲言又止。

外婆接了个电话，起身离席。陆国庆忍不住开口，笑着问道："梨子，你最近在忙什么？"

"不就店里那些事呗。"

"你姐姐快要结婚了。"陆国庆说，"到时候你要给她当伴娘呀。"

陆梨诧异地转头："你要结婚？和谁？"

陆萱深吸一口气，皱眉苦笑："只是先订婚，我爸妈太着急了。"她望向宴会厅外，喃喃着道，"说来也奇怪，以前去过你家，但从没见过他，谁知却在异国他乡认识了。"

轰的一声，陆梨仿佛被雷劈中，头顶冒烟。

"别告诉我是清彦。"她扯起嘴角，希望这是个玩笑，别那么戏剧化。

陆萱眨了眨眼睛："吓了一跳吧？"

陆梨觉得口干舌燥，舔了舔嘴唇，试图理清思绪："你怎么和他碰到的？"

"毕业以后去过很多国家。"陆萱对过去那几年似乎没什么想提的，微微叹气，"刚好到了成家的年纪，刚好遇到合适的人，也算幸运吧。"

啊，是，对啊，没错，你很幸运，你们刚好合适……陆梨嘲讽自己，那我这些年到底在干什么？我是宇宙第一大笨蛋，脑子灌进二百五十斤废水，边走边漏。

她颓然地掏出打火机，点烟。

邹慧娟怎么看她都不顺眼，轻咳一声，提醒道："陆梨，抽烟不好吧。"

她抬起眼皮，指着同桌的另一位客人："男的抽烟你怎么不吭声？"

邹慧娟撇嘴轻笑："我是为你好，女孩子在外面要注意言谈举止，说什么样的话，吸引什么样的人。依我看，你早该转行了，开寿衣店，说出去都不好听。平时接触的圈子决定你的眼界，明白吗？"

陆萱皱眉："妈，你在说什么？"

陆梨冷冷地道："你是不是公众号文章看多了？"

邹慧娟不顾女儿的劝阻，优越感上来，继续逞口舌之快："当然了，你连大学都没读完，能有什么眼界。再过两年就三十了吧，你和萱萱的条件不一样，到时候想找清彦这种优秀的丈夫是很难的，更别提你做殡葬这行，多不吉利啊。"

"妈！"陆萱压低声音呵斥道，"你怎么回事？讲话这么难听。"

"我说实话而已。"

陆国庆赶忙打圆场："梨子，你婶婶的脾气你知道的，她没有恶意的，就是担心你。"

唱双簧可是这对夫妻的拿手本领，陆梨面无表情地看他们演戏。

这时，一只手落在她肩头，滑向后颈，稍作停顿。

"宝贝儿。"

陆梨听见一个熟悉的声音，仰头张望的瞬间，霍旭西在她的身旁落座。

他刚才喊什么……

"怎么不下来接我？"他的语气十分自然，用手背轻轻碰她的脸，"还在生气？"

陆梨觉得快要不能呼吸，没头没脑地问："外婆呢？"

"见到熟人，在聊天。"霍旭西拿走她手里的烟，放进嘴里，吸了一口，毫不客气地往旁边吐出烟雾。

陆国庆和邹慧娟被呛得五官扭曲。

"这都是你的亲戚？"他问得随意。

陆梨不语。

霍旭西转头对他们说："做殡葬挺好的，人都会死嘛，你们需要的话，到时候可以打折，拿亲友价，多划算。"

邹慧娟的脸都绿了。

霍旭西望向陆梨："是吧，宝贝儿。"

她有些害羞，耳朵微微发烫，但明白他在替自己出头，心里对他生出许多亲近之感，忽然觉得旁边那些讨厌的人和嘈杂的声音都变成透明，一点儿也不重要了。

"第一次看你穿正装。"

陆梨打量他，蓝色衬衫、黑西裤、皮鞋，浓密的头发梳上去，露出漂亮的额头，真是英俊惹眼。

霍旭西靠近她，低声笑道："我还以为你的眼睛里只看得到'古代人'。"他说着，睐着眼睛望向迎宾区的清彦，端详一下，神情很是不屑，"原来你喜欢这种，端庄典雅的斯文人？"

陆梨在桌子底下掐他的腿。

"嗤。"他微微蹙眉，瞥着她，慢慢扬起温柔的笑，手掌握住她的大腿，用力捏了回去。

陆梨的脸颊涨红，想掰开那只"狗爪"，掰不动，又不敢做什么大动作让人看出来。

他没有继续用力，但也没挪地方。

陆梨的呼吸不顺，只觉得他掌心之下的那块皮肤快要融化，化成一汪沸水，将她整个人烧热。

"你脸红什么？"

被发现了。

陆梨咬着嘴唇，小声抗议："走开。"

霍旭西喜欢看她这样，也喜欢对她动手动脚，得到一点点好处之后就会想要更多。

"现在什么情况？"他转移话题，"你的心上人变成姐夫了？"

陆梨怕被人听见："你别乱说话。"

"哟，"霍旭西来了兴致，胳膊搭在她身后的椅背，歪着头，眼含调笑之意，"是谁口口声声地喊'清彦哥哥'，把他当宝贝供着，认定他早晚是你的男友，还不知羞耻地说要对他死缠烂打？"讲到这里，他眯了眯眼睛，"去呀，去死缠烂打呀。"

陆梨艰难地咽了一口唾沫："你的脑子都用来记这些废话的，是吧……"

"暗恋姐夫这么久，你姐姐知道吗？"他的坏心已起，"要不我帮你问问？"

陆梨忍无可忍，鱼死网破般下最后通牒："霍旭西，再胡说，信不信我咬烂你的嘴！"

听见这句凶狠的威胁，他先愣了两秒钟，眼睛里掠过不怀好意的神色，睨着她，笑眯眯地抬起下巴，将自己送上门："你咬啊。"

陆梨知道他一向很不要脸，越逗越起劲儿，于是别过头去，不予理会。

"生气了？"霍旭西的心情很好，不介意继续表演体贴，"来喝杯茶，宝贝儿。"

陆梨又起了一层鸡皮疙瘩。他通常喊她大名，要么就是陆老师、傻大姐、傻妞，这些称呼都无所谓，但是宝贝儿……

陆梨实在臊得慌，拉了拉他的衣袖："你怎么这么肉麻？"

霍旭西却丝毫不觉得羞耻，反问："不然叫你宝宝？"

别！陆梨的瞳孔剧震，屏住呼吸："当我没说。"

霍旭西打量着她："瞧你那傻样儿。"

陆梨心下暗暗腹诽，你才傻。

寿宴正式开始，清彦上台致辞，他手拿话筒，一手插兜，疏朗大方，待人接物极为妥帖。

陆国庆和邹慧娟看着风光耀眼的准女婿，神情尽是欣赏、得意。

陆萱托着腮，微微浅笑。

满桌子佳肴，大概只有陆梨一个人觉得难以下咽。

吃完饭，老太太和熟人凑牌局去打麻将。霍旭西开车来的，陆梨随他下楼，往街对面走。

清彦在酒楼门口送客，陆萱站在他旁边，两人牵着手。

陆梨的脑子里一团乱麻，茫然无措。她尝试搞清楚现在的情况。嫉妒吗？好像也没多嫉妒，只是胸膛闷闷的，像被什么压着。她喜欢清彦多年，竹篮打水一场空，她这会儿应该伤心欲绝、泪流满面才合理。

陆梨深吸一口气，望着那对俊男美女，攥拳按压左胸口，想感受自己的心，分辨清楚究竟怎么回事。

霍旭西冷眼看她，用冰冷的嗓音讥诮地道："怎么了？心痛啊？"

陆梨皱眉不语。

他刻薄起来毫无人性："打扮成这样，人家正眼瞧你了吗？可不可笑，自作多情，你也不嫌丢人。"

是啊，真够丢人的，怎么就幼稚成这样呢？还不是经历太多苦日子，她的世界充满市侩和庸俗，唯一的净土留给了爱情，留给清彦，现在连这仅剩的美好幻想都破灭了。

陆梨悲从中来。

霍旭西见不得她这副失魂落魄的模样，突然骂了句脏话，用力扣住她的手腕："你平时耀武扬威的气势哪儿去了？不就是个男人吗，他还没结婚呢，你上去争取啊，仗还没打就投降，算什么？"

说话间，他拽着她往对面拖。

陆梨吓得够呛，死命往后退："干吗……我不去！"

"男人都被抢了，你偷偷伤心有什么用，把他抢回来啊，你不试试怎么知道他对你没意思？"

陆梨觉得这人疯了："放手、放开！"

霍旭西的力气极大，把人拽到路中央，挨了她好几拳，回头一看，陆梨的眼圈儿通红。

他停下脚步，冷眼不语。

陆梨被他气哭，眼泪掉下来，狠狠地瞪过去，咬着牙咒骂："浑蛋。"骂完猛地抽回自己的胳膊，转身就走。

霍旭西的胸膛起伏着，大步跟上去，把她拉到车里："我送你回去。"

陆梨扭头盯着窗外，泪珠子啪嗒啪嗒地直掉。

"别哭了。"他觉得心烦意乱。

车子启动，离开这个是非之地。

两人都没有说话。

陆梨哭完，脑子渐渐放空，思绪不知道飘到哪里。等车子停下，她朝窗外张望，这才发现不对。

"不是送我回家吗？"怎么到他家车库了？

霍旭西说："刚才有点分心。既然来了，上去喝两杯吧。"

陆梨坐着不动。

他绕到副驾那边开门："要我抱你吗？"

她撇撇嘴，头昏脑涨地下车。

"我今天差点身败名裂。"她记仇，边走边数落，"就因为你发疯。"

霍旭西不说话，抬头看电梯楼层的数字上升。

"当着那么多人的面，你是想让我去死吗？"

他牵她进家门，沉默着换鞋。

"要是被我大伯和婶婶知道，肯定笑掉大牙，做梦都会笑醒。"想到这里，她又抽噎起来。

霍旭西把她安置在沙发里，然后倒了杯水。

"你就想看我出丑是吧，变成一个笑柄，你就高兴了。"

"不是，我想帮你。"他终于开口，轻言细语地道，"你不是喜欢'古代人'吗。"

"喜欢什么啊，"陆梨抹着眼泪，"他现在是陆萱的男人，我再喜欢他都是罪恶！"

霍旭西："哦。"

"你这种没有道德的人不会懂的。"她越想越觉得郁闷，一边抽泣一边絮絮叨叨地道，"为什么呢？找谁不好，偏偏和陆萱在一起……前几天提起雅涵姐姐，我还担心他走不出来，谁知道人家已经开始新生活，有了新伴侣，就我自作多情，以为他孤苦伶仃，困在过去，幻想自己是那个治愈他的人……"

陆梨抱怨半天，突然发现旁边的人很安静，抬眸一看，霍旭西闷声坐着，手里搓着一根烟，眉眼含笑，嘴角抑制不住地上扬。

陆梨难以置信地瞪大双眼："你笑什么？"

"有吗？"

她大怒："很高兴是不是？看我倒霉你就心花怒放！"

霍旭西确实高兴。

"没有，我替你难过，真的，特别难受。"

陆梨攥拳狠狠地捶他。

霍旭西喊痛，抱住胳膊缩到沙发角落，露出一副可怜的模样。

陆梨不想搭理他，自顾自地垂头坐着，沉浸在自己的情绪里默然许久，喃喃着道："清彦哥哥能再找到爱的人，我应该替他高兴，其实只要他过得开心就行了……再说，我本来就比不上姐姐，她样样都比我强，他们两个在一起很般配。"

"谁说的？"霍旭西淡淡地开口，"用不着这么妄自菲薄。"

陆梨抿着嘴，稍微感到安慰。

霍旭西言之凿凿："至少你还有自知之明啊。"

她转头看去，呼吸急促，几乎不能自制，扑上去，发誓说要活活掐死他。

傻妞不禁逗，真生气了。霍旭西笑得胸膛震颤，轻而易举地扣住她意欲"行凶"的手。

眼眶和鼻尖都哭红了，因为羞愤而发烫的脸颊，此刻她真像一种水果。

"你应该叫桃子。"水蜜桃。

什么乱七八糟的？陆梨下意识地想脱口反驳他一句什么，质疑一下他。可是他的眉眼幽深，神色迷离，漆黑的瞳孔微微颤动，仿佛喝过酒，醺醺然到不知所以。

最近他经常用这种眼神看她。她不想承认，他这个样子非常性感。

陆梨的心跳很快。

霍旭西也是。他的喉结滚动了两下，声音有些嘶哑："我想亲你。"

"别闹了……"她别开脸，躲避目光，手心出汗。

"你不想吗？"

"我现在脑子很乱。"

"为了辜清彦？"他冷笑着道，"就那么喜欢他？"

"不是。"陆梨下意识地否认，抿着嘴道，"我还没理清楚头绪。"

她尚未从今天的突发状况中回过味来，这种时候和霍旭西纠缠，岂不是更乱？

"你什么时候变得这么扭捏？"他却将她看穿，满是不屑地说，"如果把全世界的道理都想明白了再去做事，该有多无聊。"

闻言，陆梨愣住。

霍旭西松开她，眉眼之间的意乱情迷退去，冷静得就像身上那件蓝色衬衫。

"有个东西给你。"他起身去卧室，随手碰了碰她的脸。

陆梨觉得烫，身上哪儿哪儿都烫。离开这里会不会好点儿？她这么想着，跳下沙发找到拖鞋穿好。

霍旭西从卧室出来，神色又冷了几分："怎么了，急着走啊？"

他慢悠悠地靠近，递给她一本书。

这家伙居然看书？

陆梨好奇地接过，定神一瞧，竟然是一本印着卡通图案的睡前故事。

啥意思？

"你不是喜欢听人讲睡前故事吗？"他双手插兜，懒懒散散的，语气颇为自嘲，"本来还想带你去美食城，从第一家吃到最后一家，逛逛街，买买家具什么的。"

陆梨的呼吸停滞，心脏好似被人握住，不住地搓揉。

霍旭西轻笑道："不过你应该也不稀罕，对吧？"

她用力抠住书籍边角，一种强烈的情绪冲向四肢百骸，难以抑制。

不是的。

陆梨听从本能，踮起脚，吻在他的唇边，然后轻声地低语："谢谢。"

谢谢你送的书，谢谢你记得我说过的话，谢谢你的心意。

霍旭西原本冷静的神情变得晦暗不明，他沉默地看她一会儿，弯下腰，慢慢靠近。

陆梨的眼睛眨得飞快，紧张得几乎晕倒，但并未推拒。

两人没有别的肢体接触，他甚至两只手依然插兜。

嘴唇碰到一起时，陆梨的脑海里放起烟花，轰然炸裂。

一个浅浅的吻，试探般贴合，蜻蜓点水，痒痒的，酥酥的。

陆梨缩紧肩膀，整个脊梁都在发麻。

他发现了她的战栗和顺从，退开来，喉结动了下，因为紧绷，额角的青筋明显凸起。

"如果我说，不止想亲你，"霍旭西的嗓音低哑，克制着情绪，"我还想跟你更进一步，你会不会打死我？"

陆梨的脸肉眼可见地瞬间涨红。

不等回应，霍旭西伸手将她拽到怀中："算了。"他无所谓地道，"那就打死我吧。"

睡前故事跌落到地毯上，激烈的深吻把陆梨卷入狂风巨浪，理智溃不成军，尤其当牙齿被顶开，唇舌纠缠在一起，她的心里大喊停止，身体却几乎软成一摊水，站也站不住了。

霍旭西抱起她往卧室走去。他的衬衫不知道是什么材质，摸起来冰冰凉凉的，有些滑手。

窗口纱帘透着朦胧的光，做旧的工业风吊灯造型古怪，灰色的墙纸显得冷淡硬朗。这是霍旭西的房间，陆梨迷迷糊糊地辨认。

他喜欢我，对吧？陆梨在心里问过一遍，接着暗暗惊叹，他竟然承认了喜欢我。

从什么时候萌生的情愫呢？她随口说的那些话都被他放在心上，也没个前兆，忽然冷不丁地摆出来，把她砸得晕头转向。

陆梨分明是个无比现实的人，可是面对感情却依旧如此理想主义。当初对辜清彦是这样，现在面对霍旭西也没有长进，几句话，一本睡前故事，她的心就被击中了。

不过爱情不就是凭感觉吗，要让她精打细算，认真筹谋，那可毫无意趣，她也实在做不来。

"霍旭西，其实我们头一次见面，我对你印象很好，回去之后还想象过你是个什么样的人。"

"你是说露天停车场，你在草丛……"

"别提那个。"陆梨打断，歪头瞧他，"可是第二次见面就幻灭了，没想到你那么欠揍。"

霍旭西笑道："认识这么久，你没有看见我别的优点吗？"

陆梨思忖着："有的，很多。"

"比如？"

"嗯……心态好，从不怨天尤人，对朋友和家人有责任心，扛得住事儿，虽然脾气差，讲话难听，阴晴不定，但不是个坏蛋。"

霍旭西打量着她，觉得哭笑不得："陆老师，你真的在夸我吗？"

陆梨也乐了，捂住脸："我现在没法思考，别再问了。"

"那你还紧张吗？"

"一点儿也不。"

很好。他也要假装不紧张，免得被姐姐嘲笑。

不知道过了多久，陆梨盖着被子翻身侧躺，手指揪着床单，看着窗户发呆。

霍旭西的下巴搁在她的颈窝上轻轻磨蹭，小心翼翼地询问："要不要去洗澡？"

"不要，很累。"

他低头亲了一下她的肩膀，整个人从她后面贴过去，意欲温存片刻。

陆梨皱眉，推开腰间的手："我想自己待会儿。"

"怎么了？"

她不语，也不知怎么了，心中涌入无尽的空虚和混乱，尤其想要独处一阵，处理这些猝不及防的情绪。

霍旭西不说话，起身靠在床头点烟。

陆梨在某些方面非常矛盾，观念上自认为很开放，她完全理解一夜情，甚至那些没有感情，纯粹为了生理需求而发生的性行为，她都觉得正常。成熟的标志就是能明白人性的沟壑，每个人都有自己的需求，不要轻易去批判。

然而想归想，她从没有付诸行动。观念上是一回事，亲身体验是另一回事，她远没有自以为的那么洒脱。

事实上，陆梨曾经不止一次设想过她的第一次会发生在什么样的情况，应该是两情相悦，花前月下，灯光朦胧，水到渠成。反正绝不是在这种大白天，一览无余！

而且她和霍旭西什么关系？他是怎么想的？刚才算冲动还是慰藉？

太多的不确定让人失去安全感，惴惴不安，感到心慌，陆梨陷入低落和焦虑之中，大概就是通常说的……"贤者时间"？

她懊恼地叹气。

本就备受冷落的霍旭西听见，以为她在后悔，越发觉得烦躁，掐了烟，嗤笑道："至于吗？陆老师？"

刚才喊宝贝儿，现在叫陆老师，变得可真够快。

"大家都是成年人，洒脱一点呗。"他觉得心里不是滋味，也不让她好过，"难道你还想为那个'古代人'守身如玉？"

陆梨听他的态度如此随意，加上后面那句逻辑不通的话，顿时火冒三丈。

"别跟我这儿装老练，笨手笨脚的，毫无技术可言，你不好好反省自己，还好意思装洒脱？"

霍旭西愣了一下，知道她想激怒自己，没生气，反倒冷笑着靠近："陆老师，过河拆桥的习惯可不好，刚才你发嗲的时候可不是这么说的。"

"我哪有。"她拒绝承认。

"哦，那要不重温一下？"他忽然贴近，像是要来真的。

"走开，我警告你……"

两人在被窝里打闹，一边较劲，一边想亲近。他并没真的准备怎么样，只是凭借力量压制，以免她的指甲把自己抓伤。

陆梨发现自己打不过他，脸颊通红，放声咒骂。

他用嘴堵住她的脏话。

两个大人像野猫玩游戏似的，看上去凶，其实锋利的爪子收起来，闹完就腻在一处歇着了。霍旭西趴着不动，陆梨望着天花板平复呼吸，闻到他头发上传来的香味，清润冷冽，类似森林和雪松的气息，她忍不住偷偷嗅了好一会儿。

忽然某个念头闪过，一件非常重要的事情浮现在脑海中。

"你刚才没做安全措施？"

闻言，霍旭西微微一愣，稍稍抬起头："家里没有计生用品。"

陆梨瞪着他，用力咬着嘴唇。

"我……"他也有点无措，"我下次会提前买好……"

"没有下次。"陆梨非常恼火，"你带人回家，竟然什么准备都没有！"

"难道你希望我兜里随时备着那东西？"他扯起嘴角，"再说今天并不是我的预谋。"

开车回来的时候才动的心思。

陆梨拧紧眉头不说话。气他也气自己，之前怎么就没想到呢？真是被美色和冲动弄昏了头。

霍旭西不喜欢自己在她面前显得任何青涩，他很在意这个，此刻也难免感到懊恼，把脸埋进她的颈脖，嗓音带几分讨好："别生气了，都是我的错。"

"起开。"

她软乎乎的，压着舒服，不太想起来。

陆梨见这人耍赖，索性手脚并用地把他推开。她原本打算下床洗澡，可自己未着寸缕，到底不好意思大刺刺地走来走去，于是左右张望，随手拿起他的衬衫当浴巾裹住身体。

谁知双脚下地，刚走两步，竟有些虚软，赶忙扶着床。

霍旭西看着，漫不经心地笑出声。

陆梨咬牙站直，发誓就算跌倒摔死也不再扶任何东西。她进入浴室关门，终于有一个空间可以独处。

镜子里的人黑发如瀑布，面若桃花，嘴唇像浸过花汁，眉眼如工笔点染，人还是那个人，但神态与平时大不相同，凭空染上许多妩媚。

她盯着镜子瞧了会儿，不由得发出自恋的感叹：我怎么这么漂亮？简直是个尤物。呵呵。难怪刚才霍旭西像匹饿狼似的缠着她。

如此想来，在男欢女爱这方面，陆梨忽然有了几分虚荣心——待会儿出去逗逗他怎么样？那张嘴平时那么刻薄讨厌，如果肯心甘情愿、低声下气……真是想想都觉得兴奋。

陆梨的唇角微扬。可惜身体的隐痛使得她立刻打消了不切实际的念头。

戏弄他，别偷鸡不成反蚀把米。

那个混账东西，挨千刀的骗子，嘴上说着甜言蜜语，像糖衣炮弹，一声接一声把她哄得晕头转向。做的事情却那么坏，坏透了。

陆梨觉得又羞臊又恼火，她刚才怎么回事呢？忽然变得不像自己，沉醉在他制造的幻梦里，茫然无措，好奇怪的感觉。

水声传入卧室，霍旭西起身捡起地上的衣物，挂到浴室的门把上。

陆梨洗完澡就准备离开。

霍旭西换了身衣裳："我送你。"

她没说话，沉默的样子让人捉摸不透，于是他也戴上了冷淡的面具。

陆梨从沙发上拿起手机和包，再弯腰拾起那本睡前故事，没怎么迟疑，很自然地装进包里。

霍旭西的心跟像被羽毛拂过似的，有些痒。

出门时，他握住了她的手，低声问："还难受吗？"

"猫哭耗子。"陆梨冷冷地道。

他低头喃喃着道："以后就习惯了。"

陆梨正要出言讥讽，电梯门打开，里面有人，他们牵着手走进去。

路上经过药房，她下车买紧急避孕药，车上备着矿泉水，她赶紧吃了一颗。

霍旭西的手指轻轻抚着方向盘，忽然问："你没想过生小孩吗？"

"咳咳……"陆梨被呛得不轻，拍了拍胸口，转头像看神经病一样看着他。

"只是随便问问。"他刚才上网搜索，得知吃这个药对身体不好。

"没想过！"她凶巴巴地说，"至少三十岁之前都不会考虑生孩子！"

霍旭西点点头："也对，你自己都还像个小孩。"

陆梨觉得他欠揍。

"如果'古代人'和你堂姐结婚，以后见面的机会就多了。"他忽然夹枪带棒地提醒，"你做好心理准备，别见他一次就偷偷哭一次。"

陆梨原本准备开骂，忽然念头飞转，起了坏心，懒洋洋地道："那得花很长时间才能适应了。"

霍旭西淡淡地说："你还真是对老男人用情至深。"

车子已经开到金玉良苑，她解开安全带，但没急着下车。

"其实男人年长几岁自有他的好处。"陆梨不慌不忙，也学他夹枪带棒，莞尔一笑道，"经验丰富，服务到位，对女人来说可以省去很多麻烦。"

霍旭西的眉尖微蹙。

"我走啦。"她挎上包。

他没说话。

陆梨倾身靠近，扬起下巴，等待吻别。

霍旭西此刻相当不爽，但抵不住她主动，于是面无表情地给予回应，至少她很享受跟他接吻。

"这不是适应得很快？"他轻轻抚摸她的脸，冷笑着问道，"服务到位吗？"

陆梨拍掉他的手，反手捏住他的下巴。

"别装了。"她的双眼眯起，"跟姐姐这儿装什么老练呢，回去好好琢磨一下技术再出来混吧！"

陆梨在他伸手捏住自己之前逃下了车。

真痛快！

陆梨一边往大门走，一边回过身，歪着脑袋，挑衅地冲他扭了扭腰——你能拿我怎么办？

霍旭西当即推门而出，她吓得飞快跑进小区，一溜烟地消失没影。

这个胆大妄为的调皮鬼，居然还敢到处煽风点火……

霍旭西的胸膛剧烈地起伏着，冲动的情绪如浪涛奔涌。他叉着腰走来走去，最后狠狠地踢了一脚轮胎。

一个陌生的发现更加令人懊恼。

他好像被她拿捏住了。

陆梨回家埋头睡到傍晚。

黄昏的光线斜照在床角，屋内静悄悄的，细小的灰尘在光影里纷飞。每当这种时刻，仿佛全宇宙只剩下她一个人，被漫长的孤独和虚无侵占。

陆梨害怕这种感觉，她拿起枕边的手机，快速回到俗世的怀抱。

老太太的精力旺盛，晚上还有牌局，淑兰发信息说了些店里的事情，她一一回复，最后点开霍旭西的微信。

一个小时前他发来一条语音："给你叫了外卖，体力差，多补补。"

手机里还有两通陌生来电没有接到，陆梨下床出去开门，发现墙边果然放着大纸袋。

正好她饿了。

陆梨和霍旭西的口味相近，油辣不忌，以为他点的是红烧肉、生蚝和小龙虾之类的，没想到却是一些清鲜清淡的菜肴，分量小还特别贵。每个铝盒上贴着菜名，别的就算了，那盅阿胶红枣乌鸡汤是怎么回事？小括弧里甚至标着：改善气血亏虚，补血滋阴。

他在瞎操心啥呢？无聊！

陆梨想起宋玉彬以前也做过类似的事情，在她生理期的那几天，莫名其妙地带她去吃炒猪肝。

宋玉彬的思维幼稚简单，对女人缺少认知，所以想法奇怪，而霍旭西则是纯粹嘲讽。这个浑球哪肯吃亏呢，被她讥讽，明里暗里也要挖苦回来。他比陆梨小三岁，可自打相识以来处处都想压她一头，做出一副咄咄逼人，睚眦必报的样子。

不可否认，这种对抗也是他们之间相互吸引的情趣所在。

但一段认真的关系靠情趣能够维持多久呢？

她和霍旭西又都缺少恋爱经验，磨合起来只怕是要带来血雨腥风。陆梨想要稳定可靠的伴侣，不是一时荷尔蒙上头的激情，也不是排遣空虚的游戏。

已经发生的事情没什么可纠结的，但她不想轻易交出自己的真心，或许应该冷静一段时间。

显然霍旭西知道她的意图，之后好几天没露面，也没联系过她。

洗车店的员工们发觉老板最近行为异常，从早忙到晚，手上的活儿没停过，一个人干三个人的量。大家休息时他还给自己找事做，叼着烟去刷地，打扫卫生。傍晚下班，他依然待在无尘车间里给汽车贴膜。

肥波疑惑地问："我师父这是怎么了？"

龚蒲说了句废话："肯定有什么事儿。"

霍旭西天生喜欢研究车子，小时候一个汽车玩具就能让他乖乖地待在家里，琢磨一整个下午。他也喜欢自己现在这份营生，不仅是赚钱的问题，工作起来全身心地投入进去，外界的一切都与他无关，那种感觉非常平静，非常美妙。

目前只有这项兴趣爱好能够转移注意力了。

闲暇时间，哪怕闲下来一秒，他都恨不得立刻把陆梨抓回家给生吞活剥。

有这种女人吧，刚亲热完就翻脸，冷处理，脱身而去，竟然有这种坏女人。

她以为她是谁？

狼心狗肺的东西，居然敢对他挑三拣四。

霍旭西意识到陆梨或许在做某些现实的考虑，比如他的年龄、学历、职业、前途，更甚者，把他和别的什么乱七八糟的男人作比较。

那太好了。等她比较清楚就会迫不及待地扑进他的怀抱了。

毕竟有个现成的例子摆在眼前，辜清彦，年纪够大，学历够高，工作体面，前程似锦，还会一些虚头巴脑的把戏诱骗小姑娘的仰慕，结果呢？悄无声息地勾搭上了她的堂姐。

想到这儿，霍旭西几乎嗤笑出声。

陆梨最近过得非常充实。她把厚厚的两本工作笔记带到店里，从头开始整理，再一段一段地发到网络社交平台。

淑兰对此十分支持，谢晓妮却不以为然，认为这事儿吃力不讨好。

"网上什么人都有，讲话要多难听有多难听，干吗发给他们看？"

陆梨若无其事地敲字："我可不是发给别人看的。"

有个道理她很早就明白，社会主流观念难以扭转，关键是自己怎么看待这个职业。况且她从不认为别人说什么，她就是什么。

"我的工作笔记里有那么多工作经验，应该好好整理出来，留个纪念，而且搞不好对一些感兴趣的外行人或者研究殡葬文化的学者有帮助呢。"

生活有什么意义啊，还不得靠自己赋予吗？瞧不起这行的人当然没法理解。

关于谢晓妮，陆梨一直有心理准备，知道她做不长，早晚会走，但没想到变故来得如此突然。

那天接了一条龙的单子，大伙儿集合后到客户家干活，各司其职。谢晓妮举着手机开起直播。以前她也录过几回视频，只要不被陆梨看见，其他人也不会多说什么。

可当天不知道她哪根筋搭错了，在直播间里几个网友的怂恿下，竟然偷偷溜进灵堂拍摄，还被主人家逮个正着。

丧主是个大孝子，气得大发雷霆，抓住谢晓妮厉声呵斥。

陆梨听见动静急忙赶过去，见丧主被亲戚们劝着，谢晓妮被吓得脸色惨白、瑟瑟发抖，她立即上前拉架，没想到丧主已然失控，抄起一只鸡公碗狠狠地砸下，倒霉的陆梨脑门中招，一阵剧痛，血流下来。

她被送到镇上的门诊包扎。伤口缝了几针，刘海根部也凝着血，擦洗很麻烦。但陆梨最烦恼的不是这个。

"福寿堂从来没有犯过这种低级的错误。"规矩她教过很多遍，此刻再说也无用，"你先回去吧，师父那边我会打电话，这个月的工资明天给你结算。"

事发到现在，谢晓妮一直低头攥着手机，咬着嘴唇不吭声。

淑兰暗自叹气，这回她也没法帮谢晓妮说话了，即便开口，陆梨也铁了心不会再留下这个人。

毕竟相处半年，弄成这样也挺尴尬，磊磊好心送谢晓妮去汽车站。

淑兰说："你要不去市医院拍个片子？万一脑震荡怎么办？"

陆梨摇摇头："没事儿，就一点外伤，待会儿还得去客户那里道歉。"

"你就别去了，听我的，回家休息，我来善后。"

陆梨眉心紧蹙："不尊重逝者，这种坏名声传出去，我们以后还怎么混？谢晓妮毕竟是我带出来的，无论如何我得给老人家上炷香，征求家属的原谅。"

淑兰沉默许久，然后说："也许你先前的判断是对的，晓妮不适合做这行，我总觉得可以教好她，其实都是一厢情愿。"

陆梨摸了摸脑门的纱布，随口安慰淑兰："你又不是她妈，用不着自责。"

细究起来也算一段孽缘，陆梨和谢晓妮八字不合，聊不到一块儿去。虽然两人是名义上的师徒，可一个不想学，一个懒得管，就连分道扬镳的结局也早在意料之中。

下午陆梨和师父通话，简单交代这件事。

木已成舟，师父并未多说什么："算了，再让她待下去还不知道要闯多大的祸。"

"也是我失职，没管好她。"

当晚陆梨回家，少不得被老太太抓住，一通埋怨："谁干的？对这么如花似玉的姑娘都下得去手，他的良心被狗吃了吗？"

夜里伤口疼，陆梨爬起来吃了颗止痛药，昏昏沉沉地入睡。

第二天，日晒三竿了陆梨还没醒，迷迷糊糊间她听见说话声隔着卧室的房门传来。接着，她梦见霍旭西坐在床边打量她，似笑非笑地问："听说你被人打了？我看看有没有破相，破了相我可不要。"

"谁稀罕？滚。"

陆梨又睡了会儿，翻个身，伤口遭殃，疼得她倒吸一口气，瞬间清醒过来。

"梨子，快来阳台。"外婆喊。

她在浴室咬牙换药，贴上新纱布，后背出了一层薄汗。

阳台能有什么蹊跷？老太太什么时候学会卖关子了？

陆梨啃着半截玉米过去，眼睛慢慢发亮："怎么这么多花？"

外婆正弯腰摆弄盆栽，笑呵呵地说："刚才小霍搬上来的，二十几盆呢。"

陆梨愣了一下："他来过？"

所以先前不是做梦，是真的。

"这些盆栽干吗用的？"

"我不是一直说想养花吗，小霍陪我去逛花鸟市场，一高兴就挑了这么多。"

陆梨咧嘴："你们俩还一起逛市场？"

什么时候关系这么铁的？

她叉腰打量着阳台上的花，奇怪地问道："人家养花都从苗苗开始，你这有些花都盛开了，哪有栽培的乐趣？"

"我怕养不活嘛，干脆买开好的。"

陆梨无奈地问："花了多少钱？"

外婆扶着膝盖："除了最大那棵老桩的垂丝海棠，其他的都很便宜。"

那就好。

"主要是花盆贵。"老太太指向角落，"小的六七百，大的两三千，要命了。"

陆梨忽然觉得伤口在发烫，心脏在颤抖，她立刻蹲下细看，见这些花盆内侧是红陶，外侧是鲜艳的釉下彩陶瓷，没有一点点黄金珠宝的痕迹，居然敢卖这么贵？

"为什么不用加仑盆？塑料的才几块钱！"

外婆捂着耳朵："哎哟，小霍觉得好看，他破费买的，店老板送货上门我才知道。"

陆梨抚摸胸膛顺气，当即回卧室拿手机打电话。

老太太在阳台听热闹。

"喂……为什么不提前和我说一声？两个根本不懂养花的菜鸟，买那么多盆栽回来，弄得阳台到处都是土，夏天还招虫子……还有那些花盆怎么回事？你是冤大头吗？退掉，全部退掉！"

老太太摇头哀叹她的外孙女真是个丫鬟命。

霍旭西也这么觉得。

"我以为你至少会先说声谢谢，很可惜，你的礼貌就跟品味一样，基本为零。哪个男的敢对你好啊，外表看上去算是个正常女人，其实比我们小区物业的装修工还要彪悍，甚至可以上街表演胸口碎大石。情调两个字更是跟你前世有仇，这辈子一丁点儿也不沾。我真是脑子被灌了假酒才会看上你这个女土匪、母夜叉。"

他哪儿来这么大怨气？嘴巴跟机关枪一样滔滔不绝。

霍旭西说完，直接挂了电话。

陆梨被呛得语塞。她只能灰头土脸地返回阳台。

"怎么办哦，乖乖。"外婆用怜悯的目光看着她，"几只花盆你都没法坦然接受，还生气，就像个没被宠爱过的可怜人，我看了真的好心痛。"

陆梨觉得胸口莫名被戳了几下："我是不想欠他！"

"谁，小霍？"外婆的目光淡淡的，"他早晚是家里人，你这么见外干吗？"

"明明是你们两个糟蹋钱。"她坚持己见，"这么多花，能养活吗？如果你三分钟热度，过段时间不想种了，上万块的花盆就放在阳台吃灰？"

外婆瞥她一眼。她知道外孙女从苦日子里熬出来，爱钱且抠门，本性难移，可私心里多么希望她成为无忧无虑的小公主，不必计较人情和得失，安然享受一切。

"别站着了，过来干活儿。"老太太找到两棵做过记号的月季，"喏，你负责这两盆。"

她拧眉，满是不解："为什么把最寒酸的两盆交给我？"

瞧瞧，一朵花没开，徒有几根前途渺茫的细枝丫。

外婆回答道："小霍专门给你挑的。"

陆梨的胸口又被戳了几下。什么意思？他什么意思？就这种审美还有脸鄙视她的品味？陆梨嫌弃地拿起吊牌查看，发现是两个不同品种的月季，名字倒挺特别。一盆名叫你的眼睛，另一盆叫……我的心。

他的心。开出来的花会不会是黑色的？

陆梨的脑中冒出这么一句调侃。但微抿的嘴唇抑制不住上扬，胸膛里萦绕着棉絮般的飘忽感，好像包裹在软蓬蓬的云朵里，悠悠荡荡的。讲真的，那些陶瓷花盆确实很漂亮。按理说，人家送礼，她怎么也该请人家吃顿饭才对。

不过要等伤口拆线才行，否则就这么和他出门，很可能让人产生一些联想和误会，比如家暴之类的，对他的名声不好。

陆梨自认为自己考虑周全，谁知拆线那天打电话约饭却找不到人了。

大白天的，他居然手机关机。

不正常，干什么坏事呢？

陆梨发现自己有点酸，略微一愣，接着摇头笑了笑。怪他长了一张招蜂引蝶的脸，天生就是个风流浪子。

一整天，她待在店里百无聊赖，神情恍惚，没几分钟就看一次手机，到后来无比厌烦自己这副鬼德行，也不知烦什么，索性开始打扫卫生。

晚上，陆梨在客厅吹头发，隐隐约约听见来电铃响，她关掉吹风机，听清楚了，忙跑进卧室。

看着手机屏幕显示的名字，她赌气瞪着眼睛看了一会儿，过来很久才接起："喂。"

"你下午给我打过电话？"他说得若无其事。

陆梨撇撇嘴："没什么，本来想请你吃饭。"

他很轻地"嗯"了一声，接着又沉默片刻："最近可能都没有时间。"

陆梨琢磨这话的意思，是最近，还是以后都没有时间呢？

她缓缓地深呼吸："那算了。"

正准备挂电话，霍旭西忽然说："我今天刚到北都，之后得在这边待一段日子。"

陆梨愣住："为什么？"

"我爸的心脏出问题了，要动手术。"

她没想到会是这种情况："严重吗？"

"嗯，冠心病比较严重，要开刀做心脏搭桥。"

陆梨不知道该说什么，但突然想起一个问题："你哪个爸呀？"

霍旭西一愣，失笑："亲爹，生父。"

她听见笑声觉得有点不好意思，摸了摸鼻尖，赶紧转移这个愚蠢的问题："我有个叔公也做过心脏搭桥，虽然开胸听上去挺吓人的，但是他恢复得很好，现在偶尔还喝点儿小酒呢。你别太担心。"

"嗯，我知道。"

一阵沉默。

陆梨问："你妈妈呢？"

"她很焦虑，精神状态不太好。"霍旭西说，"昨天通话的时候哭了，刚才还差点晕倒。"

陆梨想起一些童年往事："我爸病危的时候我妈也差点崩溃，半个月瘦了十斤，他们夫妻感情很深。"接着又问，"你是不是有个弟弟？"

"那个胡子都没长齐的高中生。"霍旭西说，"指望不上，没被吓瘫就不错了。"

陆梨琢磨："他还在上学，确实帮不上什么忙。"

两人有一搭没一搭地闲聊，陆梨听见敲门声，接着有人喊他，猜想大概是他妈妈，于是准备挂电话。

"等等，"霍旭西毫无预兆地说了句，"我不在的这段时间，你最好不要去找别人。"

哪儿来的别人？陆梨觉得无语，咬咬嘴唇，原本要骂他，开口却只嘟囔着回答了一声"哦"。

霍旭西相当满意。

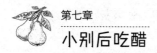

第七章
小别后吃醋

一个人身患重病，对他的家庭成员来说也将面临前所未有的压力和挑战。

程怀晟提前住院，开始为手术做准备。苏瑾起初还能保持情绪稳定，可随着手术时间渐渐临近，她也越来越焦虑，总是手抖，抑制不住地抽泣。

霍旭西劝她回家休息，离开医院这个环境，养好精神再来。可她哪里肯走，一分钟都不愿离开丈夫，晚上陪床也要拉着他的手才能入睡。

手术当天，霍旭西的便宜弟弟程慕合没有上课，请假来医院等候。

五个小时的漫长等待，墙壁上挂着显示屏里的手术状态一动不动，度秒如年。

程慕合不知道哪根筋不对，突然抱住头号啕大哭。苏瑾原本就神经衰弱，见小儿子如此，说他也不听，劝也劝不住，顿时觉得心力交瘁，头晕眼花地靠着墙壁喘息着。

霍旭西看不下去，揪着程慕合的衣领把他拖到楼梯间，丢进墙角。

"闭嘴，别号了。"他瞥见对方满脸鼻涕眼泪，愈发嫌恶，"人还没死呢，哭什么丧？"

程慕合愤怒地扑上去，意图发泄。可惜他不知道面前这位哥哥真动起手来，他这娇生惯养、细皮嫩肉的，恐怕吃不消。

霍旭西轻巧地躲过，侧身踹了一脚，把他踹到楼梯口，他慌乱地抓住扶手，险些滚下去。

这时苏瑾出现，高声制止："别闹了，小慕，你怎么这么不懂事？"

程慕合一听，当即暴怒："明明是他动手，你没看见吗？又变成我的错！"

"哥哥管教你，肯定有他的道理，你在这里大喊大叫，像什么话？"

程慕合红着眼睛点头："好啊，你们是一家子，穿一条裤子，我就是个多余的！行，行啊，我跟你们断绝关系，满意了吧！"他吼完，扭头就走，大步跑下楼。

虚弱的母亲见状只觉得胸口发闷，说不出话。

没过一会儿，手术完成，程怀晟被送进 ICU（重症监护室），同时医生向家属下达病危通知。

苏瑾当场昏倒。

霍旭西在通知单上签了字，急忙把母亲推到急诊室抢救，又打电话让阿姨过来接她回家。

因为术后恐怕有突发状况，医生让家属今晚不要离开。

霍旭西在 ICU 外坐了一夜。

次日，苏瑾赶来，听说丈夫目前安然无恙，这才稍微松一口气。

第五天，程怀晟终于从 ICU 出来，转入普通病房。

程慕合放话断绝关系之后就闹起离家出走，一直没有露面。而苏瑾根本分不出多余的精力管他。

没过两天，老师打来电话告状，程慕合在学校打人，家长必须过去处理。

苏瑾走不开，只能让长子代劳。

"你爸这边有我，还有护工，你放心去吧，不用跟他客气。"

霍旭西头一回收拾这种烂摊子，心里很不爽。但是到了学校依然有条不紊地与老师和被打学生的家长交涉。正好父亲动手术住院，用这事儿博个同情，再赔个款，也就顺利解决了。

程慕合明显不领情。

出校门，见他开家里的车，当即嘲讽道："这车早晚是你的吧，你就为钱来的，别假惺惺的了。"

霍旭西笑着说："是啊，你能拿我怎么着？"

程慕合没想到他直接承认了！

"你们家的车子、房子、厂子、票子，早晚都会被我独吞。反正经过这次手术，你爸妈已经完全信任我，就算让他们把财产转移到我名下，也是轻而易举的事。"

程慕合气得手抖："做梦！我不会让你得逞的！"

霍旭西轻飘飘地打量他："就凭你？也不看看自己什么样，打个架还得靠别人帮忙擦屁股，你有什么用？家产到手第一个赶你出门，等着睡大街要饭去吧。"说完，也不管他，开车扬长而去。

程慕合害怕父母被这个大恶人算计谋害，当即赶去了医院。

"爸，妈，你们知不知道姓霍的刚才跟我说了些什么？"

苏瑾和程怀晟看完小儿子绘声绘色的表演，相视一笑，忍俊不禁。

"我说真的！他处心积虑在这儿演戏呢！这个人的城府深、心肠毒，坏得不得了，你们别被他骗了！"

苏瑾笑着道："行行行，我知道啦，你先回去，别吵着你爸休息。"

"不，我就在这儿守着！"

程怀晟眨了眨眼睛："哟，你不是玩失踪，离家出走吗？"

程慕合正色道："还离什么家，家底都快被人骗光了。"

之后，他每天放学乖乖地跑到医院待着，看着父母，写完作业才回家。

苏瑾叹气："小慕要是有阿旭一半机灵，我得少操多少心。"

程怀晟说："可惜啊，等我病好，他就要回舒城了。"

苏瑾低着头，沉默良久："真不想让他走，如果能留在北都，我们一家四口圆圆满满的，多好。昨天他累得睡着了，我进来看见你悄悄摸他的头发，忍不住想哭……找到阿旭以后，我都没有好好抱过他。"

程怀晟见妻子十分伤感，安慰道："没关系，等明天阿旭来，你抱抱就是。"

"哪那么容易，孩子长大了，肯定觉得很别扭。"

"找机会再跟他聊聊，年轻气盛的男孩子，哪个不是志向远大，怎么会愿意待在小地方过一辈子呢？"

"他很要强，不肯花父母的钱，宁愿自己打拼。"

"那是因为他跟我们还不熟悉，也不亲密，所以才这么见外。"

似乎陷入一个死循环。

苏瑾喃喃低语："不知道他和养父母平时怎么相处的，那家人……有没有好好爱他。"

提到这个话题，病房逐渐安静下来。

霍家的爱，和程家理解的肯定不太一样。

第二天霍旭西到医院，意外得知自己在北都竟然有房产。

"其实上个月已经装修好了，一百四十平方米，四间卧室，南北双阳台，我和你爸爸今年春天就开始看房子，选中这套给你做婚房。"苏瑾说，"断断续续装修了几个月，找个时间我带你去，看看喜不喜欢。"

霍旭西心里发笑，这么猛的糖衣炮弹，禁不住诱惑可就回不去舒城了，北都房价可是好几万一平方米呢。

"行啊，有空瞧瞧去。"怎么着也得拍几张照片显摆一下。

程怀晟继续加码："不如把洗车店也搬来北都，我们给你找更好的店铺，别的不会插手，你自己经营。"

霍旭西敷衍着道："再说吧。"

苏瑾觉得高兴，笑起来："我有个好朋友，她的女儿学小提琴，今年大四了，正在准备考研，特别乖巧漂亮的小姑娘，她知道你，看过我们认亲的新闻和节目，对你特别好奇。过几天约着一起吃顿饭吧，你肯定会喜欢她的。"

霍旭西歪坐在小沙发里听了半天，手指搭着膝盖，越敲越快。他从小到大一向习惯自己做决定，掌控一切，后果好坏自行承担，根本无需长辈插手。但现在看来他的生父和生母很爱替人做安排，大概养惯了像程慕合这个不能自理的小孩子，以为他也愿意做乖宝宝。

"抱歉啊，我有女朋友。"他直接打碎父母的幻想，"开寿衣店的，比我大三岁，以前提过，你们不记得吗？"

苏瑾和程怀晟愣住。

霍旭西认真地思索着："如果我在这边和漂亮小姑娘见面吃饭，被她知道了，可能会把我吊起来打的。"

半个月的时间过去了，在陆梨的细心照料下，她的眼睛和霍旭西的心差不多快死透了。

阳台的其他花草都郁郁葱葱的，姹紫嫣红盛开，唯独她的这两盆花，比刚送来的时候更加凋零。

没道理呀。

陆梨蹲下托着腮。她每天勤快地浇水施肥，配药打虫，还把日晒最好的位置留给它们，怎么会这样呢？

外婆说没得救了，丢掉吧。

可这是我的眼睛和霍旭西的心，怎么能随便丢掉？

陆梨抱着它们去花鸟市场求助。

老板检查一番，说："根都泡烂了，月季小苗得偏干养，不用急着施肥，根系还没长好，吸收不了那么多营养。花苞对新枝条的萌发有很大抑制作用，应该掐掉，以免消耗太多养分。干湿循环越快表示根系越强壮，等盆轻了再浇水，不然容易闷根。"

老板修剪烂根，用杀菌剂和生根粉重新调配营养土，再添入加仑盆。

"能不能活就看它造化了。"

陆梨认真做笔记，抱回家去，死马当活马医。

老板不在，洗车店的众人大呼解放，兴高采烈地狂欢数日。

陆梨以为他们在店里蹦迪。

谁知仅仅过了三天，聊天群一片消沉。

老懒：阿旭什么时候回来？没人管，干活儿都没劲。

章弋：我也是，怪怪的。

龚蒲：有一种被打入冷宫的感觉，好寂寞。

冯诺：你们是不是有病？一个两个贱兮兮的……不过话说回来，我好久没被骂过了，居然有点怀念，谁跟我有同感？

陆梨觉得他们像一群无人问津的流浪儿，啧啧，真是可怜。

这时忽然有人在群里喊她：梨子梨子，来找我们玩呀！

于是第二天下班，陆梨坐车到白塔路探望留守儿童。

黄昏，趁太阳还没落尽，外头光线尚足。

章弋让大伙儿排排坐，大号垃圾袋从中间挖一个洞，套在身上做围布。

她的工具齐全，换个给他们剪头，依次过去：老懒、肥波、冯诺、龚蒲……还有陆梨。

"姐，你信我，我是专业的，换个发型等于换颗头，我给你剪个刘海。"

"那个，稍微修一下就行了。"陆梨心想，别整太狠。

章弋咔嚓几声剪下去。

当晚聚餐，陆梨喝了些酒，觉得脑门凉飕飕的，一直强颜欢笑。

回到家，她鼓起勇气照镜子，差点儿厥过去。这就是章弋说的二次元刘海，时髦、前卫、有个性。确定不是狗啃的吗？她不敢出门见人了。

第二天陆梨戴了顶帽子去上班，越想越生气，准备自拍一张，发给霍旭西告状。

忽然有个男人走进店里。

陆梨抬头一看，又是孟决这个不速之客。

"听说你姐要订婚了，是吗？"他神情带笑，眉眼却冰冷，像条毒蛇。

陆梨不想搭理他，闷不吭声。

"我准备了一份大礼，到时会给她一个惊喜，请你帮忙转达。"

"我为什么要帮你转达？"

"要么你把她的电话给我，我自己和她说？"

陆梨烦躁起来："你到底想干什么？人家订婚，高高兴兴的，跟你有什么关系？"

孟决笑着一字一句地说："我就是见不得她高兴。"

神经病。陆梨翻个白眼，心里暗暗骂他。

瘟神走后，她立刻打电话通知陆萱，让她务必提防。

陆萱听完安静了一会儿，没有太惊慌，也没有很意外，似乎早有预感，那人不会让自己好过。于是只淡淡地问了句："他为难你了吗？"

"没。"

"那就好。"

十一月初，辜清彦和陆萱正式订婚。当天陆梨并未出席，老太太独自赴宴。

等她晚上从乡下忙完回来，一进家门，只听老太太大喊要命，惊魂未定地讲述今天订婚宴上的风波。

"一塌糊涂，全完了，辜老师和辜师母当场退婚！

"谁能想到啊，大家正吃饭呢，舞台上那块大屏幕突然开始放东西，我旁边的老头以为是什么温馨的视频，特意戴上眼镜，结果尴尬得呀。

"萱萱当时就昏倒了，清彦把她抱走。

"双方亲友留在现场吵得不可开交。"

…………

陆梨张着嘴听了半晌，从困惑到惊愕，在外婆滔滔不绝的描述中理清来龙去脉。

原来孟决说的大礼，竟然是当众播放陆萱和他的私密录像。这个变态真是疯得没救了，他想拉所有人下地狱吗？陆萱怎么受得住？

"报警了吗？"

"报啥警，你大伯和婶婶巴不得当鸵鸟，让事情赶紧翻篇。"

陆梨拧着眉："恶意传播别人的隐私，造成那么大的伤害，难道让始作俑者逍遥法外？应该抓他去坐牢！"

外婆内心焦灼："哎哟，你姐姐以后怎么办？那么好一个姑娘，为什么要遭这种罪？"说着，立刻严肃地提醒陆梨，"你可千万别拍这种东西，不管和小霍多恩爱都不行，万一泄露出去可不得了，现在网上到处都是黑客，防不胜防。"

老太太一把年纪，今天确实吓得不轻，局外人尚且如此，当事人

172

又该受到多大的冲击？

"乖乖，你要不要给陆萱打个电话？同龄人比较聊得来，你多安慰安慰她。"

陆梨摇头："现在说什么都没用，她肯定压力很大，没有精力应付亲朋好友，还是留点空间吧。"

外婆感叹道："清彦这孩子也可怜，姻缘坎坷，好不容易要成家了，竟然又遇到这种事。你说哪个男人受得了？"

"清彦哥哥不是那种不明是非的人。"

"你想得太简单了。"外婆说，"就算清彦不介意，他父母也不可能接受的。况且小两口才认识大半年，感情基础太浅，辜老师和辜师母对陆萱更谈不上亲密，又不像雅涵。"

闻言，陆梨恍惚了一会儿，许多往事在心里倏忽而过，她突然发现自己也是个局外人，无论清彦、陆萱、雅涵，他们之间的爱恨纠葛，于她来说没有任何切身关联，她只是他们世界里的一个小配角、小观众而已。

"唉，算了。"外婆操心一整天，拍了拍膝盖，"总之，你要汲取教训，绝对不可以拍乱七八糟的视频，听到没有？"

陆梨随便应了声。

老太太又问："你和小霍进行到哪一步了？老实给我交代。"

陆梨："……"

"这种事情很重要，结婚前必须了解清楚！"老太太的声音振聋发聩，"如果那方面不和谐，婚姻生活不会长久的！虽然小霍看起来高高大大，挺强壮的，但外在具有欺骗性，不能代表什么，你一定要好好判断！"

陆梨已经面红耳赤，赶忙打发她："知道了知道了，您老人家还真是生猛……"

纯粹瞎操心。

她做证，霍旭西表里如一，绝对没有问题。两个人在一起，各方面都需要磨合，目前看来，至少外婆关注的那部分完全可以放心。

霍旭西在北都待了一个多月。

程怀晟出院后，龚蒲和肥波他们轮流打电话催他回去，其中不包括陆梨。他也不着急。反正这个女人反复无常、冷血善变，不是一天两天了，他的心也不止寒过两三次，没有期待就不会失望。于是他多花一周时间，慢慢悠悠地去考察北都各大洗车店，结交同行，分享经验，看看人家的新产品和经营方式。

逛得差不多，他临时起意，突然想回舒城，于是买到当天傍晚的机票。

苏瑾赶忙出门购入许多特产，塞满行李箱，让他带给老霍和姑姑。

三个小时的航程，霍旭西下飞机时，夜幕低垂，他打开手机，忽然一通急促的电话打进来。

居然是甄真的母亲。

"甄真在不在你那边？"对方的语气非常不善。

霍旭西奇怪地问道："什么？"

"你问问她，是不是连父母都不要了？我们辛辛苦苦栽培她这么多年，省吃俭用，花费那么多精力和金钱，结果养出一条白眼狼！行啊，她想断绝关系，我立刻跳楼死给她看！让她断个干净！"

霍旭西冷冷地挂断电话，将对方拉黑。

没一会儿，甄父用另一个号码打进来。

"那个不孝子现在翅膀硬了，竟然对长辈恶语相向！你告诉她，有本事就滚，一辈子别……"

谢天谢地，手机没电，自动关机，他落一个耳根清净。

霍旭西坐在出租车里揉捏眉心，摇头讪笑。不用想也知道，甄真肯定在家受了很大的委屈，才会"恶语相向"。毕竟她一直是个乖巧温顺的姑娘，从不讲脏话，何况对长辈。她的父母也是异类，夫妻感情不睦，却同时对女儿的掌控欲极强。

甄真上大学后仍然被要求每天必须至少给家里打两通电话，生活、学业，要事无巨细地汇报。所以她想逃，想要有个人带她逃得远远的。

霍旭西没接触过这种家庭，依着他的脾气，自己逍遥快活，管别人怎么发疯。被骂不孝有什么大不了的，那就索性把不孝的罪名坐实了呗，别枉担这个恶名。

当然，家庭环境造就的性格难以扭转，这个可以理解。但他还是不明白，一个独立的成年人为什么放任自己深陷其中，一如甄真不明白他为什么可以轻巧地做决定，下决心。

说到底，他和陆梨是同类人，皮糙肉厚，经得起揉搓。

假设陆梨遇到这种父母又该如何应对呢？

霍旭西相信她会反过来把对方折磨到神经衰弱的。

她可厉害了。

一个小时后，车子驶入舒城，停在小区大门外。

霍旭西拖着行李箱进去，拐个弯，靠近楼栋，却见路灯下坐着一个熟悉的身影。

天气已经转凉，甄真穿着单薄的衣裳，头发凌乱，脚上穿着一双居家拖鞋，就这么跑出来的。

霍旭西没说话，走近打量着她。

甄真觉得自己狼狈，从长椅起身，动作拘谨。

"脸怎么了？"

其实不用问，红肿的巴掌印还能是什么。

甄真咬着嘴唇颤抖着，没忍住，扑到他怀里放声大哭："我没地方去，真的快被他们逼疯了……"

听到这么凄惨的话，霍旭西在心里叹气，难免有些恻隐之心，如果他今天没回来，难道她要在这儿坐一夜吗？他轻轻拍了拍她的肩，把人拉开："先上楼吧。"

陆梨在心里承认自己喜欢霍旭西，是在他去北都之后不久。

起初两人保持着断断续续的联络，她很理解家人重病的感受，住院、检查、开刀，陪护过程是前所未有的考验。忙前跑后，端屎端尿，缺觉短睡，身体的疲惫与精神的压力双双砸下来，不是每个人都承受得住。

他父母的经济条件不错，住高级病房，请了护工，还能轻松一些。

陆梨亲眼见过那些被疾病击垮的家庭，争吵、抱怨、无助、崩溃，人间百态，去医院走一遭，冷暖尝尽。

　　因为类似的经历，她觉得和他更加亲近，总忍不住想找他说话，询问那边的状况。可矛盾的是，她又害怕打扰他休息，或者消耗他的精神，没能分忧反倒添乱。

　　相信吗？她甚至爱屋及乌，担心他父亲的情况，忧虑了好几天。

　　直到霍旭西说他父亲的手术成功，陆梨立刻决定暂时断掉联系。因为她发现自己几乎忍不住要催促他赶紧回舒城，忍不住就要说出一些傻气的话。比如，想他，好想他。

　　抓心挠肺的，仿佛有一只手穿过胸膛，握住她的心脏，翻来覆去地搓揉。完全搅乱了她的心跳。

　　陆梨确定自己对他不止好感，甚至不止喜欢，而是……非常非常地喜欢。

　　为什么偏偏在他离开以后才看清楚呢？那些悄然蔓延的情愫，像藤本植物爬满心墙，倏忽盛开。

　　事已至此，她决定放下矜持和面子，拿出勇气，等他回来，诚实坦白自己的感情。

　　这天很突然，陆梨从聊天群里得知霍旭西已经坐上飞机，几小时后到达舒城。她一下子紧张起来。提前关门收工，回家洗澡，吹头发，还换上一条新买的绿色针织裙。

　　外婆骂她说："大冷天穿成这样，光着小腿肚干什么？"

　　陆梨一点儿没觉得冷，反倒感觉背心微热。她估摸着时间，觉得他应该差不多快到家了，电话打过去，却还是关机。她坐不住，索性直接去他家楼下等着，想给他一个惊喜。

　　也确实是惊喜。

　　打扮得花枝招展，高高兴兴地把自己送上门，没想到竟然撞见路灯下一对相拥的男女，堪比爱情电影的绝美画面，梧桐叶子簌簌飘落，长发纷飞，衣着单薄的女孩在他怀中像易碎的玻璃。

　　陆梨张着嘴，望着两人并肩上楼的背影，愣愣的，不知怎么，轻笑出声。以前霍旭西总说她是谐星、傻妞，可不是吗？活生生的一个丑角，尤其她还穿了条绿裙子，讽刺至极。

陆梨的大脑一片空白，慢慢地走到长椅前坐下，仰起头，眺望八楼的窗户，依稀亮起朦胧的光。

九点三十五分。

他们在上面做什么呢？旧情复燃，干柴烈火？

陆梨从包里拿出烟和打火机，开始抽第一根烟。

深秋寒风瑟瑟，倦鸟归林，树丛里放着猫粮和水，两只猫儿在鹅卵石铺成的羊肠小道间相互舔舐，搂抱着滚作一团。

十点零三分，灯灭了。

真冷啊。陆梨搓了搓冰凉的手臂和小腿，尝试打电话，可惜对方依旧关机。

楼道设有门禁，她不知道密码，也没有钥匙。

路灯像穿着黑色风衣的幽灵，孤独地站立。潮湿的泥土包裹枯萎的树叶，散发出陈旧的气味。

周遭安静极了，仿佛世界只剩下她一个。从未有过的情绪攀上眉间，陆梨不知道自己还等在这里干什么。

凌晨三点半。

陆梨抽完最后一根烟，所有混乱趋于平静，像火焰熄灭，冷却，结冰。她不是忍气吞声的脾气，咽下委屈暗自舔伤的事情她做不出来，终究是有些不甘心，颤抖着手掏出手机，打给章弋，询问霍旭西家的座机号码。

章弋一头雾水，但仍照做，翻找通讯录，发过去给她。

陆梨走到小区外，无比冷静地拨号。

过了很久很久，那边接通。

"喂？"霍旭西的嗓音嘶哑，因为被吵醒，明显带几分不耐烦。

"我是陆梨。"她面无表情，直截了当地道，"你昨晚回来了，是吧？"

闻言，他一时沉默着，烦躁的情绪消退，躺进沙发，难掩疲惫，叹息着道："现在几点，怎么打这个电话？"

"你的手机关机。"

"嗯……还在充电。"他差点忘了，"我明天去找你。"

"别找我。"陆梨的声音显得十分冷漠且绝情，"以后不要再联络了，这段时间我已经想通了，你根本不是我要找的人，我不想浪费时间，也没心情和你继续纠缠，玩那些无聊的把戏，所以到此为止，一切都结束了。"狠话放完，不等对方反应过来，她直接挂掉电话，然后关机。

甄真初次在这里留宿，睡得并不踏实。陌生的房间，陌生的床，加上浅眠，当客厅电话响起时，她几乎立刻惊醒。

没一会儿，听见霍旭西接起电话，不过寥寥几句，毫无预兆地，突然传来巨响，她赶忙下床出去，看见座机被砸烂。

"怎么了？"甄真从未见过他这副模样，像只刚打完败仗，浑身满是血痕的大老虎，让人难以接近。

"阿旭？"

"没事，你休息吧。"霍旭西回房间快速换了衣服，抓起钥匙，沉着脸大步离开。他坐电梯下到车库，因为愤怒，脑子反倒无比清醒，开车直奔陆梨家，准备找她把话问清楚。谁知刚驶出小区，路边的孤身女子映入眼帘，他一眼就认了出来。

陆梨冷得浑身哆嗦，双臂紧紧地抱在胸前，头脑昏昏沉沉的，胸口堵得发疼。她不断安慰自己，没关系，无所谓，心脏只是疼一疼，又不会碎掉。

可是真难受啊，鼻子酸，眼眶更酸，喉咙仿佛吞了石头，噎在那里，要慢慢窒息。

正在这时，一辆汽车停在前方，某个熟悉的身影推门下车，朝她走来。

陆梨瞪大眼睛，惊恐地倒吸凉气，接着埋头加快步伐。

霍旭西上前把人抓住。

"你在这儿干什么？"他的声音低沉，隐含恼怒。

"散步。"

"大半夜的抽风呢？刚才说那些话是什么意思？"

"就那个意思，你的耳朵是聋的吗？"陆梨甩开他的手，"不想看见你，离我远点儿。"

霍旭西错愕地捕捉到她眼底的疏离和恨意。

没错，陆梨恨极了，不过与其说讨厌他，不如说讨厌喜欢上他的自己。他算什么东西，凭什么让她这么难过？凭什么害得她变成这副鬼样？

陆梨咬着牙，闷不吭声地沿着街道往回家的方向走。此时此刻，她的心里掀起巨浪，不受控制，只把他往最坏的地方想。

凌晨三四点，他跑出来干吗？下楼买东西？这年头什么东西不能点外卖，是等不及了，自己跑一趟比较快？刚才那通电话妨碍了他的好事吧？

陆梨抹了抹眼睛，认定他和宋玉彬一样可恶，不，比宋玉彬可恶二十倍！不仅花言巧语、虚情假意，还哄骗人的真心，骗出来扔到地上践踏！

她真笨，竟然会上当。

霍旭西一言不发地跟在后面，搞不清楚状况，也管不住自己的腿，就这么跟着她，走了好远一段路。

街边紧闭的商铺像一块块墓碑，昏暗的路灯从树顶洒下微弱的光线，长夜寂静。

郁闷和不悦在沉默中逐渐消解，他琢磨着今夜种种，大概猜到其中的曲折。

很意外，几乎难以置信。

"喂，"他想说点儿什么，"你不冷吗？"

陆梨听见他放软的语气，明白他已经识破一二，于是感到更加羞愤，指甲抠住胳膊，权当没有听见。

"头发谁给你剪的？有没有叫他赔钱？我昨晚刚回来，你就半夜出门散步，真巧啊。"

经过空旷的街道，陆梨下意识地停住脚步。

霍旭西走到她的身边："还用等吗？你穿得比绿灯还绿，多显眼。"

她忍无可忍，抬腿狠狠地踢下去："别跟着我！滚！"

霍旭西疼得哎了一声，抱住小腿用力地揉搓："对男朋友下手这么狠？"

陆梨恨死他这副吊儿郎当的德行。

"我在电话里说得够清楚了，你要不要脸？"

"要啊，你不就喜欢我这张脸？"

陆梨气得语塞，放弃跟他理论，直接走人。

应激状态下的猫，怎么顺毛都不行。霍旭西没再逗她，不远不近地跟着。

到金玉良苑，足足走了四十分钟。

陆梨觉得疲惫不堪，上楼回家，匆匆洗漱，一头栽到床上。

清晨六点，天微亮，老太太早起，照例外出晨练。

打开门，谁知竟然撞见她的准外孙女婿坐在楼梯间，脸埋进胳膊，脊背微拱，一副可怜的模样。

"哎哟，小霍，你怎么在这儿呀？"老太太心疼地道，"乖乖，快进屋，地上多凉啊。你什么时候回来的？"

"昨晚。"

"我说呢，梨子昨天打扮得漂漂亮亮的出门，原来是去找你了。"

"她几点出门的？"

"好像九点多吧，怎么了？你们闹别扭了？"

"嗯。"

"那也不能把你关在外面呀。"外婆轻轻拍了拍他的背，"好好聊，我锻炼完去吃早饭，然后到市场买菜，没那么快回来。"

霍旭西点头："谢谢外婆。"

老太太离开，霍旭西走进陆梨的房间，反手关门。

印着草植纹路的窗帘拉得严严实实，没开灯，周遭一片幽暗。静谧中，他听见平缓的呼吸，她竟然能睡着，而且睡得这么香。

霍旭西原本打算直接把人弄醒，有什么话趁早摊开说清楚。但看着面前难得沉静下来的陆梨，他突然改变主意，掀起被角，钻进被窝。

温暖，幽香。他埋下去，亲吻她微拧的眉心。陆梨以为自己在做梦，一种潮湿的梦，身体漂浮在水中，荡啊荡，心口焦躁，哪儿都不对劲。在即将溺水前，她被一只大手抓住，捞起来，稳稳当当地放在岸边。

陆梨睁开眼，看见他歪在旁边，胳膊压着枕头，眼帘低垂。

对视片刻，霍旭西慢慢靠近。

陆梨双臂抵住他的肩膀，扭头躲避亲吻。

他笑了笑，垂眼瞧着，哑着嗓子轻声询问："怎么了？"

她心里乱得很，明明想抵抗他，可一点力气都没有，声音冷冷地开口："你都这么哄骗女人的吗？"

霍旭西极轻地嗤笑了一声，对这种问题似乎不屑一顾："我用得着骗吗？"

陆梨没接话。谁知道呢？也许你就喜欢玩这种风月游戏，左顾右盼，三心二意。

"好姐姐。"霍旭西恬不知耻起来，肉麻的情话脱口而出，什么宝贝儿、媳妇儿乱喊一通。陆梨对自己恨铁不成钢，于是自暴自弃。

他有所察觉，掰过她的脸，看着那双暗沉的眼睛："你以为我昨晚做了什么？背着你乱搞？"

陆梨沉默不语。

"所以发那么大的脾气。"他饶有兴致地端详着她，"傻妞吃起醋来这么厉害的吗？"

一点儿都不好笑。

"你说完了吗？"她冷冷地开口。

霍旭西闭上眼睛，亲昵地蹭她的鼻尖："甄真和父母吵架，跑出来，无家可归，在我那儿住一晚上，我尽朋友之谊而已。"

"前女友，不是普通朋友。"

"你不相信我？"

陆梨沉默地看他良久，心理斗争有了结果："好，我相信你没乱搞，但话得说清楚，我不能接受你和前女友单独过夜，即便你们什么都没做。"她撇撇嘴，继续说，"如果你觉得我没有立场提这种要求，那就当我没说。"

霍旭西莞尔一笑："你没立场，那谁有？"他低头摸她的手，"昨天只是突发情况，她什么都没带，去不了酒店，总不能把人丢在外面不管吧？"

"这不是我该考虑的问题，别丢给我。"陆梨异常冷静，"也别指望我会包容、理解，然后装出大度体贴的样子，我没那么善良。"

霍旭西听完，点点头："我答应你，不会有下次。"他认真地思考了两秒钟，随后说道，"但我也有个问题，如果宋玉彬露宿街头，没地方去，你会收留他吗？"

"不会。"陆梨斩钉截铁地道，心想，谁管他死活。

"辜清彦呢？"

陆梨猝不及防，被这个狡猾的问题问住，一时沉默下来。

霍旭西挑眉冷笑："怎么了？说话啊。"

"我和辜清彦从来没有在一起过，不存在藕断丝连的前提条件。而且以我们的交情，他即便无家可归也不会找我求助，你的假设根本不成立。"

霍旭西面露嘲讽之色："你不是暗恋他好多年，一直打他的主意？"

某些人犯花痴的模样可是历历在目，矫揉造作，真没眼看。

他们觉得对方看着不顺眼，瞪着对方。

霍旭西准备起身。

陆梨忽然伸出胳膊抱住他的脖子，二话不说把人拉近，然后亲上去。

掠夺般的痛吻。

霍旭西甚至愣了一会儿。等他意乱情迷，迫不及待地准备臣服于姐姐的魅力时，突然毫无预料地被推开。

"你可以走了。"

他的嘴唇湿润，目光茫然。

"不用回家照顾客人吗？"陆梨出奇地冷静，"赶紧滚吧。"

霍旭西觉得被耍了，火冒三丈："你信不信……"

话音未落，陆梨手脚并用地把他踹下床。

这个女人实在毫无心肝，阴晴不定，简直是妖怪变的！

他认了。

"折腾一晚上没睡，你想让我徒步走回去？"

陆梨拿起枕边的手机："叫了辆车，很快就到。"

霍旭西眯起眼睛，觉得又无奈又好气："你着什么急，我不得洗把脸收拾一下，这样怎么出门？"

陆梨淡淡地将他上下扫视一圈："你的脸皮还用得着洗吗？什么时候要脸了？"

他立刻扑上去，陆梨拉起被子罩住头："网约车在催了，还不快走！"

霍旭西隔着羽绒被压住她，双手往里钻，也不管摸到哪儿，重重地掐她："你说你欠不欠，啊？"他骂骂咧咧的，"当我好脾气呢，三番两次顺着你，得寸进尺是吧？给我记着，有你求饶的时候……"

胡闹一通，临走前，他还不忘嘲讽："赶紧找理发师赔钱，这么丑的刘海儿，你也好意思出门。"

陆梨恨不得一脚踹死他。

这个浑蛋终于离开，家里一下变得清净下来。

陆梨不知道是感到轻松还是失落。

老太太回来，见她坐在沙发里啃面包，问道："小霍呢？"

"回去了。"

"聊得怎么样？"

陆梨垂着眸摇头，捏着拳头按揉胸口。

外婆放下购物袋，仔细打量外孙女："眼睛怎么红红的？咋了？"

"不知道。"她撇撇嘴，做出随意的样子，"心里难受，不舒服。"

"为啥？"

"我也想知道。"陆梨深吸一口气，"以前和宋玉彬在一起的时候都很潇洒，谈恋爱就痛快地谈，分开也痛快地分，从来没这么纠结，我以为自己挺强大的，怎么现在变得这么扭捏？一点都不酷！"

外婆挑眉，思忖片刻，不理解年轻人的想法："酷有什么好？谈恋爱要那么强大干吗？又不是打仗。"

"可是我会害怕。"

"怕啥？"

她抿着嘴，好不容易开口："如果把感情和心交出去，人家就可以随便伤害我了。"

外婆却说："怕受伤算什么强大，真正的强大的人可不怕受伤，但你理解成把心关起来，不动感情，这样很酷吗？乖乖，你的勇气去哪里了？"

陆梨抽纸巾擦鼻涕，茫然地眨眼："是啊，所以我很困惑，按理来说一段良好的关系会让人往好的方向转变，可我现在觉得很没有安全感，不踏实，甚至不自信，这又算什么？"

外婆哀叹着道："恋爱谈得太少了呀！我以前催你找对象，就是想让你多累积经验，知道感情是怎么回事，两性相处是怎么回事，这些东西不是光看书、看戏就能学会的。一个人面对朋友、家人、同事和爱人，会激发出不同的潜能，和各种各样的人产生碰撞才会形成丰富多样的你啊。"

陆梨低着头琢磨。

外婆见她那副倒霉样，同情地摇头："傻姑娘，趁年轻多经历、多体验，别到七老八十才后悔，理性地过一辈子有什么意思。我要是在你这个年纪，立刻去疯、去玩儿，享受轰轰烈烈的感情，大雷勾地火，管他谁受伤，反正死不了，这个不行换下一个，别浪费你年轻的肉体和漂亮的小脸蛋！"

陆梨几乎被说服了，只是当下没法完全消化。

缺少经验还不算什么，更重要的问题是她对爱情的预设和理想遭到冲击。她目睹过清彦和雅涵这对神仙眷侣的相处，温柔隽永，细水长流，她很羡慕，也很向往。

可霍旭西是个异类，他从天而降，说话做事常出人意料。不错，这样的男人确实带给陆梨许多新鲜的体验，同时也带来忐忑不安。有件事情她担忧得没错，两个缺少经验的人已经开始撞得头破血流了。

霍旭西回到家，发现甄真在厨房煮泡面。

"出了什么事吗？"她一晚没睡踏实，辗转反侧。

"没什么，不用担心。"霍旭西应了声，埋头检查座机还能不能修好。

"你家冰箱里什么菜都没有，只能煎两个鸡蛋凑合一下。"甄真把面端上桌。

"其实出去吃更方便。"

"你平时不做饭吗？"

"很少。"

"那位陆老师也不下厨房？"

"她？"霍旭西皱眉轻笑，"不给我下毒就算好了。"

甄真垂眸，轻声试探："你们已经在一起了？"

"嗯。"不管陆梨怎么纠结，反正他心里是这么认定的。两人走到今天，要说还不算情侣，未免作风太开放了些。

闻言，甄真没再说话。

吃过早饭，霍旭西送她回去拿行李。

"待会儿陪你上楼，"他知道甄真父母的厉害，"收拾完东西就走，别跟他们多费口舌。"

"好。"她轻声回答。

"其实你留在北都更自在，离家远，不用受约束。"

甄真讪笑着："他们觉得我回来是为了找你，鬼迷心窍。"

霍旭西挑眉："看来我是他们一生的阴影，真荣幸。"

"其实去年考编失败以后我就想离开北都，省会这边的舞蹈团承诺让我做首席，可是我爸妈瞧不上民营团体，还想让我继续考编。"甄真疲倦地闭上眼睛，"老实说，我现在也有点后悔，离他们太近，真的透不过气。"

霍旭西道："你已经长大了，不用这么听话。"

"可他们总拿养育之恩来压人，我又能怎么办呢？"

"生了孩子本来就该养，否则违法，要坐牢的。"

甄真失笑："如果我和你一样想得开就好了，你都没烦恼的吗？"

"钱能解决大部分烦恼。"他说，"包括父母。"

甄真垂着眸："给钱容易，断情很难，你也知道，我父母的感情不好，他们经常吵架，却又不肯离婚。我妈特别需要情感支撑，我就是她情绪的宣泄口，唯一的听众。我上大学以后，她隔三岔五就嚷着要来北都陪我、照顾我，我恨不得逃到天边去。而我爸总是阴阳怪气的，责骂我们母女狼心狗肺，骂完又很快给我发信息道歉，外加一长串中年不得志的牢骚……我一边想逃离他们，一边觉得他们可怜……"

霍旭西的眉头紧锁，大为不解："四五十岁的中年人，怎么跟孩子一样？"

甄真喃喃着道："如果你面对这种父母会怎么做？"

"我？"霍旭西咧嘴，笑了一声，"往死里整呗。你妈说要搬过去照顾你，让她搬啊，你把家里弄成狗窝，煮饭打扫的活儿通通丢给她，晚上带朋友回去喝酒打牌，闹到凌晨，我保证不出三天她就待不住了。你爸喜欢骂人是吧，要么直接拉黑，要么跟他对骂、发疯、崩溃给他看，谁怕谁呀。"

甄真觉得哭笑不得，心想，要是有你这样的人在身边，自然什么都不怕了。

这时，霍旭西想起一件趣闻，颇为佩服地说："你知道陆梨怎么对付亲戚的？她给老家的各个长辈打电话，到处哭诉，扮柔弱装可怜，占领舆论高地。毕竟人情社会，这招杀伤力很大，以暴制暴，简单奏效。"

甄真的眼神黯淡下来："她这么勇敢，父母一定很开明，会给她撑腰吧？我就没那么幸运了。"

幸运？霍旭西觉得这个词儿跟陆梨完全不搭边，说："她的父母很早就过世了，没什么人撑腰。"

闻言，甄真愣了一下，抿嘴思忖着，沉默不语。

车子停靠路边。霍旭西和甄真准备上楼，这时一个年轻男子从小区里出来，看见他们，加快步伐上前。

这个人瞧着眼熟，想了半天，原来是给甄真过生日的富二代。叫什么来着？

"真真。"杨洛满眼担忧与急切，"我昨晚给你打电话，你爸说你离家出走找不到人，吓我一跳，以为出了什么事，连夜搭飞机来舒城。"说着，他脸色难看地瞥了霍旭西一眼，继续问，"你去哪儿了？"

"我没事。"

"有什么难处跟我说，我会帮你，别自己扛着。"

"知道，谢谢！"

"跟我客气什么，为了你，我任何事情都愿意做。"

甄真的眉头微皱，撇开脸，对过分的殷勤感到压力和不适。她不喜欢男人自诩深情的姿态。而在外人眼中，杨洛钟情甄真多年，到今天依然热切，一通电话就让他从北都风尘仆仆地赶来，可见其用心和诚意。

既然有朋友照拂，霍旭西觉得放心，也颇为识趣，打个招呼准备离开。

"阿旭！"甄真下意识地喊出声，目光里隐约带着害怕的意味。

霍旭西闻声回头，挑眉抬抬下巴，笑着道："脸皮厚点儿，万事大吉。"

这句话像是留给她最后的鼓励和安慰。

甄真的心揪起来，忽然惊讶地发觉，这个男人从此以后与她再也没有任何关系了。

阴雨天，陆梨和老太太提着大包小包回老家给外公上坟。

香烛、纸钱、金元宝，直接从店里拿，另外还买了鞭炮、鲜花和白酒，以及外婆亲手做的酱肉包。

天没亮就出发，车开到村口。外边细雨如丝，祖孙二人两手提满东西，没法打伞，戴着帽子埋头上山。

"走慢点儿，老太太，当心摔跤！"陆梨看着满靴子湿泥，一路埋怨，"就不能挑个好天气给外公扫墓吗？也不是什么重要的日子，非得今天回！"

"你外公已经连续三晚给我托梦，说想吃酱肉包子，老头馋得很，再不给他送，我心里不踏实。"

说话间，雨慢慢停了。秋意正浓，满山金黄。可惜天色阴沉。

两人来到墓地，外婆收拾坟上的杂草，陆梨按单数摆放祭品。

"当时就不该葬在老家，他一个人孤零零地待在这里，多可怜，还不如迁到陵园，和你爸妈作伴。"

"那就迁嘛，我去买墓地，挑个吉时动土。"

"说得轻松，你外公当时是土葬的，迁到公墓得重新火化，我想到那个场景就不舒服……"

"现在都有专业的迁坟团队，又不用你亲手开棺捡骸骨。"

外婆听得心惊，越想越舍不得："要是看见他的骨头渣子，我怕不是得哭晕过去。"

陆梨摆好香烛，端端正正地跪下磕头，口中念道："外公外公，您老人家想换地方住的话，给外婆托个梦，我保证给您办好，妥妥当当、舒舒服服的。"

"我看还是等你结婚以后再说吧，不然他肯定心酸，家里人口越来越少，冷清得很。"

祖孙俩蹲着烧纸钱。

"这是什么东西？能不能给你外公烧点好的？"

"我们店的新品，冥府房产证，还有天地银行金卡，里面充了五千亿，怎么不好啦？"

"花里胡哨，怪模怪样！"

"明明是与时俱进。"

陆梨拆开包装，找地方铺鞭炮，打火机点燃引信，她捂住耳朵飞快地跑开，鞭炮声噼里啪啦的，震耳欲聋。

外婆眺望远处的山峦："等过年再来拜祖祖。"

祖祖是外公的父母，两座年代久远的小坟包，几乎淹没在草木间。

"可能到你的下一代就没人给他们扫墓了。"老太太有些惆怅。

陆梨赞同地道："我每次都找不到祖祖的坟，村里只有老一辈清楚那些祖坟的位置。"

"看吧，人就是这么消失的，慢慢被忘得一干二净。"

说着话，她们收拾东西，顺道回了趟老屋。

破败的院子荒草丛生，东边的院墙被推倒一半，黑洞洞的窗户显得颇为阴森。

早年外公在糖厂上班，退休后老两口回家务农，种地、养猪，还养鸡、鸭、鹅。

陆梨小时候放假最爱往乡下跑，隔代亲，没人管束，无忧无虑的。

后来外公去世，母亲不放心，把外婆接到舒城，老房子空下来，逐渐荒废。

陆梨掏出手机，拍了几张照片。

外婆忽然说："今年过年把小霍带回来走亲戚。"

"啊？"

"堵住那些人的嘴，我早就受够了外人看我们孤儿寡母同情的眼神，谁要他们可怜？"

陆梨皱着眉，笑着道："别人的看法本来就不重要。"

"你整天在外面忙，又不和他们打交道，当然觉得不重要。"外婆埋怨道，"每次都来问我，哎呀，你家梨子找没找对象呀？怎么还不结婚？抓紧时间，年纪不小了……我呸，闲得慌。"

"避开就是了嘛。"

"舒城又不是大都市，逢年过节哪儿避得开。"

这话倒不错，小地方人际关系复杂，亲戚之间交往频繁，很难摆脱主流观念的影响。

陆梨单身那么久，或许潜意识里多少有点叛逆和反抗，不愿顺势而为，过千篇一律的人生。

如果霍旭西没有出现，她还会坚持到几时呢？三十岁？三十五岁？

不知道。

那些置身于大都市的人，环境相对开明，更容易坚守本心。而在小城市想要特立独行，必须承受严苛的审视，流言蜚语，从四面八方传来的压力，潜移默化的传统观念，很难不受影响。

妥协也在情理之中。道理是这个道理。可是……

陆梨纠结着，暗暗下定决心，即便单身到四十岁、五十岁，她也不会接受妥协而来的伴侣和婚姻。

如果霍旭西不合适——尽管她已经对这个浑蛋动了心，但如果他继续和前女友藕断丝连、纠缠不清，那么陆梨宁可让心碎成两半，也要跟他划清界限。

这晚十点刚过，陆梨洗完澡，正准备上床。

外婆忽然说："你大伯刚刚打了个电话。"

陆梨奇怪地道："陆国庆？干吗？"

"别连名带姓地叫长辈……他想让你找时间过去看看陆萱，但是不敢直接跟你说。"

"萱姐，怎么了？"

"听说她把自己关在房间不吃不喝，一句话都不说，多叫人担心啊！"

原来那天订婚宴上的突发事故被宾客拍摄下来，发到了网上。起初是在本地聊天群里疯传，慢慢地一发不可收拾，在网上闹得沸沸扬扬。

"哪个宾客，这么手欠？"陆梨查看手机，刷到相关新闻，标题可谓耸人听闻。

"辜老师家坚决退婚了。"外婆叹气，"搞得这样人尽皆知，萱萱怎么办？"

陆梨也担心："我明天去找她。"

"一定要劝她想开，没什么坎过不去，看看你就知道了，相貌、学历、家境、工作，哪样都不如她，还不是活得好好的？她肯定也可以。"

陆梨如遭雷劈。

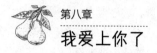

第八章
我爱上你了

次日下午，陆梨先和陆萱通电话，然后买了两杯奶茶带去大伯家。她每次心情不好，喝点儿甜的就会舒服些，也不知对别人管不管用。

邹慧娟不在，大概知道她要来，提前避开了，阿弥陀佛。

陆萱披着头发靠在床上，脸色苍白。

陆梨盘腿坐在飘窗边，两人一起喝奶茶。

"这几天没怎么吃东西，快饿死了。"

"想吃什么？帮你点外卖。"

陆萱摇头："不用，我爸在做了。"

那个吝啬鬼对女儿倒很疼爱。

陆梨把外婆嘱托的话说给她听。

陆萱露出苦涩的笑："让她老人家担心了，真抱歉。"

"你有没有报警？别放过那些无良媒体和偷拍的人。"

陆萱心灰意冷，神情格外平静："已经报警了，等找到人再起诉。不过我的父母不想把事情闹大，并不太支持。"

"我支持你。"陆梨说，"还有孟决呢？始作俑者应该去蹲牢房。"

陆萱垂下眼帘："他把自己摘得一干二净，就算我去告，大概率也告不赢的。况且我真不想再跟他有半点牵扯，要是打起官司，意味着得拉扯好久，得不偿失，我实在没那个精力，打算过两天就出国，舒城这个地方没法待，以后再也不想回来了。"

陆梨不知该怎么安慰她，忽然脑海中出现一个人："清彦怎么说？"

陆萱笑了笑："他一直安慰我，但他的父母不可能再接受我的。"

陆梨皱着眉，想了一会儿："那你们以后怎么办？"

"嗯？"陆萱不明白这个问题，思忖片刻，转过弯来，自嘲般地莞尔一笑，"想什么呢，傻姑娘，我跟他哪里还有以后？难道你以为他会为了我和家里抗争吗？不是的，我们之间的感情没到那个份上，只是因为各方面合适，又刚好到而立之年，都想定下来，这样而已。"

陆梨闻言愣住了。

"其实我对他也很抱歉，这次的事情让他和家人名誉受损，都是我的原因。"

"不是你的错，别这么想，你也是受害者。"

陆萱深吸一口气，重重地呼出："总之，我对这儿已经厌烦至极，也许根本不该回来，不该存侥幸心理……孟决那个魔鬼怎么会良心发现放过我呢？"

陆梨本想劝她鼓起勇气战斗，把魔鬼送上法庭，但眼见她疲惫的模样，生生忍住，没有开口。

以前外婆总觉得她性格太强硬，爱恨太分明，常常显得不近人情，理所当然。是啊！她凭什么把自己的想法强加给陆萱呢？每个人的性格不同，衡量利害的标准不同，需求也不同，即便她不理解，也应该做到尊重。想通这一点，犹如顿悟，陆梨乖乖地闭嘴，不再自以为是、自作主张。

霍旭西消失了好几天。其实也不算消失，只不过那天他回家照顾客人，之后没再联系陆梨。他不主动找她，陆梨也装死。

聊天群里怨声载道。霍旭西去北都一个多月，回来发现店里各类事务堆积如山，明明在电话里交代清楚的，员工们竟然全当耳旁风。

洗车店里，众人排排站，被霍旭西挨个臭骂，个个垂头丧气的，大气都不敢出，只能在群里抱怨。

龚蒲：我看见那些表格和单子就头痛，他又不是不知道！

冯诺：就是嘛，肥波的技术不过关，导致客户要求赔偿，说明他这个师父没教好，自己也不反省反省！

肥波：喂，我的技术没问题，客人故意找茬，纯属敲诈。

老懒：以前遇到这种麻烦都是他处理，我们五大三粗的，哪有他奸诈？没揍那个要赖的客户就不错了。

…………

陆梨猜他应该很忙。但不至于忙到没空联络，除非他的手指断了，打不了电话，发不了信息，要么脑壳被花盆砸破，失忆了，要么就是单纯地想让对方先低头而已。

幼稚死了。

试探纠缠这么久，不嫌累吗？

陆梨知道自己的脾气硬，容易折腾人，霍旭西也一样。如果他们之间有谁稍微柔软一点，温顺一点，或是成熟一点，哪儿需要这么费劲呢？

说到底，大概性格互补的男女更合适，她和霍旭西属于同类，太相像，碰撞越激烈，火花越大，受伤越多。

都是自找的，谁让她偏偏喜欢上这种不安分的家伙，明知泥潭还往下跳，相处得这么辛苦能怪谁？

不过好在陆梨最近很忙，腾不出空来纠结感伤。

这天一大早，她和清彦送陆萱去机场。

陆国庆帮女儿把行李拿下楼。邹慧娟不赞同她出国，脸色很难看，但临别在即，终究不舍，和女儿紧紧拥抱。

隔着车窗，陆梨看着一家三口发呆。

清彦担心她触景生情，想起自己的父母，会觉得难过，于是找话题转移她的注意力。

"说来也巧，我和你做了那么多年邻居，却不认识你姐，后来我们聊天提起舒城才发现这层关系，挺奇妙的。"

陆梨淡淡地笑道："她小时候来我家玩过，只是没有和你碰面。"

"或许打过照面，但大家不记得了。"

"怎么会？你从小到大都是校草，长得那么扎眼，打过照面一定会有印象的。"

清彦好笑地道："我什么时候当过校草，你比我还清楚吗？"

要命了，这些条件得天独厚的人还让不让普通的孩子活。

陆梨反问："不然雅涵姐姐怎么看上你，她的眼光高，又挑剔，难道被你年级第一的成绩俘获吗？"

清彦好奇地问道："她竟然这么跟你说？"

陆梨吐吐舌头："不是，我瞎猜的。"

清彦语塞，哑然片刻，哭笑不得："你都快三十岁了，怎么还这么调皮捣蛋？"

"二十七岁。"陆梨郑重地提醒，"请不要随便添加女士的年纪。"

他连连点头："抱歉抱歉。"

说话间，陆萱戴着渔夫帽和墨镜上车，这段时间不少媒体试图找上门做采访，她害怕被拍到。

"下次回来不知道什么时候了。"陆萱的情绪十分复杂，"谢谢你们送我。"

"忘掉那些不开心的。"清彦轻声说，"你未来的天地很广阔，打起精神来，没问题。"

陆萱微微叹息着道："我现在只想找个清净的地方好好休息一下，以后走一步算一步吧。"

清彦并不赞同她如此消沉，但没有继续灌输大道理的意图，只说："有任何需要帮忙的地方，给我打电话。"

陆萱挑眉道："你以后结婚成家了，也能打电话给你吗？"

清彦笑着："可以。"

陆萱自嘲道："放心，我不是那么没分寸的人。但是谢谢你。"

送完陆萱登机，清彦和陆梨返回舒城，车内只剩他们两个。

"现在几点？"

"十点半。"

"回去正好请你吃饭，之前说要请客，一直没抽出空。"

陆梨"嗯"了一声。返城的路上车里弥漫着局促的气氛，她和清彦能聊的话题寥寥可数，即便开个好头也无法深入，不过停留在寒暄的阶段，礼貌，却也单调。

陆梨渐渐没了精神，缄默中索性掏出手机把玩。

聊天群正在讨论中午的聚餐，老大今天带他们下馆子打牙祭。

章弋特地在群里和她说：梨子姐，一起出来吃火锅嘛。

陆梨的手指微动，敲了几个字，稍作停顿，想想又删掉，当作没看见。

车子在高速公路上奔驰，她忍不住打哈欠，倒头就睡。

醒来时已经回到舒城，清彦有些迷路："这是哪儿？我照着导航走的，怎么不对？"

陆梨四下张望着道："前面修地铁，封路了，从母婴店后面的巷子拐进去吧。"

"老家的变化很大。"

"是啊，一年一个样。"

清彦记得她的口味，打算带她吃海鲜："你喜欢哪家餐厅？帮我指路好吗？"

陆梨指路，却来到一家火锅店。

正值中午饭点，生意红火，经理领他们到最里面的座位。

"有没有靠窗的位子？最好接近门口。"

"得等一等才行。"

陆梨毫不介意："那就待会儿再叫我们吧。"

清彦询问："怎么了？"

"里面的空气不好。"她摸了摸鼻子，意识到这个理由有多扯，于是补充，"风水也不好，你知道我的职业习惯，早上出门算过一卦，那个方位破财，不吉利。"

更是胡扯了。

清彦显然不明所以，表情微微错愕，好笑地道："你还会算卦？这么厉害。"

陆梨认真地点点头："嗯，相信我，靠窗招财。"

于是他们在外面坐着等了大概十分钟，招财的空位腾了出来。

清彦负责点菜："想喝什么饮料？"

陆梨望着窗外的街道，随口回答道："冰啤酒。"

"这个天气喝冰的？对肠胃不太好，玉米汁怎么样？"

陆梨一下笑起来，打量着他调侃道："你好像长辈哦。"和外婆的口吻一模一样。

清彦有些不好意思，耸了耸肩："我总觉得你是个小孩……好吧，那就冰啤酒。"

陆梨托着腮看着他，此时此刻，心中豁然开朗。

"记得那年你给我回复的邮件吗？"

"嗯。"

"我把它存在手机里，每次难熬的时候拿出来看，总会支撑我扛过去。"

清彦放下菜单，抬起澄澈的眸子："那是因为你本身就很坚强，否则再怎么鼓励也徒劳。"

陆梨摇头道："我也不想那么坚强，你不知道，有很长一段时间，你对我来说就像……一束光。"

清彦沉默着。

"你是我这辈子见过最完美无瑕的男人，不管哪个方面都无可挑剔，甚至你和雅涵姐姐的感情也影响了我很久，在你们身上我看到真爱的模样，我很向往。"她说，"不过今天发现你有点唠叨，特别像长辈。"

清彦哑然失笑："所以幻灭了，是吗？"

陆梨垂下眼帘："前几个月我认识了一个人，我喜欢上了他，然后开始思考过去几年对你的幻想到底怎么回事。"

清彦淡淡地开口："你把我过分美化了。"

"也许是的。"陆梨痛快地舒一口气，"酝酿这么久，终于说出口，原来也没有想象中那么难。"

她希望自己坦坦荡荡地给这段缥缈的感情画一个圆满句号，以后如果有人问起，她可以拍着胸脯理直气壮地说："拜托，几百年前的事，早就讲明白，早就过去了。"

啤酒刚端上来，熙熙攘攘的街头终于出现那辆熟悉的车。

六个"牛鬼蛇神"下车，朝火锅店走来。霍旭西习惯走在最前面，一副目中无人、跩兮兮的德行。

陆梨屏住呼吸，心跳乱了几拍，不自觉地抬手整理刘海，将碎发别到耳后。

霍旭西的视线朝这边扫了过来。

陆梨连忙避开，垂下眼帘，脸颊微微潮红，忍不住抿嘴莞尔一笑。

清彦发现她忽然像一只偷到蜜的小仓鼠，容光焕发，问："怎么了？"

陆梨眨了眨亮晶晶的眸子，稍微往前探，轻声说："我喜欢的人来了。"

"在哪里？"

"别张望！"她有点紧张。

清彦思忖着道："是我爸寿宴那天和你在一起的人吗？"

她咬着下唇点点头。

那群人走进火锅店，章弋立刻过来打招呼。

"梨子，你也在呀！"

陆梨抬头，假装偶遇，演技拙劣地开始表演："这么巧？"

"我刚才还在群里喊你来聚餐呢，想不到你已经有约了。"

"对，今天有点事。"她心不在焉地敷衍着，目光瞥向门口。

霍旭西也正看着她，神色淡淡的，只一眼，仿佛视若无睹，转而随服务生往包厢走去。

章弋打完招呼跟上去，小声道："梨子姐的朋友长得真干净，好像一个贵公子。"

龚蒲觉得不高兴："怎么？难道我们长得很脏吗？"

"人家那种风度翩翩的气质就不是你们这些土匪比得上的。"

话音未落，引起众怒："了不起哦，他什么来头？会洗车吗？会贴膜吗？敢不敢跟我们比吹瓶？"

章弋翻着白眼。

霍旭西觉得他们都有毛病。他进入包厢，拿菜单看半天，仿佛成了文盲，竟然一个字都看不进去，于是随手丢给旁边的冯诺。

龚蒲问："陆老师的朋友是谁？你认识吗？"

霍旭西一副皮笑肉不笑的表情。怎么不认识呢？陆梨的梦中情郎，大名鼎鼎的"古代人"，辜清彦嘛。他之前看见新闻，知道辜清彦和陆萱的订婚宴泡汤，婚约也取消了。当时就想，哟，陆梨的机会来了，她肯定高兴得像只耗子。果不其然。瞧她那副春水荡漾，脸红偷笑的模样，原来这些天都忙着和"古代人"调情。

好得很！

向来对火锅毫无抵抗力的陆梨咬着筷子发呆，心不在焉，翻来覆去地琢磨霍旭西刚才那个冷漠的眼神是什么意思。生气了？还是不在乎？

她顾着制造机会见面，却忘了自己随身带着一枚明火。某人是易燃品，遇到辜清彦就会爆炸。

陆梨想趁早解释清楚，拿起手机给他发信息：**早上我们送陆萱去机场。**

一句话先发完，还没等她说清来龙去脉，对面倒很快回复：**恭喜你倒贴成功。**

陆梨的眉头蹙起，在心里啐了一口。知道他醋坛子打翻，这会儿什么刻薄的话都说得出来，隔着手机沟通无效，索性放弃。

霍旭西没再等到任何回复，自嘲般地轻笑，摇摇头，心口犹如被钝刀子割一般。

这算是她的选择和答案吗？一切都结束了，对吧？

他居然被人抛弃了。

霍旭西不知道这顿饭是怎么吃完的，结账的时候有点麻木，走出包厢，经过刚才靠前的位子，现在已经换了客人。她和她的梦中情郎离开，就这么走了，悄无声息，连个招呼也不打，从他的世界退场。

心可真狠。

霍旭西从未遭受如此打击，陌生的挫败感使他的大脑无法思考，他丢下其他人，班也不上了，直接开车回家。

可是精神不集中，差点闯红灯。

哪儿都不对劲，感觉糟糕透了。

老实讲，他觉得自己现在很挫败。有时越想忘掉什么，越是记忆深刻。恍恍惚惚地终于开回小区车库，坐电梯上去，不由自主地想起那次陆梨醉酒，他背着她，不情不愿的，说话凶巴巴的，没有半点体贴女孩子的情商，也就陆梨皮糙肉厚，换作别的姑娘一定跑得远远的。

其实他很早就觉得她可爱，很早就被她吸引，可惜觉悟得太迟，嘴又硬，总喜欢逗她玩儿，惹她生气。

试问哪个姑娘不想被捧在手心里呵护呢，现在有一个温柔成熟的人摆在那里，眼睛没瞎的话都知道挑谁。

他就是嘴欠嘛，恶毒、刻薄、狂傲、幼稚，说到底就是讨人嫌。

陆梨终于看清楚，悬崖勒马了。

霍旭西闭上眼睛，满脑子回想着和她一起经历的那些事，挥之不去。

他头痛得厉害，屈指用力按压眉心，胸口像是被堵得透不过气。

电梯打开，他拿出钥匙，垂着眼，忽然听见一个声音。

"你是哪家的呀？"

霍旭西抬眸，看见陆梨站在楼道的窗台前，正在跟一只猫打架。

"摸一下怎么了？还敢挠我，丑不拉儿的……啊！救命！"

猫不给人摸，一边躲一边出连环拳，快得跟叶问能有一拼。

陆梨又笨又爱玩儿，被它打得惨叫连连。

霍旭西的太阳穴猛地跳了两跳，沉默着上前，揪住"猛兽"的后颈，提着往楼梯间方向丢。

猫轻巧地落地，回头瞥了一眼，高傲地转身。

"抓破皮了吗？"

"没有。"

然后陷入沉默。真尴尬。

霍旭西屏着呼吸，把人打量一圈儿，又问："你怎么上来的？"

有门禁。

陆梨摸了摸鼻子："刚好有人出去。"

霍旭西的嘴唇微动，却没说什么，开门进屋，换了拖鞋，走向冰箱，拿出一罐啤酒，猛灌几口。

陆梨站在客厅，平静地等待着即将扑面而来的挖苦和嘲讽。反正依他的脾气，少不了先唇枪舌剑一番，什么不知羞耻、朝三暮四、红杏出墙……嘲笑是他与生俱来的拿手本领。

老天爷究竟怎么想的，给他一张赏心悦目的脸蛋，同时也给他一张作恶多端的嘴。

造孽啊！

霍旭西独自在厨房待了会儿，拎着啤酒出来，搁在茶几上，整个人倒在黑色的沙发，脸色惨白，像生病了似的。然后他抬起头，一动不动地看着她。

度秒如年。

能不能给个痛快？

陆梨顶不住，绞尽脑汁，搜刮着脑子里词汇，试图说点儿什么打破僵局，哪怕一些废话也行……可惜失败了。她只能咧嘴笑着缓解紧张的情绪，模样非常傻。

他到底在想什么？瞧个没完，难道是要酝酿个厉害的，好一句话把她击倒？

陆梨有点发怵，摸了摸鼻尖，某种预感非常强烈，心慌得厉害。

"你是醋王吗？"她决定先下手为强。

而霍旭西却没有接话，神情依然无动于衷。

陆梨的脸发烫，准备离开："要不我明天再来……"

"别再来了。"他忽然开口。

陆梨愣住，两秒后开始冷笑："好。"正欲转身。

"你知道的吧。"霍旭西的语气轻柔，毫无预兆地说，"我爱上你了。"

陆梨扯起的嘴角僵住，心底轰的一声巨响，双脚像是钉在原地，呼吸消失。

霍旭西垂下眼帘，黯淡的瞳孔如同桃花凋谢，孤灯熄灭。

"看完笑话就走吧，以后别再来招惹我了。"他平静地说着，像在进行一场无可挽回的告别。

而陆梨因为过于震惊，半晌动弹不得。从未有过的狂乱，整个胸腔仿佛在地动山摇，然后她慢慢地走上前，伸出双手，捧起他的脸。

好可怜……

霍旭西抬头的瞬间，陆梨将他吻住。

心跳声如雷，几乎碎裂。

世界不复存在，外面那些人狂欢或毁灭都与他们无关。

手掌挨在一起，十指交错，掌心相贴。

两人分明早就有过更亲密的行为，但此刻却好似真正交融，两颗心无比贴近。

陆梨不知道自己为什么想哭。她跪坐在沙发上，比霍旭西高半个头，揽他到怀里，闭上眼睛，泪珠子滚落。

霍旭西的胳膊收紧，搂着她，像两棵缠绕共生的植物，在无人之境永存。

天渐渐黑透，傍晚忽然一场疾风骤雨，仿佛瞬间跨入冬季。

陆梨洗完澡，吹干头发，穿着他的浴袍出来。客厅开着暖气，烘得双颊犹如红苹果。

霍旭西在厨房做饭，难得下厨，做了几样家常小菜，没什么特别的，但比起上次的黑暗料理还是能拿出手的。他摆好碗筷，朝阳台望去，隔着落地窗。陆梨蹲在滚筒洗衣机前，把甩干的衣服捞出来，一件一件地晾出来。

她的头发全部挽在左侧，顺着颈脖蜿蜒垂下。

"还在下雨。"

陆梨走到餐桌前，看见他做的番茄炒蛋、虾仁西兰花、糖醋排骨和豆腐汤，碗筷都已经摆好。

这么乖？

"饿了没有？"霍旭西刚问出口，忽然下巴被捏起，她在他的嘴角亲了一下，似乎是奖励的意思。

然后他的耳郭就红了。

"饿得要命。"陆梨自然而然地落座，开动。

霍旭西恍惚一下，沉默了一会儿，轻咳一声，随口问："你最近都在忙什么？"

"还不就店里那些事……哦，对了，"她拿起手机给他看相册，"你买的那些盆栽，好多已经开过一轮花了。"

"养得这么好。"

"外婆当成宝，她现在快变成半个园艺师。"陆梨接着点开一个软件，"我的丧葬笔记几乎每天更新，有时忙起来顾不上，居然还有人催更，我觉得我好厉害哦。"

霍旭西慢慢翻看，她的账号累积了两千多个关注，文章的评论区时不时有难听的评论出现。

"有没有注意到一个叫水瓶的人。"

"嗯，常常为你打抱不平。"

"没猜错的话，应该是谢晓妮。"

霍旭西思考了两秒，把人和这个名字对上号："她不是离职了吗？"

陆梨耸了耸肩："以前她每天消极怠工，总是想摆脱这行，不知道为什么现在老是来看我的笔记。"

"青春期还没结束吧，这么叛逆。"

"对啊，"陆梨挑眉，"就跟你一样。"

他愣了愣，笑着说："我哪有？"

一副无辜的模样。

陆梨的心头微微一动，端起碗筷起身，换到他旁边的位子，然后朝他贴近。

霍旭西以为她想亲自己，抬下巴迎过去，可她却错开，只是把额头埋进他的颈窝，贴着温热的皮肤轻轻磨蹭。

"怎么了？"

"你的锁骨好明显。"分明人高马大的，手腕和脚腕却那么纤细，显得特别……清纯？陆梨的脑海中浮现这个词，莫名起了一身鸡皮疙瘩，把霍老板和清纯放在一块儿，有种刺激的张力和性感。

怎么搞的？她每时每刻都能为他心动。

"快夸夸我。"我也有很多优点的吧。

霍旭西陷入沉思。

陆梨震惊，皱着眉好笑地道："这么难想？有这么难想吗？"

霍旭西开始打量着她。

陆梨下意识地捂住胸口："干吗？往哪儿看？"

霍旭西笑了笑，问："你的声音一直这样吗？小烟嗓。"

原来说这个。

"不是，用嗓过度，后来还长息肉，做过手术。"

霍旭西没接话。

陆梨忽然反应过来："你是声控呀？"

"我应该是……你控。"霍旭西说着，低头准确地捕捉到她的嘴唇。

没法好好吃饭了。

两情相悦是什么感觉，明白自己的心，明白对方的心，再也不想浪费时间去猜忌和争吵，也不怕把喜欢和在乎袒露出来。我给了你伤害我的权力，但我知道你不会那样做。

陆梨感受到他的信任和眷恋，没好意思跟他对视，低头抿着嘴偷笑。

难得她有这般娇俏的姿态，霍旭西忍不住亲了亲她的鼻尖。

陆梨的睫毛乱颤，忍不住说了声："别闹了……"

霍旭西看着她，不知应该怎么表达感情，心里有许多话想说给她听，可是害怕词不达意，也怕自己不够好。他很想尝试像正人君子那样，一整天和她谈天说地，彬彬有礼，怜惜她，尊重她。

他总觉得之前对陆梨太坏，一直捉弄她，惹她生气。

这么想想，似乎又患得患失起来。霍旭西抚摸着额角，到底高估了自己的德行，爱情不只有高贵，他是俗人，对陆老师什么想法都有。

"把你手机给我一下。"

"干吗？"陆梨给手机解锁递过去，只见他打开微信，点进自个儿的聊天界面，把最后那句"恭喜你倒贴成功"删除。

陆梨笑着道："我还以为你要删掉辜清彦。"

"你在心里删掉就行了。"说着，他一顿，问，"删了吗？"

陆梨抬起胳膊搂住他的脖子，嘀咕着："听听看，这里头除了你还有谁？自己什么个性不清楚吗？所到之处寸草不生，谁还敢待呀？"

三天三夜，他们一直待在一起，推掉所有工作。手拉手逛超市，买菜回家做饭，下午和晚上歪在沙发里看电影。终于可以跟人讨论情节了，即便是看过很多次的老电影，有人陪着重温，也是一种新鲜的体验。

神仙一样的日子。

"我小时候就想啊，为什么能拔出宝剑的就是她的意中人？万一随便哪个奇形怪状、恶贯满盈的妖怪拔出来，她也要死心塌地认定对方吗？对意中人的感情从何而来，她喜欢的是上天的旨意，这算哪门子爱情？"陆梨道。

霍旭西言简意赅地道："就是一种强设定，不要在乎逻辑。"

陆梨瞥他一眼："唉，不解风情。"

霍旭西笑了笑，胳膊揽着她，歪着头思忖着道："这个仙子不愿做灯芯，逃离天庭，要按自己的方法寻找意中人，算是追求自由吧，但就像你说的，她对爱人的选择却又依赖天意，确实有点矛盾。"

陆梨往他的怀里蹭："以前每次看都哭得稀里哗啦的，后来想想，仙子只是男主角成长过程的一个劫数，太像工具人了。"

霍旭西说："这本来就是男性主导的电影嘛。"

两人看着片子东拉西扯，有聊不完的话题。

陆梨对他的家庭充满好奇："三姑是和你爸住在一起的吗？"

"嗯，她离婚之后回来和我爸一起生活，直到现在。就是她安排你跟我相亲的，你还真听话。我快烦死了，从小就烦她。"

早年三姑因为婚姻失败，常常酗酒，喝醉以后滔滔不绝地骂街、倾诉，大半夜搅得全家不得安宁。父母白天都去干活儿了，她倒在屋里呼呼大睡，霍旭西看不过，抓了两只活蛤蟆丢进她的被窝里。

三姑醒来之后拿扫把打他，追了整整二里地。

陆梨听完，笑得肚子痛："你是她的克星吗？"

"救星，她酗酒的毛病是我治好的，不然早就喝死了。"

陆梨眨了眨眼睛："怎么治？"快说快说。

霍旭西撇起嘴角："三姑喜欢果酒，自己用高粱泡了两大罐，我见她那么爱喝，就往里面扔了只死耗子，第二天她准备倒酒的时候盯着玻璃瓶看，然后吐得昏天黑地。"

我的天。

陆梨皱起眉头，伸出食指戳他的脸："你怎么那么浑啊？万一她真的喝了怎么办？"

"我就在边上看着呢，怎么可能让她喝那玩意儿。"

陆梨觉得万分佩服。

霍旭西又说："我小时候有个外号。"

"什么？是不是魔鬼？"

他没好气地道："怎么就成魔鬼了？"

陆梨心想，反正在三姑的眼里他肯定和魔鬼无异，好不到哪儿去。

"狼崽子而已。"

确定不是狗崽子吗？

陆梨想起一件事，问："你二叔呢？"

提起这个人，霍旭西难掩鄙夷之色。他二叔是个真正的烂人，年轻时就在外面吃喝嫖赌，每次回家都找爷爷要钱，还骂三姑带拖油瓶赖在娘家不走，甚至伸手要她付房租。

当着众人的面，小阿旭用天真的语气问说："二叔，你怎么脸皮这么厚呀？想钱想疯了吗？"

后来有次他趁着四下无人，把小阿旭抓住揍了一顿，三姑发现，立刻跑去找他算账。

在对付二叔这件事上，全家的枪口绝对一致。

等霍旭西进入少年时期，个头猛蹿，身材高大，打架更是打出了经验。

二叔死性不改，某次暑假，霍樱放学回家被他遇见，咒骂一路。霍樱忍无可忍，回嘴时被他打了一巴掌。

霍旭西接到表姐哭诉的电话，当天带着龚蒲和冯诺上门，二话不说先还了几个嘴巴子，接着将这个泼皮双手反绑，丢进猪圈。

从此二叔见了他就绕道走，只敢在背后骂他大逆不道，要被天打雷劈。

"你这么厉害呀？"陆梨揉了揉他的脑袋。

霍旭西却问："不会觉得我太冲动，太暴力吗？"

陆梨摇头："姑妈和表姐受欺负，难道还要跟对方讲道理？"换作她也会有仇报仇的。

霍旭西笑着说："别人都劝我冷静，少动手，我还以为自己真是个火药桶。"

"别人是谁？"

他愣了愣，哑声道："……我爸。"

陆梨眯起双眼，手摸下去，掐他的腰，懒得拆穿。

"你的养父母很疼爱你。"

"嗯，他们都是很善良的人。"

"所以你也坏不到哪儿去。"

陆梨发现霍旭西不仅是白塔洗车店的主心骨，更是他家的顶梁柱。可他今年才二十四岁。

"我十八岁就出来工作了。"他对自己的社会经验和事业颇为自负，"你要是早点认识我，也不用受那么多苦。"

陆梨摇摇头，笑着道："我最苦的时候，你还没成年呢。"

"别提这个。"霍旭西讨厌自己比她年纪小，但转念一想，觉得计较这个颇显幼稚，于是把话题转移回去，"总之，和我在一起，以后你不会吃任何苦，信吗？"

这家伙忽然发誓干吗？

陆梨觉得心里甜滋滋的，忍不住捏他的下巴："跟我在一起你也不会吃苦，信吗？"

出乎意料的回答。

霍旭西习惯被身边的人依赖，从没想过自己也能依赖另一个人，那种感觉有点奇怪，难以形容，只知道自己又一次为她的自信和嚣张着迷。

"搬过来住，别走了。"他想以后每天下班回家都能看到她。

热恋中的人，一分一秒也不想分开。

陆梨对他自然也是如此。

"我不会做饭的啊。"她提前声明，努努嘴，"顶多洗个碗。"

霍旭西满不在乎地笑："你做的饭我也不敢吃啊。"

陆梨陷入在一起生活的种种幻想。可是当天半夜她就后悔了。

凌晨两点，陆梨骤然惊醒，莫名其妙的心悸带来糟糕的预感，悲伤不知从何而起，慌张开灯找手机，眼圈酸红。

"干吗？"霍旭西被吵醒，拧着眉，不明所以。

"我想回去。"她哽咽着道。

"怎么了？"

"外婆一个人在家，我不能把她丢在那儿。"陆梨越想越难过。

霍旭西坐起身，稍微思忖一下，拿过她的手机："现在很晚，明天再回吧。"

"可是我觉得很不舒服，心慌得厉害。"

"刚才做噩梦了？"他把她搂到怀里，手掌在后背轻轻抚摸，"梦都是反的，别胡思乱想。"

陆梨却已经做出决定，语气很郑重地道："我不能搬来和你一起住，外婆的年纪大了，孤零零的，我得回去看着她……"

霍旭西觉得这不是个问题："两边离这么近，开车二十分钟就到了，想见面随时都可以。"

陆梨却心神不宁，仿佛没有听见。她和老太太相依为命多年，彼此依靠，现在突然说要搬出来，剩她一个孤家寡人地守着大房子，多凄凉。

陆梨的脑中浮现出一幅凄凉的画面，酸楚难当。

而霍旭西却觉得老年人应该也有自己的生活，她是不是忧虑太过？但他没说出口，只关掉台灯："先睡吧，明早我送你。"

"嗯。"

没过几个钟头，天蒙蒙亮，陆梨迫不及待地赶回自己家。

按门铃，无人响应，她的额角突突乱跳，赶忙从包里掏出钥匙开门。

屋内静悄悄的，陆梨喊了一声，走进卧室，没有见到外婆的身影。

大概晨练去了。

陆梨倒在沙发上，从樱桃木边柜上拿起相框。但愿这几天老太太不会觉得太孤独，也不会觉得自己被抛弃了。她待会儿一定要用力抱住她，使劲儿撒娇。

正想着，钥匙开门声传来，陆梨高兴地蹦蹦跳跳地过去迎接。

"我刚刚那套动作标准吧？"

"你学得真快，出乎我的意料。"

"以前练过好长时间太极拳，金刚功简单多了。"

怎么还有别人？

陆梨愣怔地看着外婆跟一个老头一起进门。

"哎呀！你怎么回来了？"老太太见到她吓了一跳。

陆梨仿佛被泼了盆冷水一般，瞬间浇灭那些自以为是的感伤，真尴尬呀……她扯起嘴角笑笑。

"这是张爷爷，快叫人。"

"……张爷爷好。"

"你好你好。"

他们提着早饭，两人份的。

张爷爷被外婆推去厨房洗手："顺便拿两个盘子。"

把人支开了，老太太立刻朝她使眼色："你不是在小霍那儿吗？突然跑回家干吗？"

陆梨觉得气不打一处来："我担心你啊！"

"有什么可担心的？人家老张第一次到家里做客，你杵在这儿，我们说话都不方便。"

陆梨揾住心口，恨不得掐在自己的人中上："我成电灯泡了呗？"

"今天有安排，待会儿他还要教我下象棋呢。"外婆低头看表，"你差不多该去上班了。"

陆梨眼尖，当即拉过她的手："哇，好精致的腕表。"

"你张爷爷送的礼物。"外婆笑眯眯的，悄声说，"你帮我查查多少钱，我得回送一份价格相当的礼物。"

陆梨认得这个牌子，大概万把块。现在夕阳恋这么费钱吗？气死个人。她都舍不得买这么贵的首饰，老太太也活得忒滋润了。

陆梨一脸无奈的表情，饿着肚子打车去店里，路上接到霍旭西的电话。

"宝贝儿，怎么样了？"

她到现在都还没习惯这个肉麻的称呼，咬了咬舌尖："不怎么样，老太太和老头会呢。"陆梨气愤地数落一通，"迫不及待地把我赶出家门，连口饭都不给吃！"

这个可怜的倒霉蛋。霍旭西失笑："过来，我收留你。"

正聊着，出租车停靠街边，陆梨发现有个眼熟的身影站在福寿堂前，似乎已经等了很久。

"阿旭，我到店里了，先不跟你说了。"

草草结束通话，陆梨掏出卷帘门的遥控钥匙，看向那个人，穿过街道迎上去。

谢晓妮两手揣在衣服兜里，肢体僵硬，稍微显得拘谨。

稀客，陆梨不知道她突然登门做什么，客气地点头笑笑，招呼着说："这么早，有事找淑兰吗？"

谢晓妮的目光闪躲，深吸一口气，努着嘴唇，语气有点虚："不是，我找你。"

陆梨打量着她欲言又止的模样，心里觉得纳闷，莫非这丫头想问她借钱？

可她站着不吭声。

陆梨进店开灯，转到柜台后面，谢晓妮扭着脑袋打量货架。

"上新货了？"

"哦，对。"陆梨抬眸，打开话题，"你现在在做什么？"

谢晓妮低头道："健身房前台，干了几天，坐不住，试用期没过就跑了。"

真是毫不意外。

陆梨笑说："慢慢来吧，总能找到你喜欢的工作。"

小妮子抿着嘴唇，瞅了瞅她，忽然轻声问："你的伤好了吗？"

"啥？"

"那次都怪我，害得你的头被砸破……我当时太害怕，吓呆了，一直没跟你道歉。"

陆梨挑眉，愣了愣，仔细想想："好吧，我接受你的道歉，事情早过去了，你也不用放在心上。"

谢晓妮用手指捏着衣裳，犹豫地开口："那我还能回来吗？"

陆梨这下彻底震惊了："回来，为什么？"

"我……我也不知道。"昨晚组织的语言完全派不上用场，事到临头，脑袋里一片空白。

陆梨倒没生气，只觉得有些无语，歪头笑着问："你把我这儿当什么了，嗯？"

谢晓妮用力地咬着嘴唇："我会认真学习，认真干活！其实最近这段时间我经常在家练习丧曲，但自己也不晓得为什么，就觉得那已经变成我的一技之长。而且我想赚钱，尽快地赚钱谋生，给爸妈减轻负担。"

闻言，陆梨沉默了一会儿："你爸妈怎么了？"

谢晓妮做深呼吸："他们在乡下打渔为生，最近我才知道，爸爸上个月意外落水，被河里的水草缠住，差点淹死。"

原来是被亲情激发出的责任感。

陆梨当下没有表态："你先回去吧，我得和淑兰商量一下。"

"好。"谢晓妮走到门口停住，又说，"你发在网上的笔记我看过，每一篇都仔细看过，原来做殡葬这行很有意义，我想做有意义的事情，不想再像以前那样混日子，真的。"

陆梨相信她的话。年轻人喜欢寻找意义，否则会觉得虚度光阴，毫无价值。

下午趁着李四哥丧乐队的成员们都来了，大伙儿聚在福寿堂投票。

"小丫头不是这块料，以后再闯祸，砸招牌怎么办？"有人反对。

"我觉得不会，她既然自愿回来，肯定都改过了。"

"谁知道，万一又是三分钟热度呢，大家陪她玩儿？"

陆梨心想，谢晓妮今天自个儿上门，没有找姑妈从中调和，至少说明她敢于独立承担和面对，这份勇气值得一次重来的机会。

"大家投票吧。"她已经准备好纸条和笔，不记名。

结果很快出来，三票反对，四票同意。

"行了。"事情尘埃落定，陆梨说，"晓妮归队，之后表现如何，我们拭目以待喽。"

大伙儿这就散了。

淑兰拉住陆梨，笑着问："掌柜的，你投的哪票呀？"

"猜猜？"她不回答。

阴天的傍晚没有落日，寒风清冷。

洗车店准备打烊。龚蒲、冯诺和章弋约霍旭西喝酒，顺便晚上搓麻将。

霍旭西拒绝："我要回家。"

"回去干吗？连个说话的人都没有，多无聊。"

霍旭西用怜悯的目光看着他们，心想，我跟你们这些单身狗能一样吗？

打扫完店里，关门，众人还想蹭个顺风车，这时发现陆梨从公交站那边走过来了。

"梨子？"

"哎，正好，叫她一起搓麻将。"

龚蒲刚要喊人，不料却见霍旭西上前，抬起胳膊，陆梨加快脚步小跑，与他牵着手，他又把人拉近，低头亲她的唇角。

另外五个人目瞪口呆。

"怎么不等我接你？"

"等不及。"

陆梨跟随霍旭西往停车方向走，笑眯眯地回头朝大伙儿挥了挥手。

"这两个人怎么回事……"

尽管早知道他们之间有猫腻，但戳破窗户纸，毫无遮掩地亲昵，还是很令人震惊的。

"所以那个浑蛋先前三天没来上班是在谈恋爱呢！亏我还担心他生病！"

"陆老师是怎么把这个禽兽拐跑的？"

"你不记得那次在 KTV 俩人就亲上了吗？"

"合着一直背着我们乱搞呢，好家伙！"

…………

陆梨搬了些东西到霍旭西的住所，每周大概有三四天会住在他那儿，别的时间依然回自己家。

共同生活一段时间后，霍旭西发现她有不少小毛病。比如丢三落四的，零食、漱口水、充电线之类的小物件总是随手乱放，要用的时候到处找。他统一收进抽屉里，没过几天又出现在家里的各个地方。

接着，他见识了这个女人的霸道。盥洗台被各种瓶瓶罐罐的护肤品占据，他的刮胡刀像个弱势群体一样被摆在边上。

还有新鲜事儿，每天回家都会发现不一样的地方。比如灰白为主色的卧室换了淡紫色、乳白色的床单被套；黑胡桃木餐桌被铺上了桌布；纱帘变成荷叶边蕾丝；床角多出一张毛茸茸的小地毯。

原本他的装潢风格是冷酷的工业风，自认为相当高级，现在被浪漫的碎花、薄纱、各种五颜六色的颜色冲击，装酷是再也装不起来了。

生活习惯和审美喜好可以慢慢磨合，都不算什么，他郁闷的是有时候半夜醒来摸不到人。

第一次出现这种状况，霍旭西觉得心惊肉跳，大活人莫名其妙地就消失了。

电话打过去，陆梨倒很快接通，只是声音非常冷淡地交代一句："我在医院接遗体，有什么事晚点再说。"

他的担忧和困惑堵在胸口，好半天才纾解。

陆梨在工作上的认真与生活中的懒散几乎判若两人。

霍旭西常常听见她打电话，联系火葬场、墓地，协调殡葬团队，沟通各路人马，把工作安排得井井有条。他忽然想到，福寿堂的人一定觉得她非常可靠，非常有安全感。

换作他也很乐于和这样的人共事。但他们是情侣。霍旭西特别不开心的一点就是陆梨工作起来，眼睛里完全没有他的位置。

而陆梨不满意他的地方只多不少。首先这个家伙毫无羞耻心，有时洗澡或换衣服时，直接光着身体在她面前走来走去，每次她慌乱地移开视线，还会招来无情的讥讽，再有就是他死性难改的德行，防不胜防地使坏。

　　那天小区停电，陆梨半夜醒来不敢上厕所，于是把男人摇醒，拜托他陪自己去。

　　霍旭西体贴地送她进洗手间，等她刚坐上马桶，他打个哈欠转身就走，还不忘提醒说："别往旁边看，镜子里好像有人。"

　　陆梨的寒毛耸立，恨不得冲出去一脚踹死这个浑球。

　　两个人相处，小打小闹也不算什么，她最烦的是他招蜂引蝶。因为洗车店对外留着他的联络方式，所以霍旭西的手机里存有不少客户的电话号码，人多了，难免遇到些奇怪的人。有的人深夜找他聊天，甚至发来自拍照。

　　陆梨在旁边看见，目瞪口呆。

　　而他似乎见惯不怪，要么视若无睹，要么直接拉黑。

　　陆梨眯起双眼，冷冷地哼了一声："你遇到的诱惑还挺多。"

　　他耸了耸肩："没办法，天生丽质难自弃。"

　　陆梨被激出占有欲，打开摄像头，拉着他拍了张贴脸照，设置成头像。

　　"现在大家都知道你名花有主了，谁再发些有的没的，别怪我骂人。"

　　霍旭西惯爱看她吃醋，故意逗她说："不至于吧，赚钱而已，都是客户，不好得罪。"

　　陆梨挑眉冷笑着说："你怎么不直接去卖呢？换个行当，肯定比洗车更有前途，赚得更多。"

　　他死皮赖脸地贴过来："我倒是想啊，可惜伺候你一个就够累的了，你说你二十来岁就这样，往后还有几十年，我哪儿吃得消？"

　　贼喊捉贼，胡说八道……

　　最近陆梨回自个儿家，发现家里的电器莫名其妙地更换一新，客厅里还多出一台按摩椅。

"谁干的？"

"小霍。"外婆说，"前几天空调出了故障，你又不在，我跟他说了，他就给换了新的。你看这种圆柜的不占地方又时髦，清理起来也比挂机方便。"

"可是那台挂机才用了三年呀，洗衣机和冰箱也是崭新的，为什么换掉？"

"那是因为小霍说家电用个几年差不多就得换了呀。"

陆梨气得头昏脑涨，立刻打电话质问他。

哪知霍旭西理直气壮地说："陆老师，你都快给我家贴碎花墙纸了，还不许我往你家运东西？"

她是真的心疼那些无辜的电器。

"全部放二手平台卖掉了，没浪费。"外婆说。

陆梨不解地问道："他怎么跟个土大款找不到地方花钱似的？"

"男人对喜欢的女人就这样。"外婆看得很淡，"想给她花钱，有什么好东西都想往她手里塞。你忍着点儿吧，热恋期过去就好了。"

陆梨："……"

大多数时候他们相安无事，亲密无间。但两人之间隐藏的矛盾并没有及时沟通，突然有一天毫无预兆地爆发。

那次陆梨承接一条龙服务，去邻市的某个镇子，足足忙活了三天三夜。毕竟不在本地，离家远，晚上没法回去，对她来说没什么特别的。

经年累月，陆梨早就习惯了，总结起来八个字：专心致志，不受干扰。

尤其是亲近之人的干扰。

当初刚入行时，有一天，她和师父去丧主家，路上接到母亲的电话，其实不过因为突然降温，担心她受寒，询问几句而已。可陆梨想着想着，就哭得没法自制。

师父说，你这么容易情绪失控，待会儿还怎么干活儿？社会上不是你撒娇、委屈的地方，好好练练一下铁石心肠吧。

是啊！一哭就想回家，一哭就想放弃，那么干脆回去当个乖宝宝算了?

陆梨不想当乖宝宝。她给自己练出了金刚铁骨,工作的时候不受任何情绪干扰,专注,投入,尤其最近带谢晓妮,更没精力分心。

丧事办完,收尾结束,开车回到家,她洗个澡,倒头就睡。

不知道过了多久,被人叫醒,身上盖的被子也不见了。

"起来。"霍旭西居高临下,冷眼看着她。

陆梨觉得疲惫不堪,皱眉道:"我很困,别吵我睡觉。"

"当我这儿是宾馆呢?"他的语气隐含怒意,"给你发信息没看见吗?"

她看见了,但是没有回复。

"说话!"

陆梨被吼得耳朵嗡嗡作响,一股火直蹿到头顶:"你烦不烦?我有自己的事情,不可能每天围着你打转,拜托你也别像小孩儿一样黏人!"

最后几个字的杀伤力很大,至少对霍旭西来说是这样。他顿时气笑了,笑着连连点头:"小孩儿,是吧?"

陆梨拉回被子正要翻身继续睡觉,忽然身上的被子再次不翼而飞,她终于被惹恼,立刻坐起身,披头散发地瞪着他:"是不是有病?想吵架?来啊,都别睡了,我陪你吵到天亮,吵到死!"

霍旭西居高临下,垂着眼皮冷冷地打量她,胸膛起伏,心中烦得如江海翻涌,几乎不能自制。她真有本事啊,把他气成这样。

"陆梨,你当我没脾气,心地善良,菩萨心肠,会无限度地纵容你?"霍旭西眯起双眼,"我有那么好说话吗?还是你没把我放在眼里,所以随便对待?"

"你现在大半夜的发疯,不让我休息,还说纵容?"陆梨冷笑着,手指插进刘海,将头发拨到脑后,神态厌倦。

"原来你还知道大半夜呢?"霍旭西的语气很冷,"电话不接,信息不回,在外面浪够了就跑回来睡大觉,什么意思?这里不是酒店,我也不是你的管家!"

陆梨懒得多费口舌,当即下床穿拖鞋,径直往外走。

霍旭西一把抓住她的胳膊:"去哪儿?"

"酒店。"她讥讽道，"花点钱住宾馆，好过在这儿听人数落，看人脸色。"

他冷笑着道："想来就来，想走就走啊？"

"你要怎么样？"陆梨皱着眉一字一句地道，"你到底还要怎么样？"

霍旭西面无表情地看着眼前的人，心口仿佛被大石头堵死，感到透不过气，握住她胳膊的手掌也愈发使劲。

"唑。"陆梨吃痛。

他垂眸，稍微放松，但并未完全放开。

"你哪儿都别想去。"这么说着，霍旭西忽然一笑，拽着她倒在床上，再拉起被子将两人盖好。

"干什么？"

"你不是要睡觉吗？睡啊。"

陆梨被气得火冒三丈，刚才把人吵醒，不让她好好休息，现在她被气得精神抖擞，他又拉着人睡觉，什么意思？

"走开！"陆梨想坐起来，奈何被他的胳膊压制，难以动弹。

霍旭西置若罔闻，半张脸埋在枕头里，闭目养神。

陆梨用力咬着嘴唇，狠狠地瞪他一眼，翻过身去，赶紧睡觉，别理会他这个疯子。

不知道昏睡多久，醒来时天黑着，陆梨看看时间，凌晨一点半。

床上只有她一个人，客厅传来细微的声响。

陆梨出去，见电视播放着体育节目，霍旭西趴在沙发里，胳膊垂落地面，烟灰缸摆在手边。她轻手轻脚地进入浴室洗漱。

淅淅沥沥的水声响起，霍旭西掀起眼皮，望向浴室的玻璃门，模模糊糊地透出暖黄色的光。没一会儿，陆梨裹着浴袍走出来，他闭上眼睛佯装熟睡。不知道说什么，也不太想说话，省得一言不合又要吵架。

客厅的暖气很足，陆梨觉得闷，推开窗户，让新鲜的空气进来，然后拿小毛毯给他盖好，接着蹲下来，悄悄地摸他柔软的头发，指尖碰了碰他漆黑的眉毛。

她忽然也觉得有些困惑，自己到底怎么回事，孤独的时候想要伴侣，有了伴侣却要保留私人空间，好笑得很。

没顾及他的感受，出门几天不联络，确实有些过分。

内疚感涌上心头，撕开柔软的口子，爱意随之填满。

陆梨靠近，亲吻他眼尾那块薄弱的皮肤。

本打算装死到底的霍旭西不由得开口："干吗？"

陆梨被吓了一跳，赶紧后撤。

霍旭西懒洋洋地翻个身，面无波澜看着她，抬手点点自己的嘴唇，问："怎么不亲这儿？"

干坏事竟然被抓包，她摸摸鼻子讪笑："你刚才趴着。"角度不好。

以为话题就此结束，谁知霍旭西继续说："我现在没趴着。"

陆梨心跳如擂鼓，避开令人紧张的视线，背靠沙发坐在地毯上，拆开小零食，问："你饿不饿？"

霍旭西没吭声。

陆梨一边啃黄油饼干，一边拿起遥控器换台找电影看。

霍旭西见她一副若无其事的样子，轻笑道："你是不是觉得约束，不喜欢被人管。"

"嗯，对。"

霍旭西沉默不语。

陆梨瞥着电视："但我喜欢你。"

霍旭西稍微一愣，沉默了一会儿，嗤笑道："是吗？"语气颇为自嘲。

陆梨听着有点心疼，起身揉了揉他的头发："是的，不要怀疑。"说完，她拐进厨房煮泡面，加青菜、鸡蛋和午餐肉，端到客厅吃。

"你真的不饿吗？"

霍旭西本来不饿的，可是方便面的香味实在太要命，她这个坏蛋还特意当着他的面呼啦啦地嗦。

陆梨听见某人咽口水的声音，不禁失笑："别装了，厨房还有一碗，自己去拿。"

霍旭西从沙发上起身，轻轻推了推她的脑袋。

两人盘腿坐在茶几前享受夜宵，因为太好吃，最后把汤也喝光了。

吃饱了，两人又不约而同地拿打火机点香烟，吞云吐雾。

"休息会儿。"

电视里在放警匪片，陆梨把头靠在霍旭西的肩膀上。分明沙发更舒适，这么高级有品位的沙发，她却总喜欢坐在地上，也不知什么爱好。烂透的片子，故弄玄虚。

陆梨觉得索然无味，想到霍旭西明早还要上班，于是拉他一起洗漱。

镜子前一高一矮的两个人，嘴里塞满白色泡沫，头发凌乱，无精打采的。只有共同生活的亲密关系才能看见对方这副模样。

"刷干净没？"陆梨堵在门口，不准他出去，"检查一下。"

霍旭西垂眸看着她，一副跷跷的样子，弯腰低头，慢条斯理地吻住她。

陆梨的脸红了。

"下次想接吻可以直接说。"

"……才没有。"她否认。

霍旭西没搭话，心里却想：我还不知道你？

陆梨回卧室，钻进被窝，打开台灯。他也上床。

"你有没有发现一件事？"显然她准备聊聊。

"什么？"

"一起生活挺难的，每个人的生活习惯不同，衣食住行都得慢慢熟悉、磨合，整个过程都是挑战和麻烦。"

所以呢？后悔吗？霍旭西的脸色阴沉着，没作声。

陆梨说："所以这种事情经历一次就够了，我这人又懒又怕累……你觉得呢？"

霍旭西说："嗯，你很有自知之明。"

陆梨努努嘴，重点根本不在这儿。

而他觉得费解，还用问吗？自己从没考虑过将来和别人生活的可能，她想什么呢？一个念头闪过。难不成这是一种婉转的承诺吗？霍旭西看着她。

陆梨放弃那个话题，又说："以后我接工作，如果需要出门几天，不会再忽视你的信息和电话，我保证。"

霍旭西的胸膛微微起伏，心潮涌动，按捺着情绪"嗯"了一声。

陆梨总算放松下来，长吁一口气："你对我还有什么不满意的地方吗？"

霍旭西歪头思忖着："你呢？对我有什么意见？"

要这么问，她的脑海中当即冒出一件事儿，偷偷打量着他，犹豫着要不要开口。

霍旭西把她的小表情看在眼里："有话直说。"

陆梨笑起来："你说你长得人高马大，其实挺爱吃醋的啊。"

霍旭西问："身高和吃醋有什么必要关联吗？"

陆梨语塞，转念一想，却乐了："所以你承认自己爱吃醋？"

霍旭西摇摇头："我还好吧，不及某人，等在我家楼下，什么都没看清，也不问清楚，醋坛子打翻，直接要跟我断交，深更半夜冒着冷风在街上狂走……比起我的醋劲儿，小巫见大巫而已。"

提起这桩糗事，陆梨的脸色不太自在，耳朵发红，扯起嘴角干笑："记得挺清楚嘛。"

霍旭西见她觉得尴尬，悠然地将人搂紧，仔细打量着道："清楚着呢，冷得直哆嗦，还不忘跟我斗气，顶着狗啃似的刘海，当街对我又踢又骂。"

陆梨臊得往他怀里躲了躲，懊恼地嘀咕着："真丢人……"

霍旭西耸了耸肩："挺可爱的。"

陆梨扯起嘴角："不会吧？你怎么会喜欢这种悍妇？"

"说反了。"他纠正，"因为喜欢这个人，所以彪悍些也无所谓。"

陆梨咬着唇偷笑，揶揄道："哪个人啊？"

"就是你，行了吧。"

陆梨觉得高兴，扯了扯他的衣裳："我不想再做那么幼稚的事了，想想都不成体统，还好没人看见，要是被我们店里那群人知道，从此我就威严扫地啦。"

闻言，霍旭西歪到枕头上，垂眸看看手指甲，漫不经心地说："当然，你可是福寿堂的陆老板。"

陆梨说："以后你成熟一点，我也成熟一点，肯定不会再吵架，闹别扭。"

霍旭西哦了一声："成熟就够吗？用不用我再变得温柔体贴，斯文和蔼？"

"嗯？"陆梨不解。

他若有所指："你对某一类型的男性还挺执着的，审美很固定。"

陆梨张着嘴，愣了一会儿，忽然一下子被气笑了："你说什么？"

"开个玩笑，别当真。"霍旭西说，"要成熟起来也简单，可我担心你不习惯。"

陆梨不知道他又在搞什么把戏，满不在乎地挑眉："好呀，试试看。"怪新奇的。

他抓起枕头起身："我去沙发睡。"

她疑惑地眨眼："为什么？"

"作为独立的成年人，需要一点个人空间，安静地思考一下我们俩之间的问题。"

什么乱七八糟的？

陆梨几乎下意识地扑上前去，抱住他的腰："哪儿不能思考，非要去沙发？你给我待在这儿。"

霍旭西嗤笑道："陆老师，你这样很幼稚。"

"你才幼稚。"她警告他，"今晚出这个门，以后都别进卧室了。"

霍旭西想想觉得不划算："行，既然你舍不得，我就睡在这儿吧。"他说完放下枕头，翻身背对着她，"麻烦关灯。"

陆梨气得头疼，恨不得一脚踹过去。她刚睡醒没多久，现在头脑清醒，半分困意也无。熄了灯，房间里漆黑一片，新换的床单枕套散发着幽微的香气，忽然反应过来，为什么一对正常的情侣要搞这套？装什么理性克制？真是见鬼了。不过她懒得多想，反正绝对不能输给他。

陆梨抱着被角翻过身，暗暗深呼吸，等了一会儿，猜测霍旭西已经睡着，她忍不住挪过去，额头轻轻贴着他的后背，舒服了，满足地闭上眼。

第九章
不要怕

冬日清晨的被窝温暖清香。霍旭西垂眸看着臂弯里熟睡的陆梨，脸蛋被温热的气息烘成熟苹果，手指揪着他的衣裳，看起来显得十分娇憨可爱。

他用下巴新冒出的胡楂儿蹭了蹭她的额头。忽然想到，不知道留一点胡楂儿会不会看上去显得成熟稳重些。接着突然一笑，他是被陆梨搞怕了，还有"古代人"的阴影像幽魂一样，时不时地飘出来，搅得人心烦。他可不想当醋坛子，一碰到辜清彦就打翻。

姐弟恋，世人都说女方岁数大些，容易烦恼忧虑，殊不知男方也不好受，他最忌讳自己像个弟弟，在陆梨的面前显得稚嫩局促。

倘若她真的嫌自己年纪小，霍旭西倒不以为然，但偏偏有个稳重内敛的"古代人"杵在那儿，就活在她的记忆里，抹不去、擦不掉，完美得犹如神仙姐姐的雕像。

试想一下，每次两人有矛盾闹别扭，她会不会在心中作比较呢？

不行，霍旭西想到这种可能，压不住火，恨不得立刻拽她起来问个清楚。

都怪辜清彦那种表面上看似云淡风轻的斯文败类给人君子的错觉，都是男人，拥有七情六欲的正常人，非圣非贤，也就靠某些傻姑娘的想象才脑补成神仙。

他吃亏就吃亏在与陆梨相识太晚，没有在她最无助的时候出现，如果有那种机会，他绝对给出最实际的帮助，而不是虚无缥缈的一封电子邮件。

想到这里，他掐了掐陆老师的脸："你倒睡得香。"

不晓得她这会儿梦见什么呢？

霍旭西打量了她许久，起身下床。

陆梨连着几天作息时间混乱，补觉补得脑袋迟钝，缓了好久才恢复精神。

没有二十岁左右的时候有活力了，以前熬大夜，随便休息几个钟头就能生龙活虎，哪像现在……霍旭西比她年轻，精力更比她旺盛，想想真令人感到气愤。姐弟恋，滋味儿终究不太一样。

中午，陆梨回家陪外婆吃饭。

老太太貌似无意地问："你和小霍过日子，平常怎么吃饭？"

"有时叫外卖，有时他做饭。"

"他做饭？那你呢？"

"我洗碗。"陆梨说着，停顿片刻，想起一件事，"不过上周他买了台洗碗机。"

外婆"啧啧"两声："所以生活上谁照顾谁多点儿？"

"我们又没缺胳膊少腿，不需要对方照顾。"

"那要是闹矛盾吵架，谁先让步呢？"

陆梨思忖半晌，实在比较不出来。

外婆说："他是弟弟，你是姐姐，男人通常成熟得比较晚，而且又是你去他家住，寄人篱下，他有没有把家务活推给你呀？"

陆梨拧眉，好笑地道："没有，什么寄人篱下，我又不靠他吃饭。"

"那就好。"外婆这才放心，"你不知道，我见过很多女大男小的夫妻，跟养儿子似的，女方操持一切，男方心安理得地当甩手掌柜，什么都不管，这种相处模式，女方多累啊。"

陆梨回答道："我觉得跟年龄没关系，男大女小也好不到哪儿去，关键还是看人。"

"找个好老公可不容易，你爸那样的已经绝种了，小霍还是靠谱的，我就希望你别吃亏，也别欺负人家。"

陆梨轻轻地"嗯"了一声。

吃完午饭，老太太和她的夕阳恋的牌搭子打麻将去。陆梨收拾桌子，倒掉剩菜，把餐具拿进厨房。她懒啊，不耐烦干这些洗洗刷刷的活儿，想起霍旭西买的洗碗机，端详着厨房，考虑给家里也购置一台。正想着，霍旭西打来了电话。她把手机搁在水槽边，打开免提。

"水蜜桃，"他惯会给她起外号，而且叫得随意，"下午没事过来玩呗。"

临近春节，洗车店放假，今天最后一天营业。

陆梨说："春节流量那么大，有钱不赚，你舍得关门呀？"

霍旭西轻笑道："你当我是周扒皮呢。刚发了奖金，那群狂蜂浪蝶已经憋不住要出去撒欢了。"就像学生时代遇到寒暑假一样的心情。

陆梨答应晚点儿过去。

霍旭西挂了电话，发现龚蒲在假装擦前台，欲言又止。

"干吗？有事就说。"

"跟你说件事儿，那个，甄真要回北都了，之后可能会和杨洛结婚，在北都定居。"

"她不是签了这边的舞团吗？"

"具体我也不清楚，她回舒城过年，想叫我们几个老朋友吃顿饭，聚一聚。"

闻言，霍旭西沉默片刻，点头道："行，你们聚吧。"

"少装傻。"龚蒲笑着骂道，"不就一起吃个饭吗，你避什么嫌？怕陆梨不高兴？"

霍旭西没有正面回答："春节一堆事儿呢。"

龚蒲轻声叹息着道："我听甄真的语气，要是去北都，兴许以后就不回来了，所以想和大家道个别。你说她怎么搞的，突然走得这么坚决。"

霍旭西猜测大概和她的父母有关。

龚蒲又说："你得参与啊，别扫大家的兴。"

"待会儿陆老师来，你问问，看她批不批准。"

龚蒲知难而退，不想干这种得罪人的事，但不妨碍他觉得霍旭西恶毒。

"知道你现在像什么？恋爱脑的毒蜘蛛！没救了，你被陆梨那个女魔头给夺魂啦！"

"陆老师不是女魔头。"霍旭西慢悠悠地道，"她是我的心肝宝贝儿。"

"老天爷啊。"龚蒲的五官拧成一团，忍无可忍地跑出去狂呕。

陆梨做完卫生，到阳台看了看，用纸箱子把两盆月季打包，带回霍旭西的住所，放在阳台光照最好的位置。

"我的心"长到半人高，还没开花，"你的眼睛"浑身红刺，最近长红蜘蛛，病害严重，叶子都给薅秃了，用过药，但愿能缓过来。

陆梨在心里默念一遍：你的眼睛是我的心。

某人没文化，但还是有些土了吧唧的浪漫在身上。刚好她很吃这一套。

下午三点刚过，陆梨打车去白塔路。

洗车店正在大扫除，音响开得震耳欲聋，放着《梦伴》。

今天今天星闪闪……

霍旭西叼着烟，正在洗自个儿那辆车。

陆梨看了两眼，放下包走上前："我帮你，怎么用？教教我。"

其实他已经清洁得差不多了。

"想玩高压水枪？"

"嗯。"

霍旭西递给她。

陆梨说："别离我太近，你站到旁边。"

他照做，掐了烟，挪到前面。

陆梨用水枪对着车子假模假样地冲了几秒钟，忽然调转方向。

霍旭西有所警觉，当即转身躲避，可惜来不及，被她喷个正着。

那次他就这么捉弄她来着，可记着仇呢。

"哎呀，真不好意思，霍老板，水压太强我控制不住。"她一脸坏笑。

霍旭西被她追着滋水："陆梨，你疯啦？"

看戏的众人乐不可支，欢呼雀跃地鼓掌起哄。

除了冯诺，他最看不惯情侣撒狗粮，烦躁地道："啧，你们俩干吗呢？肉麻不肉麻？"

霍旭西浑身是水，看起来十分狼狈。陆梨大仇得报，高兴得原地蹦跳着转圈儿。

龚蒲说得没错，她就是个小恶魔，但也是个小可爱。

洗车店在哄闹中打烊关门。

霍旭西把湿透的外套丢到后备厢，用小毛巾随意地擦擦头，转眼见陆梨坐上副驾，他伸手过去用力掐她的脸蛋。

陆梨疼得龇牙咧嘴。

"待会儿要接圆满去泉镇，"他忽然说，"三姑让我们回去吃晚饭。"

"这么突然？怎么不早点讲，我一点准备都没有。"

"她临时打电话来的。"霍旭西发动车子，"不需要准备什么。"

陆梨却感到有点紧张和别扭。

他们先到水果店买了整箱的车厘子、柑橘和草莓，老霍和三姑都喜欢吃大樱桃。

"你家有做腊肉吗？"

"应该有吧，每年都做的。"

"我们家也是。"陆梨说，"今年阳台种了盆栽，外婆把熏完的香肠挂到我房间的窗外，整个卧室都飘着腊肉味，气死我了。"

霍旭西笑起来："过年别回去住了。"

"那怎么行？春节要走好多亲戚，外婆的娘家，外公和妈妈的老家，还有我爸的老家，可有得忙呢。"

他们聊着天，到地方接了霍圆满，那个小孩一上车就知道打招呼。

"姨姨好。"

"你好呀。"

霍旭西随口纠正："叫舅妈。"

陆梨倒吸一口气，眨了眨眼睛："叫姐姐吧。"

霍旭西诧异地扭头，挑着眉揶揄道："好意思吗？"

她嘿嘿地傻笑。

不多时，抵达泉镇某个幽静的小区，他们拎着水果上楼，按门铃。门还没开，先听见里边高昂的喊声："来啦来啦——大哥，你快去，我手上没空！"

老霍和陆梨上次接触还是因为葬礼，两人属于雇佣关系，现在变成长辈和晚辈，乍一见面险些没转过弯，差点脱口称呼"陆老师"。

"梨子来了，好久不见。"

陆梨点点头，乖乖地叫人。

三姑从厨房探出脑袋，上上下下地打量着，笑得中气十足："哎哟，阿旭，你媳妇儿真漂亮。"

霍圆满跑进厨房找外婆玩儿。

陆梨一边换拖鞋一边小声说："那就是你三姑呀？发型这么时髦。"

红棕卷儿，爆炸头，看上去很不好惹。

霍旭西说："她已经很收敛了，平时更浮夸。"

两人提着水果进客厅。

这套房子尤为宽敞，大平层，阳台开阔，还养了猫和狗。

陆梨参观着，惊叹连连："两个人住这么大的房子？"

"我爸喜欢招待客人，村里的亲戚来镇上都住我们家。"

"装修风格和你那套公寓差别太大了。"

"都是三姑布置的。"霍旭西耸了耸肩，"我只负责掏腰包。"

哇！陆梨崇拜地望着他，双手捧在下巴前："你能做我的侄子吗？"这种晚辈上哪儿去找，简直是稀有动物。

霍旭西失笑，揽住她的腰，把人捞近："瞎说什么呢。"

到饭点的时候，忽然来了好多霍家的亲戚，大圆桌旁坐满了人。

三姑当着客人的面给陆梨递上大红包。

"我们阿旭头一次带女朋友回来，按照习俗呢，这个算见面礼，一点小心意，快收下。"

陆梨做出乖巧的模样，双手接过："谢谢姑妈。"

"不客气，好孩子。改天我们去舒城拜访你外婆，她老人家好福气呀，养出这么水灵的姑娘。"

陆梨回以温柔的浅笑，像个优雅的淑女。

霍旭西险些翻白眼。他若有似无地凑近，带着一点懒散的语调轻轻嗤笑道："你们要不要这么做作？"

看在红包的面上，要的。

陆梨颇有应对浮夸人群的经验，人家特意当着亲戚们送见面礼，配合一下怎么了？

霍旭西算是把她看透了："你就是个小财迷。"

废话，谁不爱财？

"我觉得你三姑挺好玩儿的，"陆梨观察着说，"像只花孔雀，很喜欢热闹，可是你爸却那么朴实无华，中老年兄妹生活在一起，平时肯定有不少戏剧性的事情。"

霍旭西向来佩服她的脑洞："你看戏呢？"

她吐了吐舌头。

晚饭过后，麻将摆开，陆梨上桌摸了两把牌，兴致不错，奈何牌技太差，即便有霍旭西频频喂牌也挡不住她乱来，输了几百块，终于识趣地让位。

过了九点钟，向长辈们道别，两人开车回舒城。

陆梨坐上副驾，立刻掏出红包数钱："一、二、三、四……五十六、五十七……"越往后数，越按捺不住喜悦，她直接笑出声。

霍旭西真想用力掐一下她嘚瑟的脸："这钱有我的份吗？"

"没有。"

"总共多少？"

"一万零一。"陆梨闭上眼睛，倒在靠背上回味无穷。

霍旭西问道："一块钱是什么意思？"

"万里挑一呀。"她对本地的红白事风俗了如指掌，"放心，等订婚的时候外婆也会给你红包的。"

"多少？"

"九千九百九十九。"

他觉得不爽："我就不是万里挑一吗？"

陆梨抬手去抚摸他瘦削的下巴，手指灵活地挠动，跟逗猫似的，语气里带着宠溺："乖乖，你是无价宝。"

那当然，还用说？

她收起红包，打了个哈欠，一上车就犯困，也不知道什么嗜好，眯了一会儿，醒来时发现车子停在公路旁一块小荒地边，霍旭西在外面抽烟。

冬季景色萧索，枯萎的杂草随着寒风摇曳。橘红色的星点忽明忽暗。

陆梨下车，离开暖气的空间，瞬间冷得直哆嗦。

霍旭西掐了烟，抱起她，放到引擎盖上。

"干吗呢？"

"看那边。"他指向悬崖。

漆黑的天幕下，远处蜿蜒的公路上车流涌动，灯光流转，好似温柔的银河，闪烁着向各方伸展。

崖边两侧生长着茂盛的花树，无人打理，叶影参差，妖娆迷离。

"那是什么？"陆梨问。

"夹竹桃。"霍旭西靠着车头，"有毒，小时候长辈都告诫我们不能摘、不能碰。"

"那你摘过吗？"

"摘过。"霍旭西垂眸看她，"冷不冷？"

陆梨点头。他正要回车里拿外套，却被她拉住。

"这样就好啦。"陆梨跳下来，双手环住他的腰，脑袋埋进胸膛，心里嘀咕着，这么细的腰，比我还细，真气死个人。她忍不住来回地摸。

霍旭西失笑，"啧"了一声："干吗呢？"

"你看，月亮。"她试图转移他的注意力。

天上一轮皎洁的孤月，山峦起伏，如墨水勾勒的线条。

"这里的风景真好，适合跳崖殉情。"霍旭西说，"以前每次经过都想停一停，但是心情会有点不爽。"

"为什么？"

"只有我自己看风景，没意思。"

陆梨喃喃着道："以后我陪着你呀，不管你想做什么，我都愿意奉陪。"

难得听见这么动人的情话，霍旭西得寸进尺地问道："有那么喜欢我吗？"

"嗯。"她轻声应着，毫无迟疑，"有的呀。"

他稍显诧异，垂眸打量她，眼睛眯起的样子像一种妖冶的藤本月季，叫蓝色阴雨。

"好，现在就去。"

"去哪儿？"

他握住她的手腕没吭声。

陆梨琢磨过来大惊失色，死活不肯走，最后索性一脚踢过去："是不是有病！"

霍旭西吃痛，弯腰使劲儿搓揉小腿："用得着这么狠吗？"

陆梨气鼓鼓地道："活该。"

霍旭西冷笑着道："就知道不该信你的鬼话。"

两人忽然间没了言语，站在寒风中沉默着。男女之间的差异有时如同天堑，难以跨越，脑子里想的东西也是天壤之别。

美景是无心继续欣赏了，陆梨冷得直呵气，转身上车："回吧。"

霍旭西启动车子。

陆梨问："还疼不疼？"

他没有回答，转头扫了一眼，提醒说："那个……什么来着。"

"啊？"

他停顿片刻，脸色稍稍变得怪异，好像脑袋短路，思索了数秒才想起那东西叫什么，然后重新提醒："安全带，系上。"

陆梨看着他，眨了眨眼睛，没憋住，歪倒在座椅里直接笑出来。

霍旭西也有点害臊，胳膊搭着车窗，食指送到唇边，咬了咬手指关节，表面上依然维持着冷峻："有什么好笑的？你就没有嘴瓢的时候？"

陆梨强行忍住，转过脸去，肩膀颤动。怎么办？她好爱看别人出糗，坏透了。

回到家，陆梨进卧室换衣服，想起刚才的事，禁不住抿着嘴偷乐。

霍旭西靠在门边，抱着胳膊好整以暇地看着她："还乐呢？"

"你也有这种时候。"陆梨想起他刚才在悬崖边吹冷风看夜景，身影朦胧，颇有一股落寞萧索的意味，怪迷人的。

"有没有听过一个词。"陆梨瞅着他，"哀感顽艳。"

霍旭西挑眉问道："形容我？"

"嗯。"

"是好词吗？"

她扶额，忍俊不禁："算是吧。"

见他一副怀疑的表情，陆梨转移话题，问："阿旭，以前你觉得寂寞的时候怎么办？会不会很难熬？"

"不难。"霍旭西说，"朋友多，找他们喝喝酒，打打游戏，一下就过去了。"

"那你会带龚蒲他们去悬崖边看月亮吗？"

"我疯啦？带他们？"霍旭西露出嫌弃的表情，摇头"啧啧"了两声，"那群没文化的土匪，懂月亮吗？"

陆梨扑哧一声笑出来："待会儿把你的原话发到群里。"

"请便。"他挑眉。

陆梨拿了毛巾走进浴室，霍旭西跟过去，靠在门边看她洗脸。她站在盥洗台前，一边抹洗面奶，一边嘀咕着："我就没你那么洒脱，以前遭遇寂寞，心里觉得孤单，即便有外婆陪伴，或者福寿堂的朋友们都在，还是觉得缺了点什么。外婆说，每一种感情都是独特的，不能相互替代，人生当中需得有亲人、友人、爱人、陌生人，还有自己。我跟你在一起，算是把最后一块儿补齐了。"

霍旭西从镜子里端详她许久，眉眼愈发温柔："我也是。"

闻言，陆梨冲他莞尔一笑。

腰背酸得好像去工地搬过砖。

天光大亮，陆梨拖着虚软的双腿去浴室洗漱。她没法直视盥洗台和镜子了。

霍旭西那个变态……

陆梨摇摇头，把脑海中离谱的画面甩干净。

今天中午要带他回去陪老太太吃饭。

出门时，她蹲在玄关穿鞋，起猛了，忽然感到一阵晕眩，晃了晃，被霍旭西扶住。

"还能走路吗？"他神清气爽，垂着眼，似笑非笑地问道。

这个混账东西，求欢的时候甜言蜜语、低三下四，完事儿以后原形毕露，逮着机会就要挖苦调侃她。

"我好得很。"

"昨天晚上……"

"住口。"

"我是问……"

"你还说。"

霍旭西挑眉不语。

陆梨眯着眼睛瞥过去："总有一天我要把你绑起来。"趁他无力反抗的时候尽情折腾，让他尝尝被玩弄的滋味。

"绑起来干吗？"他问，"你要收拾我啊？"

陆梨咬牙："弄死你！"可惜毫无威慑力。

"怕死了。"霍旭西搂住她的腰，"尽快好吗，我很期待。"

陆梨不想搭理他。

两人出发，坐上车。霍旭西的手机忽然收到信息，他随意扫了一眼，脸色在瞬间变得非常难看。

"怎么了？"

霍旭西没有回应，自顾自地拨了个电话，但没打通。

陆梨不知道出了什么事。

霍旭西又给龚蒲打电话，问："甄真是不是回舒城了？"

"是啊，昨天回的。"

"她住酒店还是家里？"

"应该在家过年吧，怎么啦？"

"她刚才给我发信息告别，说撑不下去了，我担心出事。"

"怎么会这样……"

霍旭西没有多讲，当即驱车赶往甄真家。

陆梨听得心惊，第一次开口询问他前女友的情况："她遇到什么麻烦了吗？"

"可能是和父母闹矛盾。"霍旭西的眉头微蹙，"她爸妈挺难搞的。"

不多时，到了地方，陆梨陪他一起上楼，霍旭西越走越快。

霍旭西不太记得甄真家的具体位置，到五楼敲门，找错了，又上六楼，这回倒是找对了。

甄父开门，多年不见，看好几眼才认出霍旭西，满是诧异的表情："你来干什么？"

霍旭西置若罔闻，强势地径直闯入，左右张望，发现两间卧室其中一间大门紧闭，推了推门，反锁着，他敲门，无人应答。

甄母骂道："谁准你们进来的？滚出去！"

霍旭西把门撞开。

甄真蜷缩在床上，枕头边搁着一个药瓶，已经空了。

他抱起她大步往外走。

人送到医院，赶紧洗胃抢救。

不多时，甄真父母也跟到医院，逮住霍旭西质问："你对她做了什么？把她害成这样！"

霍旭西甩开甄父的手，一边讲电话一边出去接龚蒲："先找护士站问问，别走错了，正厅有一个大前台……"

他刚离开，甄家夫妻开始相互指责，对骂。

陆梨只是局外人，站在旁边被迫听了半晌，算是弄明白了来龙去脉。

原来甄真回家摊牌，表示自己决定前往北都，并且以后每个月会寄赡养费。甄母嚷着要和她一起走，甄真不愿意，她在沟通到情绪最愤怒之际说出断绝来往之类的话，彻底引爆了炸弹。

甄母当即哭闹着要跳楼，甄父则扬言要告知所有的亲朋好友，让她这个不孝女身败名裂。

"养她这么大，竟然轻易闹决裂，对得起我们吗？"甄父说。

"我跟她一起去死才好，我也不想活了！"甄母说。

陆梨撇了撇嘴，眼睛底下那块皮肤颤了颤，实在是……听不下去。她用力翻个白眼，抱着胳膊深呼吸，声音冷冷地道："你们的女儿都被你们逼成这样了，现在还在里面洗胃，两个人居然在这儿废话连篇，毫无歉意和廉耻，可真有脸啊！"

龚蒲和冯诺另外通知了甄真从中学起最要好的两个闺密，几个人马不停蹄地赶到了医院。

霍旭西带他们去急诊科。

大家多少知道甄真家里的情况，现在发生这种事，个个愤愤不平："难以理解，怎么会有这种爹妈，实在让人窒息！"

"真真就是太温柔、太善良，好不容易鼓起勇气反抗，竟然换来这种结果。"

"杨洛呢？告诉他了吗？"

"我打过电话了，他马上从北都过来。"

"阿旭，你有空开导开导她吧，其实甄真这两年的情况一直不太好，摆脱不了父母的枷锁也让她觉得心灰意冷，你的话她多少还能听得进去。"

龚蒲瞥了一眼霍旭西，刚想开口帮腔，解释他现在有女友不方便，谁知来到抢救室的走廊，却见陆梨叉着腰，正和甄真的父母吵得不可开交。

"你是谁啊？我们家的事轮得到你说三道四？"

"我是路人，怎么了，连路人都看不过去，你们缺德还怕人说啊？"

"什么东西，你爹妈没教你讲人话，是吧？"

陆梨双手合十："哎哟，阿弥陀佛，你们还知道'人'字怎么写呢？甄真倒了血霉才有你们这种祸害父母，一个道德绑架，一个情感勒索，自己的人生过得像坨烂泥，就把女儿也拉下泥坑，拿铁丝缠着她，让她喘不了气，活活憋死！我呸！还想让她身败名裂？你们自己是个什么玩意儿，以为大家眼瞎呢？有点儿自知之明吧！"

风尘仆仆地赶到的朋友们见状，一个个目瞪口呆。

龚蒲咂舌："哇，陆老师这么厉害？"

冯诺说："早就看出来了，相当彪悍。"

霍旭西大步上前，刚才情急之下没顾得上，已经有些后悔把她一个人留在这儿，此时又见甄父恼羞成怒，几乎就要动手，他脸色阴沉地挡在陆梨的身前，像堵墙似的："你敢动她一下试试？"

甄真的朋友们一向厌恶她的父母，能避则避，然而此刻听见陌生人仗义执言，再也按捺不住，纷纷围过去找那对魔鬼夫妻理论，替甄真讨公道。

陆梨觉得口干舌燥，气得头疼。

手机振动个不停，外婆打来电话询问，她准备先行一步回家。

霍旭西握住她的手："等会儿我们一起走。"

陆梨觉得自己待在这里怪怪的："你留下来坐镇，处理完再给我打电话。"否则单凭其他几个小年轻，恐怕会被甄真的父母吃掉。

说完，当即赶回家，想想还是觉得恼火，一条人命差点在眼前消失。

"如花似玉的一个姑娘，做父母的不宠着，反倒不停地折磨她？我真不明白那些神经病的脑袋里是怎么想的。"

外婆说："很多人自身的境况不好，又把子女当成所有物、唯一的精神寄托，控制欲特别强。"

"简直是造孽！别被我见着，见一次骂一次！"

傍晚，霍旭西回来，告诉她甄真的意识还没有清醒，洗胃时吐得一塌糊涂，现在由男友和闺密陪着，住院输液观察。他们整个下午都在和她的父母交涉，但效果极差。

"夫妻俩理亏，说不过，直接坐在地上撒泼，脸都不要了。"

老太太听见，摇头道："对付这种爹妈一定要下狠心，否则好好的人生都会被他们毁掉。"

陆梨同意："但是要彻底切断亲情也没那么容易，就算人跑到天边，可能还会深受影响，得不到解脱。"

老太太说："所以自个儿要强大起来，如果觉得被父母控制，那就先改变这种观念，因为你在长大，他们在衰老，其实你完全可以反过来控制他们。别把自己当孩子，父母也就不能控制你了。"

陆梨没太听明白，但隐隐觉得很有道理。

"这个你最有发言权吧。"她瞥向霍旭西，知道他是他家的话事人，"你是不是从来没有为亲情苦恼过？"

霍旭西挑眉："没有。不过和亲爸亲妈相认以后比较麻烦，逢年过节变得很敏感，得挑一边。"

外婆问："今年春节呢？"

"他们要来舒城，到时候大家一起吃顿饭。"

外婆点头，想了想，笑着问："你爸妈想让你去北都吧？"

"提过几次，但我在舒城过得好好的，没有必要去别的地方。"

陆梨含羞附和："就是嘛，舒城这么安逸，干吗非要去大城市？"

霍旭西打量她做作的、偷笑的表情，忍不住抬手掐她的脸。

外婆被年轻人的恋爱酸臭味熏到，起身进厨房端汤。

晚上霍旭西在这里留宿。

快过年了，陆梨回家陪外婆，至少住到初八开工。

进入她的地盘，和长辈同在一个屋檐下，霍旭西收敛不少，一副好孩子的做派，陆梨看在眼里，心下一个劲儿地偷乐。

夜里趁老太太睡了，他们悄悄把香肠和腊肉挪到阳台。

卧室里的那股腊肉味依旧挥之不去，陆梨和霍旭西躲进被窝里窃窃私语，漫无目的地东拉西扯。

"外婆对你够好的，睡衣棉裤都给你备下了，就是款式有点老气，像四十岁叔叔穿的。"

"这不正好吗，你就喜欢成熟的。"

"老气和成熟是两码事，你懂什么？"

话音刚落，她被霍旭西狠狠地掐了把腰。

"你们福寿堂什么时候歇业放假？"

"除夕。"

"当天？"

"嗯，过年买丧葬用品的人多，尤其附近的居民，福寿堂开在这儿，他们就不着急，要用的时候再买。"

"店里就你一个？"

"兰姐去深城看孩子了，谢晓妮负责守店。"

"那丫头不靠谱吧？"

"哪有，人家现在可勤奋了。"陆梨说，"你对我的徒弟有偏见。"

两人小声嘀咕着，不知不觉沉入梦乡。

次日清晨，陆梨去店里上班，谢晓妮早早地就开了店门，打扫完卫生，正在接待顾客。

陆梨进去，听见她对每种祭扫物品如数家珍，了如指掌，这些陆梨也没教过，显然她自己私下用过功。

中午吃饭时闲下来，陆梨和她商量创建福寿堂的社交账号。

"你不是喜欢玩短视频吗，也擅长这个，以后账号交给你打理。"

谢晓妮闻言，愣了一会儿："那平时发什么内容？"

陆梨思忖着道："介绍咱们店的产品和服务，还有殡葬文化的解说。"

小妮子点头："行。"

陆梨笑着说："放心，多派了活儿，会给你涨工资的。这都要过年了，你什么时候回老家？"

"回去太无聊了，不如留在店里做事。"

这个丫头似乎找到工作带来的成就感，激起了斗志。陆梨明白那种感觉，虽然赚钱总是辛苦的，但掌握某项技能，成功地完成一件事，并且从中获得自我价值的体现，也是非常过瘾的。

午后，霍旭西打来电话，两人闲聊半晌，终于切入正题，略带迟疑地告诉她："甄真想见你。"

陆梨愣了一下。

他沉默两秒钟之后又说："你不愿意的话，我就帮你推了。"

陆梨是感到有点意外，但也没什么大不了的，她啥都不怕。

下午她专程到花店买了束向日葵，前往医院赴约。见霍旭西的前任，比见霍旭西本人还要郑重。虽然给女人送花并非第一次，以前她给雅涵送过，也给淑兰送过，但这回关系微妙，感觉有些奇怪。

到了医院的病房，陆梨敲门进去，见甄真躺在床上，手背扎着针头。

坐在床边垂头看手机的年轻男子发现她进来，抬起眼睛。

甄真的脸色苍白，冲她很淡地笑了笑，然后示意杨洛回避。

陆梨也笑着走上前，把花束放在床头柜上，轻声问："你感觉好点儿了吗？"

"嗯，好多了。"这显然是宽慰的话，她看起来非常憔悴。

陆梨落座。

甄真眨了眨眼睛："昨天的事情我都听朋友说了，谢谢你替我出头。还有，麻烦你和阿旭了。"

陆梨没觉得有什么："我只是看不过去，当时那种情况，任谁都会动气的。"

甄真微抿着嘴唇，转头望着她带来的向日葵，喃喃道："什么时候能像它一样就好了。"

陆梨听她这样讲，心里略微感到酸涩，轻声叹息着道："只要你愿意，肯定可以。"

甄真笑着道："我好羡慕你的个性，遇到任何事都敢正面对抗，而我却太软弱，不管怎么努力都徒劳。"

我有什么好羡慕的呢？陆梨想，自己的那些经历放在谁的身上都得扒掉一层皮，只不过每个人都有每个人的缺失部分，像她父母早逝，家庭破碎，很早就踏入社会承受重压，如果有得选，她何尝不想做一个备受呵护的小女孩呢？

而甄真拥有漂亮的脸蛋、温柔的性格、完美的学历、令人艳羡的优势，可家庭却是乌烟瘴气，令人透不过气。

大家都有各自的难处，如果这世上存在着无忧无虑、一帆风顺的人，陆梨会羡慕死。

"你这么年轻，以后大把的好日子，千万别气馁。"

"嗯。"甄真点点头，"我也希望自己能坚定一点儿，摆脱父母的影响。"

陆梨实在忍不住："其实你爸妈那样的人我见过不少，专挑软柿子捏，尽量远离就是，大不了闹到法院，每个月给赡养费呗。"

甄真轻声笑道："我不怕他们对我不好，只怕他们以死相逼，我担不起那个责任。"

陆梨摇摇头："以我的经验，大声嚷着要死的人通常都活得好好的，像你这样闷不吭声受委屈的才容易做傻事。别管他们，先顾好自己，你自个儿的命最重要。"

甄真点点头，也不知有没有听进去。

陆梨随意向外张望，忽然问："刚才那个是你男朋友？"

"嗯。"

"他平时很孤傲吗？我进来的时候他的两只眼睛阴沉沉的，好像特务接头一样。"

甄真愣住："啊？"

"不过看上去挺沉稳的，应该不像霍旭西那么幼稚吧？"

甄真彻底蒙了："阿旭幼稚？"

陆梨咂舌："他还不幼稚吗？刚认识的时候在我面前跩得跟非洲狮子王似的，其实就是只缅因猫，装什么装，臭弟弟一个。"

甄真扑哧一笑，第一次听见非洲狮子王这个比喻："……好像，有点儿。"

"是吧！"陆梨终于找到同伙，"你说他的嘴怎么那么欠呐，整天逮着机会挖苦别人，舌头泡过五毒散吗？"

甄真已经乐得不行。

"你们在一起的时候，他喜欢惹你生气吗？"

"没有。"

"怎么搞的？他后来变异了？"

"可能因为你们是同类，言行比较一致。"

"喷，甄真，你这么说话就不对了，我当你是个好人，怎么突然内涵我呢？"

"我不是那个意思。"

…………

除夕那天，陆梨和外婆打扮得光彩照人，换上新衣服和新皮鞋，欢欢喜喜地准备赴宴。

她们很看重今晚的团圆饭，两个家庭正式见面。

陆梨这边倒好说，只有她和外婆，收拾妥当随时出发。霍旭西那边比较麻烦，霍父和三姑从泉镇来舒城，程怀晟和苏瑾从北都来舒城。

怎么安排呢？总不能挤在车里大眼瞪小眼吧？

"阿旭，我们自己上饭店，你爸妈在这里人生地不熟，你只管接他们。"霍父体谅霍旭西，没让他为难。

霍旭西去宾馆接程怀晟和苏瑾，到饭店包厢时，陆梨、外婆和他父亲、三姑正聊得热络。

大伙儿客客气气地寒暄打招呼，陆梨看着远道而来的两位长辈，总算明白阿旭的皮相承袭何处。

起初的氛围还算温馨。

程怀晟和苏瑾向老霍敬酒，感谢他把孩子养大，霍父不善言辞，拘谨地回敬。

三姑倒是十分热情，滔滔不绝地讲述霍旭西从小到大的趣闻，在凤凰村，上山下河，调皮捣蛋。

"他五岁那年过河走亲戚，坐小木船，不安分，闹着玩水，一头栽进河里，大哥像揪小鸡似的把他捞上来，全身湿透，还呛了水，我们吓得直冒冷汗，他竟然觉得好玩，笑个不停。

"八岁那年掏马蜂窝，眼睛被蜇，肿成寿桃包。

"十四岁就揍得他二叔满地打滚了。

"老家的人以前都说他浑，不爱学习，前途堪忧，可现在谁不夸他呀，我们阿旭年纪轻轻就会挣钱，还给我们买了大房子，多有出息！"

三姑自个儿说得高兴，却没发现对面的人的脸色越来越难看。

苏瑾憋了许久，实在忍无可忍："你们就是这么教育他的？"

三姑愣住。

苏瑾的眼中满是心疼和愤懑，有些话克制了大半年，今天终于一吐为快："我真不明白，为什么不让孩子考大学？十八岁刚成年就出去打工，难道就为了让他尽快赚钱给你们买房子？做家长的这叫负责吗？"

全场鸦雀无声。

程怀晟也垂眼不语。

三姑一口气提到嗓子眼儿："怎么不负责了？阿旭现在不是好好的吗？"

"什么叫好好的？"苏瑾的胸膛起伏着，"他没有受到良好的教育，过早接触社会，然后偏安一隅，不再拓展眼界。明明才二十四岁，却被你们安排着相亲，这一点也没有和我们商量，自作主张……你们想让他守着那个洗车店，随便找个人结婚，庸庸碌碌地过一辈子？他还这么年轻，分明有更好的路可以走、有更精彩的人生可以体验，现在完全被耽误，我看在眼里真的很难受！"

老霍沉默许久，说："是我能力有限……"

苏瑾摆手："都怪我，当初应该把他带在身边，不该相信我爸。"

提起这件事，气氛愈发凝重了。

陆梨忽然觉得自己有点多余。

老太太也这么觉得，于是笑着道："哎呀，你们的家事慢慢处理，我们就先撤了。"说着，招呼外孙女，"走，梨子，回去看春节联欢晚会。"

陆梨望向霍旭西，迟疑地站起身。

霍旭西拉住她的手。

三姑见状，赶忙打圆场："菜还没上齐，怎么就要走？今天除夕，说好吃团圆饭的，都是一家子嘛。"

外婆依旧笑眯眯的，但眉眼间的神色早已变得冷淡："是不是一家子还不好说。我们陆梨呢，为了给她妈妈治病，同样很早踏入社会打拼，她的路不好走，也没机会接受更好的教育，但我以她为荣，她要成家也不是随随便便就找个人结婚，这件事情还得慎重。"

说罢，她低头瞥了眼小情侣交握的手，二话不说给拨开，抓住陆梨："走。"

霍旭西说："我送你们。"

"不用。"老太太当即拒绝，笑里藏刀，"你呢，应该有更好的人生、更好的路，别被耽误了。"

陆梨没敢吱声，乖乖地跟随外婆离开。

包厢内，余下众人陷入沉默，除夕夜的温馨气氛早已烟消云散，一个个意兴阑珊。

霍旭西没想到会弄成这个局面，打量着在座的长辈，见他们愁眉苦脸，倒有些哭笑不得。

"三姑，你这辈子做过唯一的善事就是给我安排那场相亲。"他说，"我是真喜欢陆梨，要没遇上她，我现在还是个孤魂野鬼。今天跟你们把话说清楚，反正我已经认定她，没别人了。"

霍父下意识地点点头。

"梨子我瞧着也喜欢。"三姑看着苏瑾和程怀晟，"我知道，你们肯定认识条件更好的姑娘，觉得陆梨开寿衣店，无父无母，还比阿旭大几岁，不符合你们的期望，是吗？"

程怀晟立刻解释："不，我们对陆梨没有任何偏见。"

苏瑾也尽量平复情绪："我刚才那些话有些冲动，确实不太妥当，阿旭，你喜欢的女孩，爸爸妈妈也会喜欢的，只是……"

程怀晟说："我们想补偿你，想要你过得更好。"

霍旭西耸了耸肩："我没觉得现在有什么不好。"

程怀晟摇头："如果你见过更宽广的世界，就不会这么认为了。"

霍旭西笑起来："我明白，有个成语叫夏虫语冰，对吧？你们觉得我局限在舒城，视野望到底也只有这么一块小地方，所以思想和观念同样狭窄，就算我说满足，在你们眼里也只是无知造成的狂妄，很可笑，是吗？"

程怀晟和苏瑾惊讶地看着他。

霍旭西挑眉，平心静气地说："你们总说希望我过得更好，什么叫更好？把我改造成一个精英人士，穿西装、抹油头，出入商务大厦，谈几千万的生意，被人称呼先生或者老总？"

"阿旭……"

"那不是我。"霍旭西说，"而且我不喜欢受到操控和指挥。你们的心意我都明白，但我们生活环境差别太大，对很多事情的看法和感受都不一样，你们认为的好，并不是我需要的。而且我在凤凰村长大，无忧无虑，每天都过得很自在，很快乐。也许我的成长经历不符合主流价值观对成功和优秀的定义，但我觉得被社会观念绑架才更可怜。

一个人只要自洽，那他就是无敌的，你们认为呢？"

听完这番话，苏瑾的心中五味杂陈，只得把手放进丈夫的掌心，暗自叹息。

程怀晟看着儿子，感触颇深。事实再次证明，他真是个好孩子。正因为如此，做父母的才更加难以释怀。如果他在自己的身边长大，如果由他们悉心培养……不是觉得阿旭不够出色，相反，正因为他那么耀眼，叛逆张扬，同时却极有责任心，能扛得起担子，随性洒脱，毫不在意外界的眼光，这样一个光彩夺目的孩子，程怀晟和苏瑾自然觉得他现在拥有的那些东西完全配不上他……算了，计较这些还有什么意义，造化弄人，孩子如此有主见，他们还能说什么呢？

陆梨稀里糊涂地回到家，洗完澡，见老太太还坐在沙发上生闷气。她哭笑不得："人家也没怎么样嘛。"

外婆一听，顿时恨铁不成钢："话都说到那个份上了，你还懵懵懂懂呢？小霍的父母明显对他的现状不满意，对你也不满意，表达得比较婉转而已，听不出来吗？"

陆梨当然听得出来，只是压根儿觉得无所谓："我和他谈恋爱，又没跟他父母谈。"

"你个傻妞。"外婆啐了一口，"在不在乎是一回事，态度得表明了，我必须让他们知道，你可不是能随随便便对待的人，咱们有资本，更有骨气，他们在那儿不情不愿的，摆什么姿态，我们还不稀罕呢！"

陆梨笑起来，蹭着外婆的肩膀撒娇："哇，老太太好霸气哦。"

"我最讨厌别人看我们孤儿寡母好欺负。"

"也没有，"陆梨说，"霍旭西小时候被遗弃过嘛，他爸妈的心态不一样，肯定特别想补偿他。"

"我不管他们家有什么曲折恩怨，委屈你就是不行。"外婆说，"你少同情心泛滥，隐忍懂事在我们家不是美德，这件事没那么容易糊弄，霍旭西的父母要不给个态度，你不许再跟他往来。"

"啊？"陆梨皱了皱鼻子，"明天回老家怎么办？你一直嚷着要带他一起回去，都准备好了……"

"不带了，从现在起不许你跟他见面，听到没有？"

陆梨："……"

深夜，陆梨躲在被窝里和霍旭西偷偷通电话。零点，窗外烟花绽放，此起彼伏。

"老太太要棒打鸳鸯了。"

"没事儿，我明天带礼物上门哄哄她。"

"别，当心她拿拖鞋打你。"陆梨想起宋玉彬的倒霉经历了。

霍旭西也依稀记得那件事，冷冷地"哼"了一声道："老太太这么喜欢我，肯定舍不得。"

陆梨差点忘了他有多自恋。

两人轻声细语地聊着，忽然他问："你想我了吗？"没皮没脸的腻歪劲儿又开始了。

"没记错的话，几个小时前我们才分开。"

"就说想没想。"

陆梨咬着嘴唇，下意识地要骂人，却只是轻轻地"嗯"了一声。

手机那头传来极低的浅笑，好似微微起伏的潮水荡过去，然后她耳朵红了。

"没听清。"霍旭西得寸进尺地道，"你刚才说什么？"

陆梨屏息数秒，心脏乱跳，但她这回没有选择掩饰和矜持，依着本能，诚实地开口："想你。"

那边一下没了动静。

陆梨也不作声，摸着手指甲玩。

霍旭西的声音传来，不似刚才玩世不恭的语气，变得异常冷静："我现在过去找你。"凌晨时分，寒风刺骨，他说要立刻过来见她。

陆梨愣了两秒钟："别冲动，你个傻小子。"幼稚死了，像高中生偷偷早恋，背着家长半夜溜出门幽会。

霍旭西自个儿也乐起来："我还以为春节放假的每晚都能和你在一起。"

陆梨心想，要是把"每晚"换成"每天"，或许她还会感动一下。

"你爸妈呢？"

"回酒店了，三姑和老霍在我这边。"

"你那里就两个房间，怎么睡啊？"

"老霍睡沙发，他要看电视。"

陆梨突然起了调皮的念头："哎，要不你把电视关了，看他会不会立刻醒过来。"

霍旭西："啊？"

"哎呀，试试嘛，听说很多中老年男人都这样，开着电视睡觉，关掉就会醒，说他还在看。"

霍旭西许久没有捉弄过长辈，经她这么一勾引，瞬间变得跃跃欲试："行。"

陆梨兴奋地道："开视频、开视频，我也要参与。"

霍旭西举着手机悄悄来到客厅。

老霍盖着毛毯躺在沙发里睡得正香，鼾声微鸣，电影频道正在播放武打片，光影若明若暗。

霍旭西轻手轻脚地拿起茶几边的遥控器，关掉电视。

两秒钟，真的只有两秒钟，老霍睁开眼睛，满脸迷糊，挠了挠额头："阿旭，怎么了？"

霍旭西一本正经地道："我怕电视吵着你睡觉。"

老霍打了个哈欠："没有，我看着呢。"

"哦，那好吧。"他重新把电视机打开，然后回到卧室关上房门。

陆梨已经笑倒，捂着肚子发颤。

霍旭西问："你敢不敢去整你外婆？"

"不敢不敢。"她忙不迭地摆手，"老人家本来一肚子气，还整她，我不要命了吗？"

"老人家现在反对我们，你还笑得出来。"

陆梨竟然说："这样挺好的。"

"好在哪儿？"

"如果一帆风顺，我反而觉得不太安心。"

霍旭西轻声道："什么怪癖？"

"真的。"她说心里话，"日子总要有一点小波折，不能完全顺遂如意，虽然大家都追求无忧无虑，但真有了那天，我却觉得不习惯，不踏实，害怕这些安乐和幸福会突然消失……不知道是不是命贱，你会有这种感觉吗？"

霍旭思索了三秒钟："嗯，没有。"

陆梨打了个哈欠："行吧，挂了，我好困。"没心没肺的呆子，跟他感慨人生纯属浪费口水。

陆梨关掉台灯，准备睡觉。手机提示音响起。

黑暗中，她点开屏幕，看见霍旭西发来一句话：不要怕，以后你会一直顺遂下去，我保证。

陆梨莞尔，心中的潮汐慢慢平复，化作温柔的春水将她抚慰。

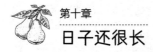

第十章
日子还很长

　　正月初三，苏瑾和程怀晟夫妇返回北都前，带着礼品上陆梨家，为除夕那晚不合时宜的言语致歉。

　　老太太负责周旋。陆梨对他们没有任何感觉，虽然是霍旭西的亲生父母，但离得远，以后打交道的机会很少，他们喜欢或不喜欢她都不重要，场面上维持礼貌就行。事实上，陆梨和霍旭西都没把这场小风波当回事，压根儿不受干扰。

　　而外婆不似年轻人，她讲规矩和原则，把话说得很清楚了。

　　陆梨有晚辈的自觉，安静地端坐在老太太身边。

　　霍旭西瞧她装大家闺秀的模样，觉得好笑，微微挑眉，用嘲弄的目光瞥过去，带着几分调侃和玩味。

　　陆梨瞪了他一眼。

　　长辈们正襟危坐，谈事情，没留意俩"戏精"的小动作。

　　父母之爱子，什么都愿意做，双方很快冰释前嫌，正式地补上了见面礼。

　　外婆给霍旭西的红包也是万里挑一。

　　送走客人，陆梨打开礼盒，愣了一下，竟然全是现金。她和老太太数完，有零有整，十八万八千八百块。

　　她以为搞错了，给霍旭西打电话，问："这是彩礼吗？"

"不是，就见面礼。"

陆梨咂舌："北都人都这么豪横呀？"

"他们老觉得亏欠我，什么都想补偿。"霍旭西问，"你觉得开心吗？"

"我当然开心。"陆梨是无所谓的，"但老太太好像有点负担。"

"嗯？为什么？"

"她没想到你父母出手这么阔绰，担心我们经济差距拉得太大，将来我会低人一头。"

霍旭西听完，觉得哭笑不得："我的不都是你的，哪有什么差距？"

陆梨努着嘴不语。

"你永远在我之上，行吧？"霍旭西说着稍作停顿，"陆老师，我真没见过哪个姑娘像你这么强势，非要压人一头。"

陆梨心想，可你不就喜欢我这样吗。

正月里走亲戚，连续热闹了好几天。趁着假期还没结束，霍旭西和陆梨商量带两边长辈出门游玩，联络联络感情。

考虑时间和精力等因素，选定了舒城附近的一个小镇子，也是旅游景点，离得近，避免老人家太过舟车劳顿。

外婆把张爷爷也捎上了。正好，六个人订了三间房，老太太和三姑住，老霍和张爷爷住，霍旭西和陆梨不用被拆开。

初五，清晨出发，路上有些堵，开车将近两个钟头才到。

阳光明媚，古镇人潮涌动，不少家庭带着老人、小孩出门游玩，所到之处嘈杂鼎沸。

"现在全国的古镇都跟复制粘贴的一样。"陆梨吐槽道。

"你想去那种没被过分开发过的地方？"霍旭西问。

陆梨点点头，又说："不过一大家子出游选这种热闹的景点比较合适，人多喜庆。"

霍旭西揽着她的腰穿行在青石板铺就的古街："下次我们单独出去玩儿，找个清净的地方。"

"嗯。"

三姑兴致高昂，一路大嗓门，整条街都能听到她的笑声。

慢慢逛着，中午找了家馆子吃饭。

张爷爷是摄影爱好者，随身带着佳能相机，一路为大家拍照，引得老太太和三姑夸赞不绝。

下午主要的行程是去古镇剧院观看歌舞演出。

集体活动持续到傍晚，大家都有点受不了，纷纷要求各玩各的。

三姑直奔琳琅满目的商店购物，老太太和张爷爷找地方拍照留念，老霍去看手艺人做工。

陆梨和霍旭西十指交错，来到狭长的小吃街，从第一家店开始逛。她蹦蹦跳跳的，尝到甜糯的红糖凉糕会眯起弯弯的眼睛，甜得摇摇晃晃；吃到洒了辣椒面的牛油串被辣得原地跺脚，吐出舌尖不停地呵气。

她吃不完的食物都塞给霍旭西。

"要是圆满在就好了。"陆梨说，"他胃口大，随便买多少也不怕浪费。"

"圆满被他爹带回老家祭祖了。"

"你姐过年也没消息吗？"

"嗯。"霍旭西挑眉轻笑，"自己亲生的孩子丢在这儿，不闻不问，她的良心大概被狗吃了。女人狠起来真可怕。"

陆梨抬头，心想，他怎么无差别地扫射呢？

"别殃及无辜，"她说，"我对你肯定不会那么绝情。"

谁知他竟然嗤笑道："你也好不到哪儿去。"

陆梨诧异地问道："我怎么了？"

霍旭西稍稍弯腰，垂着眼皮，吊儿郎当地睨她："你今天一整天都没有亲过我，一下都没有，自己说，像话吗？"

陆梨失笑："有长辈在，怪不好意思的。"

"他们现在不在。"

"周围全是人。"

霍旭西冷冷地"哼"了一声："你还怕羞呢？"

"不是……"陆梨挠了挠鼻尖，听着旁边叽叽喳喳的嬉闹声，不远处烧烤的烟雾飘过来，熊孩子在跑来跑去，"乌烟瘴气的，没感觉。"

谁会想在这种环境下接吻呢？

霍旭西听到她说没感觉，眯了眯眼睛，忍住，不出声。

夜幕降临，古镇广场举办篝火晚会，里三层外三层，围得水泄不通。陆梨想找棵树爬上去看，被霍旭西制止。

男人比树好使。他蹲下，让她骑上自己肩膀。

篝火前，身穿少数民族服饰的男女正在纵情歌舞，华美的配饰摇曳生姿。

陆梨人来疯，兴奋地鼓掌欢呼。霍旭西扛着她随人潮移动，心想，那些演员每天晚上都跳同样的舞，估计早就跳腻了，也就哄哄陆老师这种傻子游客高兴。

他们在广场玩到十点，回客栈的路上经过姻缘桥，两侧栏杆挂满福袋和同心锁，不少锁头已经生锈。

陆梨站在桥边看水里漂浮的荷花灯。

霍旭西想，有些事情虽然俗了点儿，但和她一起做，也别有意趣，于是问："宝贝儿，要不要挂一把？"

陆梨摇头嘀咕着："傻。"

他垂眸看她："就你不傻。"

"真的，我有个朋友，谈恋爱的时候如胶似漆，同心锁上印两人的名字，还写什么一生一世。后来分手，千里迢迢地跑去解锁，找了一整个下午才找到，太好笑了。"

霍旭西迎着冷风玩打火机，似笑非笑地看着她，冷冷地"哼"了一声道："你倒想得远。"

陆梨搓了搓冰凉的手，拢在面前呵气："走吧。"

他们回到民宿，发现长辈们组牌局，在院子里搭桌子搓麻将。

陆梨洗完澡出来，坐在外婆旁边观战。

她的手机留在房间，殊不知清彦忽然发来一条微信消息，屏幕亮起，霍旭西转头瞥见。

很寻常的内容，平平无奇、普普通通，但他觉得有点碍眼，翻过去盖住，眼不见为净。

一整日游玩，实在疲惫，陆梨哈欠连天，外面又冷，熬不住，老太太和三姑都催她早点休息。

"你们也别打得太晚。"

"嗯嗯。"

嘴上应着，屁股却仿佛钉在板凳上。

陆梨由衷地佩服中老年人在牌桌上的毅力。

她回到房间，霍旭西正从浴室出来，腰间裹着毛巾，皮肤散发着热腾腾的气息。

这间民宿是木质建筑，虽然设备齐全，但隔音效果很差。

院子里麻将碰撞的声响传来，还能听见餐厅那边喝酒划拳，楼上沉闷的脚步，隔壁四个女孩儿嬉笑打闹。

陆梨迫不及待地钻进温暖的被窝："外面太冷了，我真佩服他们坐得住，厉害。"

无人回应，过了好一会儿，她才觉察到有些不对劲，抬头张望，看见霍旭西靠在墙边抽烟，为了空气畅通，窗户也打开一条缝隙，让风吹进来。

"你不冷吗？"陆梨问。

霍旭西将玻璃烟灰缸搁在窗台，默不作声地打量她，目光幽深。

陆梨被盯得浑身不自在，睡也没法睡，挠了挠头："瞧什么呢？披上衣服吧，冻感冒了怎么办，还得我伺候。"

他依旧不言不语，转头看着院子里的景象，薄薄的烟雾在手中缭绕飘散。

陆梨分明裹紧了被子，却不知那风从哪儿漏进来，冷得直哆嗦。

她见霍旭西光着上半身，骨肉匀称，好似北方森林里的雄鹿，倒是赏心悦目……可现在实时气温只有五摄氏度啊！陆梨实在忍不住，掀开被子下床，抓起外套，走上前将他裹住。

"自虐吗？"她仰头质问道，"还是在这儿摆造型，等路过的小姑娘欣赏？"

霍旭西垂眸看她："是啊，让大家看看你怎么虐待我的。"

陆梨呸了一声："含血喷人。"说着，一把夺过他手里的烟掐灭，关上窗，然后拽着人回被窝里。陆梨帮他把被角掖实，仔细检查，没有漏风的地方，这才伸手关掉台灯。

"谁虐待你了？"黑暗中，她小声嘀咕着，"我就差没把你供起来……哟，你手怎么这么冰？"

霍旭西心想，你可会在精神上折腾我了。

陆梨握着他的手搓了几下，拢在嘴边呵气。

"还管我干吗？"霍旭西的声音有些哑，那语气漫不经心，又显得可怜巴巴的。

闹哪门子情绪呢？陆梨觉得好笑，伸手摸他的耳朵，也是冰的，像两只冻水饺，真是造孽啊。刚才站在风口装深沉，一副潇洒自在的模样，还以为他真的不冷呢。

"怎么说你好，使起性子比小孩还难搞，隔三岔五的不折腾一下，你皮痒是吗？"

霍旭西抬起胳膊搭着额头，懒懒散散地说："你可以不用搭理。"

"那你接着去吹冷风呀。"陆梨嗤笑，困意消散，一时半刻倒睡不着了。她把台灯打开，拿起手机，发现清彦先前发来的消息，快速看过一遍，又抬头偷看某人的神情。

"那个，"她说，"辜老师他们家这两天走亲戚，收到不少乡下散养的鹅蛋，还有松茸啥的，师母跟外婆说送些过来，清彦问我们什么时候有空。"

霍旭西无动于衷，貌似毫不在意地"哦"了一声。

陆梨瞧着他，忍不住柔声哄道："我和他平时基本没有联络的。"

闻言，霍旭西"哼"了一声："你们不是还约定着一起上坟吗？"

"哪有约定，刚好在陵园遇见而已。"

他起身靠在床头，上下打量，目光带着探究："陆老师，我真的很好奇，听说你每年雷打不动地给'古代人'的前女友送花，爱屋及乌做到这个份上，实在是佩服。"

陆梨扯起嘴角："我纪念雅涵姐姐跟清彦一点儿关系都没有好吗，只是因为她本身让人惋惜，那是个很好的姑娘，你少乱吃醋。"

"行，你仗义，我狭隘。"霍旭西嗤笑道，"对所有人掏心掏肺，唯独对我冷言冷语。"

"哪儿有？"

他背过身去，拢紧被子，不予理睬。

陆梨伸出手指，顺着他的背脊缓慢移动："生气了？"

他不吭声。

陆梨笑着问："想啥呢？"

"我在想，如果你和辜清彦在一起会是什么样子。"

陆梨惊呆了："什么？"

霍旭西慢悠悠地说："应该和我们的相处正好反过来吧。"

当时他见过陆梨对"古代人"迷恋的模样，如痴如醉，像小迷妹一般。

"陆老师，你不觉得对我很不公平吗？"

陆梨语塞。

他懒懒地说："亏得我为你改变那么多。"

这个男妖精，想干吗呢？

她屏息半晌，坐起身，抱着胳膊靠在床头："你说的改变指什么？"

霍旭西挑眉，煞有介事地道："和你在一起之后，我觉得人生开始进入另一种阶段和状态，不像以前漫无目的、随随便便地混日子。"

嗯，这倒没错，原本陆梨以为他轻狂张扬，不够成熟，但住在一起后才发现他其实很会照顾人。

"是比想象中靠谱些。"

"那是因为我看重和你的这段关系。"

"我知道。"

"那你呢？"他似笑非笑地问。

陆梨愣了愣，思忖着道："你觉得我玩世不恭？"

"我只是觉得，自己的热情和心意常常得不到同等的反馈。"霍旭西做出无辜的表情，又假装无所谓地说，"所以才会想，假如你现在面对'古代人'，是不是心态完全不同。可能更认真，或者更慎重？"

陆梨几乎没有犹豫，简洁明确地回答："不会。"

霍旭西的眼神仿佛在说：你猜我信不信？

"真的与对象无关。"她道，"我的人生观就是有些游戏心态，任何事情都不能看得太重，否则生活已经够难了，我怎么活到现在？"

霍旭西沉默不语。

陆梨笑了："既然你提到清彦，那我就来梳理梳理。以前我对他的爱慕其实类似于粉丝的崇拜偶像，而两个人在一起，势必要落实到生活的每一处，且不说幻想会不会破灭，首先我不可能用对待偶像的方式去对待自己的伴侣。所以你介意的点根本没有必要，就算今天面对清彦，我依然会是这副死样子。"

霍旭西："……"

"另外你怀疑我不够认真和慎重，可是很早之前我就反复思考过，你比我小三岁，身上的野性非常吸引人，同时也容易让人觉得没有安全感。我们之间碰撞的火花能够维持多久，磨合起来会不会两败俱伤，是不是性格互补的人才更合适……我想过很多很多，但下定决心和你在一起之后就没有犹豫了。"陆梨说着，停顿片刻，"但你好像现在才开始纠结这些问题？"

霍旭西的嘴唇微动，还没反应过来，她自嘲般地摇头笑了笑，关灯躺进被窝。

他有点蒙，分明是自己在控诉，怎么现在被反将一军？

霍旭西看着窗外发了一会儿呆，也躺了下来，靠近她，抵在耳边低声喃喃道："我没纠结什么。"

陆梨背对他侧躺，闭着眼睛，悄无声息。

"你在生气吗？"霍旭西有点不确定，是不是真的让她难过了，"哪句话让你不爽，我收回还不行吗？"

陆梨抿着嘴，睫毛微微颤抖。

他挠了挠额头，干咳一声："喂。"

这下陆梨实在憋不住，扑哧一声笑了出来。

霍旭西愣了愣，随即回过味，双眼眯起来："耍我呢？"

她还想若无其事继续装睡，被他掐住腰肢重重地捏了好几下。

"啊！"陆梨怕痒，像鱼儿似的扭动着，试图躲避他的进攻，"别闹、别闹了……"

"你再给我演，到底有没有一句真话？啊？"

"谁让你先在那儿装可怜的……"陆梨痒得咯咯直笑。

霍旭西十分恼火，可一时半会又拿她没办法。怎么会有这么蔫儿坏的人呢，把他的心放在案板上，时而温柔地按摩，时而拿刀子生拉硬割，简直岂有此理。

"笑够了吗？"他板起脸，一副严肃的样子。

谁知道，陆梨丝毫没被唬住，反倒捏住他的下巴，冷冷地"哼"了一声："自己说胡话，还不准人笑？幻想自己的女友和别人在一起，这叫什么癖好？一边难受一边享受揪心的快感，很舒服是吧？"

霍旭西听着她的教训，闷不吭声。

陆梨端详着他："以后再拿辜清彦找茬，我就不哄你了。"

霍旭西乖乖地"哦"了一声。

次日清晨，吃早饭时长辈们围坐在餐桌前，见霍旭西出来，问："梨子呢？"

"还在睡。"

"这都八点多了。"

霍旭西面不改色地道："她昨天玩手机，睡得比较迟。"

吃完早餐，大家步行到附近的农庄摘果子。

陆梨姗姗来迟。她握着一杯热咖啡，散步似的慢慢悠悠地走过来，找到草莓园的大棚，看见霍旭西躺在树下的躺椅里。

天气正好，暖阳高照，金色光线从枝叶间洒落，落满他周身。

陆梨正要过去，这时却见一个红唇卷发的女人走近，弯腰递上手机，不知在和他说些什么，领口的风光大好。

霍旭西本想敷衍一下，婉拒，抬眸时发现陆梨，倒来了兴致，欣然接过手机，帮美女拍游客照。

陆梨白了他一眼，视若无睹般地上前，坐到另一张躺椅上看风景，心里暗暗骂他。

"拍得真不错，谢谢你呀。"美女说，"要不留个微信，中午我请你吃饭。"

霍旭西温言细语地装绅士："举手之劳而已，吃饭就算了，我媳妇儿会吃醋的。"

美女诧异地打量着他："你结婚了？没戴婚戒呀？"

"穷，买不起。"

对方一下子失笑，摇摇头："可惜了，英年早婚。"说完，转身离去。

陆梨望着草莓园里说说笑笑的老太太，拿出手机录像。

没一会儿，霍旭西起身过来，坐到躺椅边，将她的腿放到自己的膝盖上，揉捏按摩，不轻不重，力道正好。

三姑远远看见，"啧啧"了两声："我们阿旭什么时候这么伺候过人啊，以前是拿刀架在他脖子上都不低头的，现在居然垂着脑袋给女人捏腿。"

老霍闻言也探出脖子打量："感情好嘛。"

"那也不能这么惯着呀，陆梨本来就厉害，以后还不骑到他头上去？"

老霍不以为然地道："他自己的媳妇儿，骑就骑呗，男人要是不懂体贴，哪有女人肯嫁。"

三姑一眼瞪过去："都是跟你学的，以前嫂子在的时候，你隔三岔五就给她洗脚捶背，一点男子气概都没有！"

老霍挠着头笑了笑："没有就没有，我高兴啊。"

原本拍着外婆的镜头渐渐转移焦点，陆梨从屏幕里凝视着霍旭西低垂的眉眼，侧脸映着光斑和树影，衬得人的皮肤愈发白皙透明。

她微微失神，就在这个当口，小腿外侧最酸的肌肉被按到，她不由得叫了一下。因为太舒服，发出的声音有些不太正常。

霍旭西莞尔一笑，陆梨觉得不好意思，摸了摸鼻尖，脸颊通红。

结束古镇之旅，大伙儿驱车返城，各回各家。

今天是假期的最后一天，洗车店的人约好晚上到老板家中吃火锅。

下午时，陆梨和霍旭西到超市购买食材，知道那群饿鬼都是肉食动物，肥牛卷、羊肉卷、牛肉、大虾、鱼头，扫荡似的搜刮一空。

还没到饭点，那帮人扛着两箱啤酒上门。

难得肥波带家属参加饭局，他老婆妩月斯文恬静，不能说话却一直含蓄地笑着，像池中绽开的睡莲。

虽然陆梨平时不怎么下厨，但家里来了这么多客人，她有模有样地张罗，熬高汤、制调料、摆盘、煮米饭。

霍旭西和龚蒲在厨房洗菜。

"喂，你俩的生活过得挺滋润嘛。"龚蒲说，"该不会很快要结婚吧？"

陆梨刚进去就听见了这句话，也没避开，一边拿碗筷一边道："不会，你们家阿旭还小呢。"

龚蒲思忖着："也不算小，我们不少同学孩子都当爹了。"

霍旭西看了她一眼："陆老师，你自己没玩够吧？"

陆梨摇摇头，语重心长地道："我是担心婚姻是爱情的坟墓，不想那么早和你躺进棺材。"

龚蒲乐不可支地说："肥波和妩月去年刚结婚，待会儿问问他们就知道，婚姻到底是坟墓还是天堂。"

陆梨说："妩月好温柔好漂亮，难怪肥波这么上进、顾家。"

"肥波可疼媳妇儿了。"龚蒲说着撞了撞霍旭西的肩，似笑非笑地道，"跟你有得一拼，是吧？"

霍旭西扬眉："我卑微多了，当牛做马，任劳任怨。"

陆梨听得直想打他的屁股，碍于旁边有人不好动手，转身端盘子出去。客厅的声音嘈杂，大伙儿说说笑笑，热热闹闹的。

龚蒲打量着兄弟，半真半假地哀叹："有些男人坠入爱河以后脸都不要了，我以为你不会这么没出息。"

霍旭西不以为然地道："我有我的乐趣。"

"啥乐趣？你这叫倒贴。我真见不得你被女人踩在脚下的样子。"

陆梨又走进厨房，听见龚蒲的话，好笑地道："我现在的名声是悍妇吗？"

霍旭西回答道："宝贝儿，你是仙女。"

龚蒲扯起嘴角看着这对不知羞耻的小情侣。

陆梨拿过案板和菜刀，站在旁边切豆腐。

霍旭西一边和龚蒲说话，一边打开水龙头，探手试水温。

陆梨很少下厨，不擅长刀功，切着切着，一个走神："呀！"

"怎么了？"霍旭西见她低头紧攥着手，忙上前去，"我看看。"

他的眉头紧锁，神情尤为认真。

陆梨却忽然变了脸，一下失笑："傻子，骗你的。"

霍旭西略微一愣，抬眼瞥她："促狭鬼，好玩吧？"

陆梨乐得抿着嘴点头。他作势要掐人，她下意识地缩起肩膀，但他只是弯腰下去碰了碰她的侧脸。

厨房就那么大点空间，龚蒲也没地方回避，烦得要死："啧，干吗呢干吗呢？真是没眼看！"

这顿饭从黄昏吃到深夜。

席间，霍旭西发现自己的酒杯没有空着的时候，喝两口立刻被身旁的人填满。他找个机会贴近陆梨耳语："你想把我灌醉啊？"

"你不是爱喝吗，喝个够呗。"

霍旭西这时还没意识到她的用心险恶。

十点半，摇摇晃晃的客人们自觉地帮忙收拾桌子，然后勾肩搭背地离开。

陆梨送他们出门，依依惜别。不多时回到家，喧嚣平息下来，她把大灯和电视都关了，留一盏昏黄的落地灯，沉静地在角落放着微光。

霍旭西醉酒，整个人瘫倒在漆黑的沙发里。陆梨居高临下地垂眸看了他一会儿，眼神逐渐变得幽暗。某些人野性难驯，不趁这个机会威慑一下，恐怕以后要骑到她头上去。

这么想着，陆梨先进浴室接一盆热水，端到客厅放在茶几上，然后拧了热毛巾给他擦脸和脖子。

"媳妇儿。"霍旭西晕得厉害，"我难受。"

"你也知道难受？"陆梨轻声道，"平时怎么欺负我来着？不是很神气吗？"

霍旭西浑浑噩噩的，想伸手拉她，胳膊抬起几厘米，重重地垂落："口渴……"

陆梨又去烧水，兑成温的，然后找了根吸管放在杯子里："喝吧。"

霍旭西刚抿了半口水，忽然吸管被人挪开，他茫然地抬头望着，不明所以。

"想喝吗？"

"嗯。"

"求我呀。"陆梨挑眉。

霍旭西的脸皮厚，当即求饶："求你了，媳妇儿。"

哪有这么容易？

"叫我什么？"

"乖乖。"

"不对。"

"老婆。"

"谁是你老婆？"

霍旭西的嗓子又干又哑，哭笑不得地望着她："妹妹，我的好妹妹，你到底玩够了没？"

陆梨眯起双眼："乱喊啥呢，叫姐姐！"

男子大丈夫不受嗟来之食，他的骨气还在，当即想爬起身自个儿拿水喝。

谁知陆梨只是轻轻一推，他就像羽毛似的飘然落地，立刻觉得天旋地转。

瞧他那不堪一击的模样，陆梨忍着笑，"哼"了一声道："你不是狂吗？有本事现在爬起来呀？"

陆梨骂完，又给他一点甜头，将水杯和吸管递过去。

"以后听话吗？"

"听。"现在让他干什么都愿意。

"还敢不敢欺负我？"

"不敢。"

陆梨眯起双眼："记着你说过的话，否则别怪我下次变本加厉，有的是方法收拾你。"

霍旭西乖乖地点头。

次日清晨，天微微亮。陆梨被闹钟声吵醒，洗车店今天开工，霍旭西九点得去上班，但现在还早。她翻过身，准备继续做梦。

霍旭西大大咧咧地走进卧室，啪嗒一声打开台灯，接着从衣柜里找出休闲装换上。

动静不小，陆梨睁眼，皱着眉，正要发作，盖在身上的毛毯忽然被人掀开。

沐浴露的香气席卷而来。

"你昨晚对我干了些什么？"霍旭西已全然不见醉酒后顺从、孱弱的模样，语气也显然不是在询问。

陆梨愣住。

霍旭西拿起手机看了一眼，六点半，下楼跑跑步，再慢条斯理地吃个早餐，上班时间也绰绰有余。

"趁我喝醉耍威风是吧？"

"……没有啊。"她居然虚了。

"原来吃饭的时候故意灌我酒，是为了这个。"霍旭西笑着道，"跟我耍心眼呢？"

陆梨暗自稳定心神："既然你记得，那昨天答应我的事情也没忘吧。"

"我答应你什么了？"

陆梨没想到他翻脸翻得这么快："我以后再也不会相信你的话，没信用。"

霍旭西不紧不慢地说："你知道我这人的脾气，越骂什么，我就越要做给你看。"

没有酒精麻醉，他的力气可大了："起来。"

"别发疯了，我没睡醒，起来干吗？"

霍旭西自有大道理："为了你的身体健康，跟我一起下去跑步。"

"啊？"陆梨不敢相信自己听到了什么，垂死挣扎，"不用替我着想，你快去上班……"

"那怎么行？"霍旭西的嘴角微扬，拽她起床，好心好意地帮她穿衣服，"外婆说你不爱运动，让我多多督促。走吧，陆老师，强身健体,以后才有力气收拾我呀。"

老天爷,他不但记仇,而且有仇必报,一点儿亏都不吃。

陆梨哈欠连天,勉强睁开迷蒙的睡眼,迎着凛冬的寒风走上街头,口中呵出白气,除了环卫工人,四下冷清,她感到苦不堪言。

"早晨的空气好吧。"霍旭西精神抖擞,含笑望着她,"跑起来,别偷懒。"

陆梨慢吞吞地跟在后边,趁他不备,转身往回溜。

"去哪儿?"还没跑几米远,被他拎着后颈抓住,"媳妇儿,你昏头了吧?来,向后转。"

陆梨欲哭无泪。

半个小时后,两人坐在早茶店吃小笼包。

"别生气了。"霍旭西帮她拆筷子,"待会儿可以睡个回笼觉,反正你们福寿堂过几天才开工。"

陆梨抬眼瞥他:"回笼觉?我都跑清醒了,还睡得着吗?"

"看吧,跑完步,你的气色都好多了。"

只威武了一晚的陆梨眯起双眼,此刻只想挠死他。

春节过完不久,天气逐渐缓和起来。一场春雨过后,月季进入生长期,养了近半年的"眼睛"和"心"一夜之间盛开。

清晨,陆梨走到阳台看见花儿开了,大喜过望,跑回卧室蹦到床上把霍旭西摇醒,第一时间拉他观赏成果。

不知从什么时候起,种花变成了陆梨的爱好,阳台被她打造成小花园,生机盎然。

没有工作的假日,休闲在家,她自个儿捣鼓配土,又专注又投入。

霍旭西抱着胳膊靠在落地窗旁看了半晌,问:"这都是些什么东西?"

"椰糠、泥炭土、粗椰壳。"

"边上那几堆呢?"

"羊粪、骨粉、蚯蚓粪。"

霍旭西皱起眉头:"骨粉是什么?"

"动物骨头磨成的粉。"

霍旭西不理解:"你就直接用手在这儿玩骨灰和……屎?"

陆梨说:"都是发酵腐熟过的有机肥,很干净的,也没什么味道呀。"她说着,抓了一小把羊粪蛋蛋送到他的面前,"你闻。"

霍旭西下意识地往后躲避:"不用,谢谢。"

疯掉了,居然闻屎。

"你赶紧收拾好,洗个手,过来睡午觉。"

陆梨听得直乐:"睡午觉还要人陪呀。"

霍旭西说:"不要不识好歹,我以前根本没有午睡的习惯。"

陆梨吐了吐舌头,立马放下眼前的活儿,洗完手跑回房间。

睡午觉、散步、逛超市,都是她喜欢做的,霍旭西负责配合。

温柔的日光斜照,落在床角木地板,清风拂动纱帘。

"调个闹钟,别睡过头了。"陆梨钻到他的怀里。

霍旭西说:"待会儿我叫你。"

"嗯,你讲个故事催眠。"

"我只会讲三流笑话。"

陆梨:"……"

霍旭西想起什么,下床去,找出当时送给她的那本睡前故事书。

"确定要听吗?"他觉得有点蠢。

陆梨轻轻地"嗯"了一声。好在只是闺房乐趣,没有第三个人知道他俩这么幼稚。

霍旭西随手翻开一页:"从前,有个小男孩叫依弗,有一天早晨他醒来,发现自己在一个非常奇怪的房子里……"

这个故事基本没有逻辑,大概说小男孩和几头熊生活在一起,但熊不想再做熊了,希望变成其他动物,接着小男孩用魔法书里的咒语把它们都变成了猫,然后大家继续开心地生活在一起。

陆梨仰头和霍旭西面面相觑。

"要不你还是讲三流笑话吧。"她说。

清明这天,陆梨和老太太带霍旭西一起到陵园扫墓。他难得西装革履，打扮得人模人样，开车来接的时候把陆梨惊艳了一下。想起上回看他穿成这样，还是在辜老师的寿宴上。

"往年这时候都下雨，今天天气倒不错。"老太太说，"你外公迁坟的事可以提上日程了。"

"行，我先找风水先生挑个吉时。"陆梨打趣道，"外公有没有给你托梦呀，他吃张爷爷的醋不？"

"我都给他守寡快二十年了，吃什么醋。老张也当了十年鳏夫，我们半截入土的年纪，还不许晚年做个伴？"

说到鳏夫，陆梨认识不止一个，她转头询问帅气的司机："你爸没想过再婚吗？"

"一直有人介绍，可他没那个心思。"霍旭西把着方向盘，"老霍平时兴趣爱好挺多的，而且和三姑住一起，操心的事情不少，家里有得忙。"

外婆听着来了兴致："你爸才五十岁出头，后半辈子长着呢，怎么熬得住？"

"他有次喝醉了说，守着和我妈以前那些回忆就够过后半生了。"

听到这个，陆梨和外婆同时发出惊叹："哇……"

该死的、凄美的浪漫。

老太太长吁一声："去年安排你们相亲，听媒人描述你父母的感情怎么深厚，尤其你父亲出了名的体贴媳妇，当时我就觉得靠谱，言传身教嘛，情感富足的家庭，孩子不会差到哪儿去。"

岂止是不差呢？

陆梨从副驾回过头，朝老太太眨了眨眼睛，语气很轻，但也郑重："他很好，你放心。"

扫完墓，沿着陵园的石阶慢慢下去。老太太走在前边接电话，步履稳健，看着瘦瘦小小的，但是精神矍铄。

陆梨和霍旭西拉着手，低头不语。刚才他就发现她有点不对劲，垂眸打量，发现她的鼻尖和眼圈儿竟然都红了。

"怎么了？"停下脚步，他将她拉近。

陆梨摇摇头，闭上眼睛，靠着他的肩膀，没有说话。于是霍旭西也沉默下来。他知道她在想爸爸妈妈。

霍旭西抱了她一会儿，陆梨难过的心情慢慢得到安抚，每当这种时刻，她会觉得他特别特别像自己的亲人。以前她总习惯用自己坚硬的外壳去面对其他人，因为担心柔软会滋生软弱。现在发现其实温柔可以提供更强大的养分，有人疼惜也不是一种罪，她开始学着坦然地接受。

外婆和张爷爷还有约，先送老人家，小情侣再找地方吃午饭。

路上，陆梨打量着霍旭西专注开车的模样，那双骨节分明的手把着方向盘，黑色西服衬得他气质沉稳内敛，与平常判若两人。大概觉得束缚，他抬手扯了扯领带，陆梨的呼吸一滞。

"看够了吗？"霍旭西忽然问。

她抿嘴不语，沉默了一会儿，轻声开口："你以后能不能多穿穿西装？"

"行啊。"他倒答应得痛快，"满足你的幻想。"

陆梨的脸有点红，吐了吐舌头。

霍旭西又说："我有什么好处呢？"

"你还真是一点儿亏都不肯吃。"

霍旭西挑眉，正要提出交换条件，这时手机忽然铃声大作，一个陌生来电。他开免提："喂？"

谁知，对面的人发出哭腔："阿旭啊……"

消失大半年的霍樱好似幽灵一般突然现身。

"你先等等。"霍旭西的面色平淡，稳稳当当地在路边停好车，再拿起手机，冷笑着问候，"哟，您老人家还活着呢？"紧接着好一顿讥讽，把人骂得狗血淋头，"我懒得管你那些破事，当初做得那么绝，现在自己看着办呗。"

这边挂了电话，没一会儿三姑又打来电话，把他和陆梨叫回泉镇商量事情。

原来霍樱遭遇朋友设局诈骗，轻信什么高回报投资，被骗光了积蓄。她一个人在外边举目无亲、孤立无援，实在没办法，这才打电话回家求助。

老霍担心地道:"阿旭,你姐万一走投无路想不开怎么办?"

霍旭西不想管。

三姑到底心疼女儿,可怜巴巴的,悄悄拉着陆梨的衣裳。

陆梨沉默了一会儿,说:"圆满一直很想妈妈,现在终于联系上了,你去见她一面,让她以后多给孩子打电话,这不是挺好的吗。"

霍旭西未置可否。

陆梨回自个儿家,发现老太太也正准备出远门。

"我和老张计划好久的自驾游,趁着天气合适,不冷不热的,差不多可以动身了。"

"就你们两个人?"陆梨不放心,"在外面磕着碰着怎么办?长途自驾很辛苦的。"

"出去玩儿还怕什么辛苦,我们可期待了,你不要泼冷水。"

陆梨挠了挠头:"打算去多久?"

"怎么也得一两个月吧,好多城市没去过呢。"

陆梨羡慕得要死:"你还真会享受,自由自在的。"

"等你老成我这样也能自由自在。"老太太对她交代了几件事,接着拿出家里的银行卡和存折。

"干吗呢?"

"我算一算,你的嫁妆该准备多少。"

陆梨勾起嘴角:"您是不是想得有点远?"

"是时候该考虑了。"外婆说,"我觉得陪嫁一辆车子刚好合适。"

"我有车的呀。"

外婆愕然:"那是灵车,乖乖。"

"不是,说过多少遍了,正常的面包车而已,跟殡葬专用车是两码事。"

"那辆车上面到处标着棺材、寿衣,跟灵车有什么两样?"老太太早就看不过去了,"你一个女孩子平时开这种车出门,像话吗?"

陆梨见她的脸色不太好,摸了摸鼻子没吭声。

"结婚是大事,你别给我稀里糊涂、懒懒散散的。"

陆梨觉得好笑,她和霍旭西才在一起多久,哪里就要结婚了。

"那外公迁坟的事怎么办？等你回来再破土吗？"

"你和小霍安排吧。"外婆说，"以后家里的事情都得你们两个商量着做主，小家庭组建起来就是大人了，要担当的责任更多，慢慢学吧，很刺激的。"

陆梨听着外婆的话，觉得有些感伤："怎么好像我已经是泼出去的水了？"

外婆叹气，迟疑许久，还是决定直接说出口："我今年七十三岁了，谁知道还能活多少年呢，到时候一死，你在世上没有一个亲人，孤零零的，怎么办？"

陆梨愣住，心脏剧烈地跳动着。

"所以我希望看到你成家，有了新的家庭自然会有新的亲人，否则像浮萍一样漂着，怎么能让我放心？"

陆梨垂下头，不住地抹眼睛。

"小霍的家里热闹，长辈都好相处，他也真心喜欢你。"外婆思忖着道，"退一万步讲，就算将来你们的感情出现问题，你还有自己的房子、存款，有你的福寿堂，不怕的，梨子，自个儿千万要过好，知道吗？"

"嗯。"她觉得嗓子堵得厉害，一边哽咽一边答应着，"我知道，我会的。"

老太太启程后，家里空空荡荡的，只剩下陆梨。

这天夜里下起了雨。陆梨闲着无事可做，看到春节亲戚送的几支红酒还没动过，她开了一瓶，坐在沙发前看无聊的电视。

霍旭西打来电话时，她已然有些喝醉，脑子变得迟钝，一阵悲一阵喜。

"你姐的事情处理得怎么样？"她的声音含含糊糊的。

"已经报警了。"霍旭西感到有点疲惫，"不知道钱款能追回多少，还要跟人打官司。"

"那她以后怎么办？要回舒城吗？"

"她的心气儿高着呢，死也要死在大都市。"霍旭西揉捏着眉心，不想多聊这些烦心的事情，于是转移话题问，"你这两天在忙什么，墓地看好了吗？"

"嗯。"

"等我回去再迁坟。"他要参与。

"好。"

"还有呢？"

陆梨打了个酒嗝，掰着手指头数："可忙了，淑兰终于下定决心争夺抚养权，最近不在舒城。朱姐动了手术，我和李四哥到医院看她。你们洗车店那帮土匪说月底没钱，让我请吃饭，把我宰了一顿。昨天宋玉彬来找我，聊了几句。福寿堂要重新装修嘛，下午一直在收拾东西，累得腰都快断掉……"

"陆梨。"霍旭西轻声打断她，语气淡淡的，"我是不是听见了一个不该出现的名字？"

"嗯？"

"宋玉彬还没放弃你吗？"

闻言，她停顿片刻，轻声自嘲地一笑："好多年前就放弃了。他就是觉得愧疚，当时我家一出事他就跑了，后来心里又觉得过意不去。啊，男人的小脑瓜到底在想什么？真让人费解。不过你放心，他知道我现在感情状况稳定，不会继续纠缠的。"

霍旭西忽然问："你是不是喝酒了？"

陆梨仿佛没听见，自顾自地道："老实讲，我一直很好奇，你和甄真在一起的时候也爱吃醋吗？"

"什么？"

"以前你也喜欢她呀，可是你的喜欢说没就没了，好狠心，可见感情根本靠不住。"

霍旭西沉默片刻，说："陆老师，我已经为你改变这么多了，掏心掏肺的，还要怎么才算靠得住？"

陆梨没心思跟他开玩笑。

"那天外婆和我聊了很多掏心窝的话。"

"嗯，说来听听。"

"原本我已经决定按照她讲的，做好最坏的准备，即便失去所有亲人，即便将来和你分道扬镳，自己也要把日子过好。可是……我越想越难受，越想越害怕。"陆梨揉着心口哽咽着，"如果外婆不在，我就真的变成孤儿，没有家了，生活还有什么意义？"

霍旭西认真地询问："难道我不是你的家人吗？"

"不一样，我们没有血缘关系。"

"要是有血缘关系，我跟你不成乱伦了？"

"……一点都不好笑。"

霍旭西不紧不慢地说："你想要血缘，我们可以生一两个孩子。"说着，停顿片刻，"但是别再提什么分道扬镳，这种假设很伤人，陆梨，我从来没想过跟你分开，以后更不会。"

她却很理性："别那么信誓旦旦的，感情和心不是自己能够控制的，谁知道将来怎么样呢？"

"你非要气我，是吧？"霍旭西沉声道，"行，那我们就签婚前协议，以后不管什么原因分开，我名下所有的财产都给你。感情靠不住，钱总靠得住吧？这种保障最实际，你可以安心吗？"

他希望这个女人全心全意地和他在一起，没有猜疑和退缩，毫无保留。

陆梨沉默下来。

霍旭西知道应该多给她一点时间消化。

这时，却听见她开口："嗯，好呀，财产都给我。"

霍旭西愣了一下，心情被弄得跌宕起伏，皱着眉头，过了一会儿，突然失笑："你个坏东西，在这儿等着我呢？"

陆梨想，如果真的到了孤家寡人的地步，她抱着那么多钱有啥用呢？不知道，但总好过什么都没有吧。

"霍旭西……"她倒入沙发，拖长了声音喊他，"我心里好难受，你什么时候回来？"

霍旭西神情恍惚地道："你喝醉了，快睡吧。"

"不要。"陆梨的语气十分可怜，"我想你，快回来吧。"

霍旭西觉得快要疯掉了。以前总期待她撒娇、示弱，这会儿真的实现了，他却远在千里，只能干忍着，和剜心剔骨有什么差别？

"阿旭、阿旭……"

"你别这样。"霍旭西滚动喉结,"早点睡,听话。"说完,赶紧挂掉电话。

陆梨握着手机呆愣片刻,因为醉酒,很快坠入梦乡。

次日清晨,陆梨被闹钟吵醒,今天上午有不少事忙,她赶紧洗漱出门。

福寿堂要装修,陆梨租了个小仓库,货物都已经整理打包。

十点钟,师傅到店里拉货,搬上车,谢晓妮跟着送去仓库。

店铺空出来,陆梨叉着腰环顾四周,想到这些年辛苦经营,这家店已经不止是自己一个人的地盘,也是淑兰、谢晓妮、丧乐队的落脚处,她的朋友不少,其中不乏交心的,相互扶持,不知不觉中互相陪伴着走过很长时间。

福寿堂也是家。

日子就这么慢慢地流淌,总不会差到哪儿去。

陆梨一扫昨夜的颓废,晒晒太阳,吸收正能量,觉得神清气爽。她站在店外仰头端详着招牌,这时,手机忽然响了。

是霍旭西。她的小男友,臭弟弟,心上人。

"酒醒了吗?陆老师?"他的语气是一如既往的调笑。

陆梨直接问:"你什么时候回来?"

电话那头的人慢悠悠地说:"嗯……可能得推迟几天。"

他当自己旅游呢?

陆梨冷冷地"哼"了一声道:"你怎么不死在外面?"

霍旭西笑着说:"舍不得让你做寡妇。"

她呸了一声。

霍旭西又说:"你工作时能穿粉裙子吗?打扮成'温柔甜心'又有什么用,一开口就露馅,女土匪一个。"

陆梨不满地说:"这几天装修,不做生意,再说了,我这把年纪想穿什么就穿什么……"说着,忽然有所察觉,猛地回身张望,"你在哪儿?"

街道的对面，霍旭西懒懒地靠在车前，歪头笑着，不知道看了她多久。

又骗人……

陆梨觉得心跳如擂鼓，大步飞奔过去，扑进他怀中。

"看车！"他吓了一跳，伸手将人接住，抱着原地转两圈儿，随后朗声笑起来，"有那么高兴吗？"

陆梨像只粉兔子一样蹦到他的身上。陆梨抱着他不说话，趴在他的肩头，过了好一会儿才开口："你昨晚是不是挂我电话来着？"

霍旭西"嗯"了一声："听见你的哭腔就受不了，心脏疼。"

情话过分肉麻，她缩起肩膀。

"你又穿西装了呀。"

"答应你的，都记着呢。"

陆梨咬着嘴唇："对我这么好，不知道怎么回报了。"

霍旭西却笑得颇为洒脱："给点甜头呗。"

小别胜新婚。

陆梨打量着四周："待会儿装修队要过来，我这边一堆事……"

"不忙，我等你。"霍旭西说，"我们以后的日子长着呢，陆老师。"

慢慢来，不着急。

生日礼物

　　五月初，霍旭西过生日，这个生日他过了二十几年，是老霍从福利院把他领养回家的日子。后来和亲生父母相认后，他才得知自己其实是八月份出生的。

　　陆梨心想，还真是非洲狮子王，问："你的本名叫什么来着？"

　　这个问题让他有点抗拒，过了几秒钟才回答："程慕之。"

　　"啥？"

　　他黑着脸，不吭声。

　　陆梨憋笑，忍不住挑眉揶揄道："哇，这么风雅的名字，到底谁才是'古代人'呀？"

　　霍旭西目光凉飕飕地瞥了她一眼。

　　陆梨感叹道："可千万别改回去，否则实在名不副实。"

　　霍旭西"哼"了一声道："你倒很名副其实。"

　　"我怎么了？"

　　"梨子嘛，硬邦邦的，恰恰符合你的脾气，女土匪，母老虎，山贼见了都要吓得抖三抖……"

　　陆梨二话不说就掐他，再攥拳狠狠地锤他。

　　生日这天，霍旭西早早订好包厢，晚上要和一大票朋友聚餐。陆梨下午给他发信息，提醒他别喝得烂醉，等回家她还要单独给他庆祝。

他说好。

傍晚下班后前往饭店，十几个人，除了洗车店的员工们，其他的人陆梨都不认识。

寿星今天在劫难逃，大家一个接一个地跟他碰杯。陆梨只开口劝了一句，惨遭连坐，大伙儿提议让他们喝交杯酒。

霍旭西的眉眼之间已有醉意，皮肤泛红，背靠椅子，歪着身子，漫不经心地瞥着这群人。

陆梨亦不置可否。

"交一杯嘛，让我们吃点狗粮。"

"就是，大家难得聚会，上夜班的特地请假来给你庆生，吃点甜的狗粮咋了？"

起哄声越来越大，已然难以推脱。

霍旭西靠近陆梨，斜着脑袋，贴在她的耳边："可以吗？"

陆梨没想到他会如此礼貌地询问这么一句话，瞬间缩起脚趾头，心里酥痒一片。这种场合她通常很给面子，也不想扭扭捏捏的，于是端起酒杯，在众人的欢呼鼓掌下和他喝交杯酒。

看客们高兴得乐开了花。年轻人凑一块儿，总爱折腾一些热闹的戏码，否则聚会就会丧失意义。

半杯冰啤酒下肚，以为交了差，没想到一群人又嚷着要他们接吻。

霍旭西晓得陆梨不喜欢在大庭广众之下亲热，于是似真似假地骂道："有完没完？我凭什么听你们指挥？"

"喝完交杯酒再亲个嘴，顺理成章嘛，我们又不闹洞房。"

"你们倒是敢。"霍旭西开始周旋，"肥波结婚那次哪个笨蛋喝多了当众跳艳舞来着？不嫌丢人呢？"

"不嫌不嫌。"

"哎呀，阿旭，你别转移话题。"

陆梨深知他惯会虚与委蛇，但她自个儿没耐心，这帮人无理取闹，她越是显得矜持、害羞，大家越是起劲，没完没了。

于是就在霍旭西敷衍的当头，陆梨抬手捏住他的下巴，将那张俊俏的脸转过来，接着迎上去，利落地吻在他的唇角。

霍旭西愣了愣，瞧她一副云淡风轻的样子，貌似比他还潇洒。

尽管早就说好了，不许他喝得烂醉，但眼下全然失控，朋友们都在兴头上，哪肯轻易放过寿星呢？

散场时，瘫倒一大片，清醒的人要受累，叫了几辆车，挨个送回家。

陆梨搀着醉鬼在小区门外下车。霍旭西倒还能走，只是几乎整个人压在她身上，摇摇晃晃的，脚步虚浮。

"媳妇儿，我好晕。"霍旭西说话也含糊不清。

陆梨不语，尽力搂紧他的腰，稳定重心，进电梯，上了楼，刚开门走到玄关，他一下摔倒在地，四仰八叉。

陆梨冷冷地瞥着他，很烦他这副死样子，踢了一脚："喂，起来。"

霍旭西动弹不得。

"要不要洗澡？"她说，"还是帮你擦一擦？"

霍旭西抬手抓住她的脚踝："帮我洗。"

陆梨扒开他的"狗爪"，径直走到浴室放水，然后半拖半拽地把他搬进去，再费力地丢入浴缸。

霍旭西醉眼迷离，不停地嘀咕："媳妇儿，梨子，我的宝贝儿……"

她居高临下，一边看着他，一边挽起袖子。

霍旭西像只待宰羔羊，而陆梨觉得自己像在宠物店里洗狗狗。

"清醒点！"她往他的脸上甩了把水，左腿跨进去，坐在浴缸边，然后拿浴球按沐浴露，开始搓泡泡。

"衣服脱掉，媳妇儿，陪我一起。"

"闭嘴，安静点。"

"能不能温柔一点，我的皮都快被你搓烂了。"

"我服侍你，你还挑三拣四，让你臭死算了！"

霍旭西还想啰唆，陆梨将牙刷塞到他的嘴里。

没过一会儿，他漱完口，忽然凑上前亲了一下她的嘴唇："刷干净了，你不想检查吗？"

陆梨不想："滚！"

好不容易把人推开，身上已经狼狈得像落汤鸡。

霍旭西乐了，舒舒服服地泡在温水里，好整以暇地望着她。

陆梨气得咬牙切齿，立刻用喷头滋他那张欠揍的脸。

"我错了，姐姐，"他假模假样地求饶，"真的错了。"

陆梨加快动作，赶紧把他冲干净，拿着大毛巾擦几下，也懒得裹了，就这么把人赤条条地弄回卧室。

等她自个儿再洗漱妥当，已经觉得筋疲力尽，倒入被窝，发现旁边醉酒的弟弟正醉眼蒙眬地望着她。

"看什么看？还不快睡？"

"媳妇儿。"霍旭西的良知被唤醒，不住地称赞她，"你真好，怎么会那么好呢？以前我就算醉死也没人管我……"

"知道就行。"

"嗯，知道，一直都知道，你对我最好了。"

陆梨看他的眼睛都快睁不开了，微微叹息着道："快睡吧。"说着，轻轻拍打他的后背，像哄婴儿那般，这个举动仿佛能催眠，不一会儿，他安静下来，呼吸沉沉，进入梦乡。

第二天清晨，霍旭西在冰箱里发现一个蛋糕，他打开盒子，卖相惨不忍睹。

"哪儿买的，路上摔过吗？"

陆梨不语，咬着嘴唇瞪着他。

霍旭西愣了一下："怎么啦？"

"昨天下午我去烘焙店亲手做的。"

霍旭西的表情有点意外。

"不想吃拉倒。"

"别呀。"他笑着制止，"我来尝尝。"

陆梨拿了碟子，也坐下来品尝自己的厨艺。

"味道还不错。"他平时基本不吃这些甜甜腻腻的东西，"应该把窗帘都拉上，再点几根蜡烛。"

陆梨"哼"了一声道："天亮才烧炕，病好郎中到。"

"嗯？什么意思？"

"晚了！"

霍旭西反应过来，笑了："八月还要过生日呢，虽然不庆祝，但你应该会再给我准备礼物的吧？"

"你想要什么？"

"你知道我要什么。"

陆梨笑了："还打哑谜？我要说不知道呢。"

霍旭西百无聊赖地瞥她："真伤人，我以为你和我心有灵犀，原来是我自作多情。"

陆梨眨了眨眼，忽然来了兴致，十分好奇地道："说说看，能做到的话，我一定竭尽所能。"

听她这么讲，霍旭西颇为满意，一边吃着蛋糕，一边朝她挑眉："你猜一猜。"

"不会要什么珠宝名表吧？"她为难地说，"那我只能蒙面当悍匪去抢了。"

他被逗笑："跟钱财没关系。"

陆梨闻言，神色变得警惕起来，扯起嘴角："别想让我给你当丫鬟，借机使唤我。"

霍旭西莞尔一笑："把我想得这么坏。"

"不然呢？快说快说，别卖关子嘛。"

霍旭西停顿半晌，挑了挑眉："我们现在感情稳定，其实跟两口子过日子没什么两样，对吧？趁大家高兴，索性把结婚证领了呗。"他竟然这么轻飘飘地说了出口。

陆梨眯起眼，不吃这套："做什么美梦，没有钻戒，没有跪地求婚，几句话就想领证，我看起来很好哄吗？"

霍旭西笑着问："有钻戒和求婚你就肯嫁吗？"

"不一定，要不你先试试？"

又想捉弄他。

霍旭西说："那我换个生日礼物，到时再告诉你。"

陆梨点头："你慢慢想，不着急。"

两个人在一起，好多好多新鲜事有待体验，就算事情不新鲜了，人还有无穷无尽的变化，每一天都不一样，他们对对方充满期待。

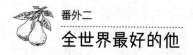

番外二

全世界最好的他

陆老师近来脾气有些暴躁，食欲不振，阴晴不定，看他的眼神透着一股杀气。

这天晚饭，陆梨又没怎么动筷子，夜里趴在沙发上对着电视发呆。霍旭西抓住她的脚踝，想凑过去腻歪腻歪，谁知被陆梨抬脚推开。

"别动我。"她蔫蔫儿地，心不在焉。

霍旭西打量一番，琢磨着道："你是不是大姨妈来了？"

陆梨的眉头微蹙，不吭声。

霍旭西想起什么，凑近她问："上个月就没来，是不是有了？"

闻言，她的脸色变得更差："别乌鸦嘴。"

霍旭西轻笑："有孩子是喜事，怎么就乌鸦嘴了？"

陆梨烦躁地闭上眼。她也不知怎么，原本两人也说好，顺其自然，怀上就生，但她没想到这么快就有了动静。心理上有些逃避，不想检验，怕怀疑成真。原来自己没那么潇洒。

陆梨翻来覆去地折腾了一夜，一直在胡思乱想，她真的适合做母亲吗？假如有了孩子，会不会逐渐失去自我？她和霍旭西在一起才一年，恋爱没谈够，突然改变生活方式，是不是太快了？

她忧心忡忡，翻身看见旁边的男人睡得舒坦，越发觉得恼火。

都怪他。

罪魁祸首还敢睡觉？陆梨朝他的肩膀咬了下去，很用力。

霍旭西疼醒，难以置信地睁大眼睛："干什么？"

陆梨转过身，把被子也一并扯走。

"造反了你？"他想这个姐姐无理取闹过了头，纵容下去还得了？于是脾气上来，蛮横地钻进被窝，手掌往肉多的地方捏，没轻没重。

"还让不让我活？嗯？大半夜不睡觉，非要折腾，是吧？"

陆梨手脚并用，跟他打闹一番，等到筋疲力尽，困意袭来，终于消停。

第二天，她买了验孕试纸，测出两条杠，登时无比茫然，把试纸扔进垃圾桶，陆梨回自己家，第一时间告诉了外婆。

"完蛋，殡葬行忌讳多，等肚子显怀就没法料理丧事了，生完还要坐月子，算下来半年没正经事干，想想都无聊。"

老太太说："休息半年还不高兴？没听过吗？怀孕九个月是女人一生最幸福的时光，被全家供着，待遇堪比国宝，你好好享受吧，顺便使唤一下你婆婆。"

陆梨扯起嘴角："一生只有怀孕的时候最幸福，也太惨了吧。"

老太太也有些伤感："我要当外曾祖母了？我有那么老吗？"

陆梨说："我还没准备好当妈妈……"

"这种事情不用准备，当初我生你妈时也迷迷糊糊的，扑通一下就从肚子里掉出来了。"

"可万一我不喜欢他怎么办？生完发现自己没有母爱，塞不回去了。"

老太太说："血缘还是很厉害的，既然怀上，趁年轻，身体结实，恢复得快，赶紧生。你有个远房表姐，三十五六岁才要孩子，可遭罪了，生完以后肚子上的肉再也没减下去。"

陆梨倒不担心这个："你说，霍旭西像当父亲的样吗？"她对自己都没什么信心，霍旭西比她还小三岁，太年轻了。

老太太说："小霍不是有个外甥，你看他带外甥的时候怎么样？"

陆梨思忖着说："挺靠谱的。"

"那还担心啥。"老太太抱住她安抚道，"孕妇的激素分泌紊乱，你看你，杞人忧天。"

陆梨恍然大悟，原来是因为激素紊乱的原因，她自己也觉得不对劲来着。

下午，霍旭西给她打电话，问："人呢？验出两条线怎么不告诉我，还到处乱跑。"

"找外婆谈话。"陆梨揶揄他，"你翻垃圾桶干吗？"

"碰巧看见的。"霍旭西异常冷静，"我去接你，明天到医院做检查。"

"好。"

霍旭西又说："然后该登记领证了吧？"

陆梨失笑："你的语气特别像班主任布置暑假作业。"

闻言，他紧绷的神经放松下来，也笑了笑："我紧张。想快点见到你。"

陆梨抿着嘴："每天都见，有什么稀奇？"

"身份不一样了。"要做父母了，像重新认识一次，觉得又新鲜又刺激。

傍晚，霍旭西接她回家，两人手牵手下楼，他问："想吃什么，酸的还是辣的？"

"没有胃口，随便吃吧。"陆梨好奇地说，"听说酸儿辣女，不知道准不准。"

"智商变低倒是真的，这么快就开始说傻话了？"

陆梨瞪过去。

霍旭西却笑笑，低头亲她的眉心："没胃口也得吃点儿，以后不能碰那些垃圾零食了，我买菜回去给你做饭。"

"好呀。"

第二天早上，两人到妇幼保健院做检查，陆梨怀孕已近八周。

医生问："孩子要不要？"

陆梨和霍旭西没想到会听见这个问题，愣了两秒钟，异口同声地道："当然要。"

虽然她有些仓皇和迷茫，但绝没想过不要这个孩子。

下午，霍旭西穿上白衬衫，陆梨难得仔细化妆，打理头发，两人穿着情侣装，带齐证件到民政局登记结婚。

一切都很平常，跟上街买菜的心情差不太多，按部就班地走流程办理手续，拿到结婚证，他们接着各忙各的事情去。

霍旭西回到洗车店，大伙儿见他今天衣冠楚楚，不由得调侃："哟，打扮成这样，讨陆老师欢心呢？"

"没有。"霍旭西语气随意地道，"刚领完证。"

众人觉得莫名其妙："领什么证？"

"结婚证呗。"

话音落下，大伙儿呆若木鸡，几秒之后抱怨之声此起彼伏。

"什么意思？结婚也不提前通知我们！喜糖呢？新娘子呢？"

霍旭西感觉耳朵快被震聋，眉梢扬起，颇为得意："还有一件事，上午陪陆老师去医院做检查，我要当爹了，你们自觉点，赶紧准备好红包。"

"啊——"

陆梨那边很快收到群消息的狂轰滥炸，她和霍旭西交友甚广，其中能真心相待的不在少数，这会儿得知他们天降两桩大喜事，自然高兴，非要庆祝不可。

当晚，福寿堂和洗车店两伙人聚在大酒楼吃饭。霍旭西被灌得大醉，几乎走不动路，由龚蒲和冯诺架着回家。

众人亦尽兴而归。

深夜，陆梨洗完澡上床准备睡觉。这时霍旭西从身后贴近，搂着她的腰，迷糊中唤了声："老婆。"

她握住腰上的手，轻轻回应："嗯。"

一个月后举办婚礼，时间有些仓促，但陆梨不想拖下去，以免到时大着肚子穿婚纱，好不好看另说，未免太过疲累。

谁知婚礼当天状况百出，她的婚纱拉链突然坏掉，化妆师帮忙拿针线缝合。这时霍旭西与伴郎团浩浩荡荡地过来接亲，红包发了几百个，堵门游戏把他们折磨得兴奋不已。

陆梨缝好礼服出来，看见霍旭西刚做完俯卧撑，额头冒汗，扬眉冲着她笑。

"慢着慢着，我们福寿堂当家的没那么容易被带走！"众人不给放行。

霍旭西使个眼色，伴郎团一拥而上，把堵门的亲友一个个控制住，他大步上前，弯腰抱起老婆就走。

"当心我的婚纱，刚缝好的。"陆梨骂道，"我要给他们打差评，这么贵的礼服拉链竟然质量这么差！"

霍旭西调侃着道："是不是早上起来吃多了？"

陆梨使劲儿地掐他。

举办婚宴时挨桌敬酒，敬到大伯陆国庆这桌，陆梨的脸已经笑僵，她婶婶邹慧娟绝不放过任何一个揶揄她的机会，包括今天。

"我说梨子啊，你这婚结得太仓促了，萱萱都来不及安排时间回来，就算你赶着嫁出去，也不用这么着急吧。"

陆梨那会儿害喜严重，忍了一上午，此刻闻到邹慧娟身上的香水味，恶心得厉害，再也忍不住，对着她新盘的头发就吐了出来。

邹慧娟惊恐万状，仓促间竟动弹不得，只是僵硬地坐在位子上尖叫。

霍旭西拿纸巾帮陆梨擦嘴："吐完舒服点儿了吗？"

"嗯。"

"你先歇会儿，后面几桌我去。"

"好。"说着，她往休息室去，留下满头污秽的邹慧娟气得七窍生烟。

陆梨的肚子渐渐变大，和肚子里的小家伙相处日久，倒是生出一些难以言状的感觉。

陆梨有时低头抚摸肚皮，感受到小东西在手掌之下与她互动，神奇得很。每当这时，霍旭西看着她专注喜悦的模样，觉得陆老师浑身都在发光。

某天夜里，约莫九点，霍旭西办完事情回家，发现陆梨匆忙地穿衣服，着急忙慌地要出门。

"怎么了？"

"两场白事撞到一起，丧乐队闹起来，李四哥又不在，我得过去看看。"

霍旭西扫向她高高隆起的肚子，动了动嘴唇，欲言又止，最终把话咽了下去，蹲下为她穿鞋："我陪你。"

两人赶到治丧的地方，家属院里两方人马正在对峙。

陆梨下车，左手撑腰，右手扶着七个多月的孕肚，径直上前，先稳住大家的情绪，再与对方商量怎么划分场地，如何在互不干扰的情况下安排仪式。

她工作起来异常投入，霍旭西习以为常，只守在几步开外的地方，没有打扰。

处理完这场风波，回到家已经半夜十二点了。

陆梨的双脚水肿，泡过热水，霍旭西拿精油帮她按摩。

"怀孕这么累，是不是妨碍你做很多事情？"他忽然问。

陆梨眨了眨眼："别这么说，我现在特别满足，老公孩子热炕头，还有我的福寿堂。"

霍旭西笑着说："再坚持一个多月就可以卸货了。"

"等坐完月子我要立刻开工，"陆梨嘀咕着道，"不赚钱的人生还有什么意义，我真的会发霉。"

霍旭西说："注意胎教。"

陆梨抚摸着肚皮："小乖乖，你可能一生下来就是财迷。"

霍旭西也把手覆盖在她的肚子上："我有预感，它跟你一样是个傻妞。"

"不会吧，我觉得它更像你，土匪崽子。"

"说我什么？"

陆梨笑起来，抿着嘴哄他："说你是全世界最好的丈夫。"

霍旭西眉梢微挑："也是全世界最好的爸爸。"

"真的假的？"

霍旭西垂着眼帘，俯身亲了亲这浑圆的肚子："二位拭目以待。"

图书在版编目（CIP）数据

皇冠梨售罄 / 僵尸嬷嬷著. -- 南京：江苏凤凰文
艺出版社, 2025. 4. -- ISBN 978-7-5594-9205-0

I. I247.5

中国国家版本馆CIP数据核字第202473T74K号

皇冠梨售罄

僵尸嬷嬷 著

责任编辑	白　涵
策划编辑	阿　宅
特约编辑	阿　宅
封面设计	光学单位
责任印制	杨　丹
出版发行	江苏凤凰文艺出版社
	南京市中央路 165 号，邮编：210009
网　址	http://www.jswenyi.com
印　刷	天津中印联印务有限公司
开　本	880 毫米 × 1230 毫米　1/32
印　张	9
字　数	266 千字
版　次	2025 年 4 月第 1 版
印　次	2025 年 4 月第 1 次印刷
标准书号	ISBN 978-7-5594-9205-0
定　价	49.80 元